TIANJIN XIQING

XUNGEN DAYUNHE CONGSHU

天津 西青

寻根大运河丛书

天津市西青区新闻中心 主编

西青古诗词集萃

冯立／主编

天津出版传媒集团

天津人民出版社

图书在版编目(CIP)数据

西青古诗词集萃 / 冯立主编. -- 天津:天津人民
出版社, 2021.2
(天津西青·寻根大运河丛书)
ISBN 978-7-201-16437-3

Ⅰ.①西… Ⅱ.①冯… Ⅲ.①古典诗歌–诗集–中国
Ⅳ.①I222

中国版本图书馆 CIP 数据核字(2020)第 173468 号

西青古诗词集萃
XIQING GUSHICI JICUI

出　　版	天津人民出版社
出 版 人	刘　庆
地　　址	天津市和平区西康路 35 号康岳大厦
邮政编码	300051
邮购电话	(022)23332469
电子信箱	reader@tjrmcbs.com

策划编辑	王　康
	韩玉霞
责任编辑	吴　丹
装帧设计	郭亚非
书名题字	冯中和

印　　刷	天津新华印务有限公司
经　　销	新华书店
开　　本	710 毫米×1000 毫米　1/16
印　　张	27.5
插　　页	1
字　　数	300 千字
版次印次	2021 年 2 月第 1 版　2021 年 2 月第 1 次印刷
定　　价	110.00 元

编委会名单

总　序

放眼大千世界,运河塑造了威尼斯的繁华,运河之国荷兰成为海上马车夫,运河催生了曼彻斯特的工业革命,运河开启了早期美国的经济开发。苏伊士运河、巴拿马运河则推进了经济全球化。

聚焦祖国山河,京杭大运河培育了沿线璀璨明珠,天津就是华北最闪亮的一座运河城市。天津因运河而兴,大运河自北向南,流经武清、北辰、河北、红桥、南开、西青、静海 7 个区,全长 195.5 公里。天津最早的人口聚落中心、社会经济活动场所,大都沿运河分布。可以说,运河对天津城的形成意义重大。

人工开凿运河,彰显了利用自然、改造自然的人类智慧与力量,激发出前所未有的经济活力。天津段大运河,如壮美的彩练,密切沟通首都北京,绵绵连接黄淮以至富庶江南,自明代以来促进了天津的经济社会发展。运河上帆船点点,南来北往,象征着开放与交流。运河岸边游人如织,人们品味着生活的酸甜苦辣,吟诵出大千世界如水一般柔美或不屈的诗篇。运河孕育了天津开放的地域文化特质,天津人达观奋进的精神风貌。享有世界声誉的年画文化、大院文化、精武文化和赶大营文化,独具特色;历代帝王、文人雅士也在运河两岸留下了众多诗词歌赋、著述碑记。

重温运河的历史,辉煌灿烂;展望运河的未来,无限风光。多年以来,全面、系统性地介绍京杭运河概要情况的史志、专著、丛书虽汗牛充栋,却鲜见有对某一段区间运河的历史与现状进行细致深入考察的系列丛书。与某一段特定运河有关的史料,往往散见于官修正史、地方志、文人笔记、小说家言乃至街谈

巷议的口耳相传之中,而各界对于在地乡土社会史、文化史的注意力就更加零散。在使人感到遗憾的同时,这种情况也给今人留下了开展新工作、做出新贡献的很多余地。

"天津·西青寻根大运河丛书"编辑委员会的同志们,胸怀深沉的历史责任感和新时代蓬勃进取的事业心,纵横万里,耗时五年,进行了大量艰苦细致的交流采访、史料挖掘整理、文化传播工作。这使得我们能够以历史的眼光穿透纷繁复杂的史料,按照考察活动实迹、历史文化精华茧剥、诗词选粹、文脉追寻、图籍寓目怡情的体系,全方位、多角度、多层次地了解西青区乃至更大范围内运河的形成和演化变迁,理解与运河相关的津门水利、经济、文化、社会世情特质。在梳理保存史料并多面向地展示津门运河社会世情图景的基础上,该丛书比较详细地解释和揭示了京杭运河这一段的发生、发展、变化规律。

我相信,这一部丛书的出版发行,将能够促进西青区历史文化根脉的传承,并且向世界宣传推广本地独具特色的文化风貌。这部丛书的出版,也必将为今后进一步挖掘、利用运河历史文化资源,恢复和发展航运、旅游文化、创意设计等相关产业,提供借鉴和参照。这部丛书对于推动京杭大运河"运河学"研究取得新的进展,也将是很有帮助的。值此《天津·西青寻根大运河丛书》付梓之际,受邀作序,我由衷地感到高兴,同时也向编委会的同志们表示祝贺。

景军高

清华大学社会科学学院

长江学者特聘教授

二〇二〇年十月十日

把我的爱献给我的家乡

冯　立

我出生在天津市西青区杨柳青镇。这是一个著名的文化古镇。小时候走在杨柳青的街巷间，两旁的青砖瓦舍、脚下的磨盘路、人们的言谈话语，到处都散发着文化的气息。

杨柳青是运河上重要的节点，南来北往的文人雅士曾经在这里留下众多诗篇。《西青文史》《西青区志》《杨柳青古诗萃》等文献皆有记载。

2012 年到 2013 年，我有幸参加了由西青区委、区政府组织，西青区新闻中心承办的"寻根大运河"文化发掘、采风活动，走遍了大运河全流域，发现了与西青区相关的诸多文化宝藏。其中，在沧州与当地文史专家座谈时，沧州市文物局的孙建先生提到他正在搜集整理与沧州相关的古诗词。"寻根大运河"团长、作家王洪海提出，如果发现与西青相关的古诗词，希望提供给我们。不久，孙建先生发来与杨柳青相关的古诗词 20 多首。此事对我启发很大，这说明我们当地文史工作者对于西青的文化积淀，特别是对与西青相关的古诗词的发掘还很不够。于是，我开始用大量的业余时间查阅古籍，尽一切可能寻找与西青的地、人、事、物相关的古诗词。其中，"地"是指西青地域，如杨柳青、大觉庵等；"人"是指生于或者葬于西青的人物，如生于木厂的著名诗人杨光仪，葬于杨柳青的张愚等；"事"是指与西青相关的事，如稍直口之战等；"物"则是指西青之物产，如年画、花卉等。

经过近 6 年的努力，我共发现西青原有文献，即《西青文史》《西青区志》《杨柳青古诗萃》等在内的文献(正文中统一称为"西青原有文献")中没记载

的、涉及西青的古诗词(元代到清代)879首,其中包括杨光仪《碧琅玕馆诗钞》和《碧琅玕馆诗续钞》中的669首(另有两首西青原有文献中有记载,不算作新发现)。本书收入新发现的部分杨光仪佳作及其他作者的诗词共235首。这些新发现的诗词收入本书"古韵新彰"部分。

"寻根大运河"的主要目的是发现新的文化资源,所以"古韵新彰"部分汇集了新发现的古诗词,而不做翻译与解读,尽量呈现原诗原貌。为使读者了解寻觅这些诗词的过程和明确诗词的出处,同时体现工作的严谨性,"古韵新彰"部分的每首诗词后面都注明了诗词的出处与简单的发现过程。新发现的诗词的作者,有乾隆皇帝,有程敏政、于慎行、管干珍这样的高官,也有谢榛、孔尚任、翁方纲这样的文人名士,其各人性格、事迹、诗风多有可圈点处,故每首诗词后面有作者简介,作为该诗词的延伸阅读。

在"寻根大运河"活动中,我们发现西青原有文献记载的诗词存在不少错误之处。于是,对原有的85首诗词进行了考证,对其中的错误做了校正,对与西青无关的诗词(4首)做了说明并列入附录,原有资料未收入原文小注的都做了添加。这些诗词被收入本书"杨柳存萃"部分。这一部分诗词也是尽量恢复原诗原貌,同样在诗词后面注明了出处,对作者进行了介绍,并对考证过程做了简单记述,以为正本清源之用。

应该说,西青古诗词的发掘和考证是一件非常费力的事情。也许有人会认为花那么大的功夫找几首诗不值。但这些诗词对我来说不只是几行文字,不只是古人的闲情雅致,不只是文化资源,更是我对家乡感情的寄托。我希望找到小时候那种浸润在浓厚文化氛围中的感觉。我希望通过这些诗词告诉世人,西青自古人杰地灵,文蕴深厚,它们可以滋润每一个在这片土地上生活的人,也可以对未来的建设给予启示。

我希望通过这本书,把我的爱献给我的家乡!

|目录|

古韵新彰

· 驿道吟歌 ·

· 乡贤遗音 ·

杨柳存萃

· 大河礼赞 ·

· 水乡剪影 ·

· 柳堤春色 ·

· 古镇船歌 ·

·方志留馨·

"寻根大运河"活动发现西青原有文献中没记载的、涉及西青的古诗词(元代到清代)879首。我们撷取其中的235首,汇集为本书"古韵新彰"部分。其中有古籍中最早记录杨柳青之名的"朱窝杨柳青诗",有乾隆为杨柳青的题诗,有程敏政、于慎行、谢榛、孔尚任、翁方纲、管干珍等名人雅士的诗篇。这些诗词历时久远,不被西青人所知。如今我们拂去古籍上的尘土,让它们重新彰显西青古诗词的璀璨之光。

古韵新彰

古镇溯源

明人蒋一葵《长安客话》云："杨柳青地近丁字沽，四面多植杨柳，故名。"方志多以此为杨柳青地名来历，故有明代始有杨柳青地名之误。"寻根大运河"活动发现元人袁桷的"朱窝杨柳青"诗，这是目前发现的记载杨柳青之名最早的文献。同样是在《长安客话》中，该书记录了潘纬的名句"客路蘼芜绿，人家杨柳青"。但几百年来，西青人不知道此句的出处，也未见过完整诗篇。本章收录了袁桷和潘纬最早记录杨柳青古镇之名和让古镇之名广为传颂的诗篇。

朱窝杨柳青地近沧州余爱其名雅作古调五首

(元)袁　桷

朱窝杨柳青，
明日是清明。
地下不识醉，
悲欢总人情。

朱窝杨柳青，
客亭尘漫漫。
为你多离别，
我生无由完。

朱窝杨柳青，
黄河泻如注。

还俟飞絮时，

相同入海去。

朱窝杨柳青，

自爱青青好。

亦如远行客，

相逢不知老。

朱窝杨柳青，

桃杏斗颜色。

颜色虽不同，

时节各自得。

〔**出处**〕《清容居士集》（第十三卷）

朱窩楊柳青桃杏鬬顏色顏色雖不同時節各自得
朱窩楊柳青自愛青青好亦如遠行客相逢不知老
朱窩楊柳青黄河瀉如注還俟飛絮時相同入海去
朱窩楊柳青客亭塵漫漫篤你多離別我生無由完
朱窩楊柳青明日是清明地下不識醉悲歡總人情
朱窩楊柳青地近滄州余愛其名雅作古調五首
靈湫
靈黿道其前游鷯殿其後歲久濊自韜清夜巖下走
弄月紅玻璨匼雲紫芙蓉近已厭狡獝納息元虛中
龍口巖
飛岭起霞飀馭氣躋天梯碧雲布參差織俻與巖齊

〔**发现过程**〕在"寻根大运河"活动中,笔者查阅古代文献时,在清代乾隆年间出版的《钦定日下旧闻考》第一百十二卷"臣等谨按柳口镇直沽寨俱属天津"条目关于杨柳青的小注中发现有一首《朱窝杨柳青》诗,作者是袁桷。诗曰:

> 朱窝杨柳青,自爱青青好。
>
> 亦如远行客,相逢不知老。

诗的后面注有出处——《清容居士集》。此诗引起了笔者极大的兴趣,因为在包括《杨柳青古诗萃》等所有辑录杨柳青古诗的书籍中均未收录过此诗。于是,笔者找来《清容居士集》,在第十三卷中,发现了《朱窝杨柳青诗》,但不是只有《钦定日下旧闻考》所载的那一首,而是共有五首!作者特别标明:"朱窝杨柳青地近沧州,余爱其名雅,作古调五首。"

此诗为目前发现的杨柳青之名在文献中的最早记载。

〔**作者简介**〕袁桷(1266—1327),元代著名才子,字伯长,号清容居士,晚号见一居士。庆元鄞县(今为浙江宁波鄞州区)人,元代重要史学家、文学家、藏书家、书法家,是浙东史学派的代表人物之一。元大德年间,历任翰林国史院检阅官、翰林直学士、知制诰、同修国史。后来又拜为侍讲学士。袁桷奉旨修元成宗、元武宗、元仁宗三朝大典,获元英宗赏识,并参与宋、辽、金史的撰写。泰定元年(1324),辞官还乡。赠中书省参知政事,逝世后被追封为陈留郡公,谥文清。

据钱基博《中国文学史》讲,元代文学"及孟頫以宋王孙征起,风流儒雅,天子侧席;邓文原、袁桷连茹接踵,而南风亦竞,于是虞、杨、范、揭,南州之秀,一时并起"(作者按:这里所说的"虞、杨、范、揭"是指虞集、杨载、范梈、揭傒斯,这四个人被称为"元诗四大家")。而纪晓岚等人在编纂《四库全书》时则称赞袁桷"其诗格俊迈高华,造语亦多工炼,卓然能自成一家。盖桷本旧家

文献之遗,又当大德延祐间为元治极盛之际,故其著作宏富、气象光昌,蔚为承平雅颂之声。文采风流遂为虞、杨、范、揭等先路之导,其承前启后称一代文章之巨公良无愧色矣!"可见在文学上袁桷是早于揭傒斯(1274—1344)等人成名的前辈大家,是他们的"先路之导"。

别汪子维舟次杨柳青有寄

(明)潘 纬

牵衣别短亭,

解缆下长汀。

客路蘼芜绿,

人家杨柳青。

点入杨柳青,妙!

一樽醒复醉,

孤棹去还停。

回首天南北,

何时更聚星?

〔出处〕《潘象安集》(卷二)

又

爆直苑西夜相依獨有君

翠華天上杳清梵夢中閒行藏慚我道述作

羹奇文去去喬雲迥停杯悵夕曛

別汪子維冊次楊柳青有奇

牽衣別短亭舼纜下長江客路蘼芜綠人家楊

柳青 ⊙點入楊柳青妙 一樽醽醁復醉孤棹去還停回首天

南北何時更聚星

南雅講院夏夜

〔**发现过程**〕明人蒋一葵的《长安客话》在"杨柳青"条目下有对杨柳青情况的介绍,该条目还记载了于慎行的《杨柳青道中诗》,并说:"潘中书季纬诗亦有'客路蘼芜绿,人家杨柳青'之句。"在乾隆年间出版的《钦定日下旧闻考》第一百十二卷"臣等谨按柳口镇直沽寨俱属天津"条目中引此条作为小注,并有"潘舍人季纬诗:'客路蘼芜绿,人家杨柳青。'"句。后此条目为张江裁《杨柳青小志》引用。而"客路蘼芜绿,人家杨柳青"句也成为描写杨柳青的著名诗句,为后来诗人如汪沆等争相引用和模仿。而该条目和诗句也成为后世杨柳青之名因有柳而来,即"有柳说"的重要依据。但西青原有文献中所记载的止于这两句,而无全诗,亦没有对"潘季纬"的说明。

縈入海故土人呼直沽曰大直沽元王懋德詩極目滄溟浸碧天蓮葇樓闔遠相連東吳轉海翰抗稻一夕潮來集萬船

本朝李賁賦得舟集三沽一首萬里雲帆漾碧天村煙漁火泊吳船層層鷗集三沽裏簇簇鱗屯兩岸邊西北辜流連海帶東南巨浸拱幽燕鳳城形勝雄千里獨許雍奴溢廣川

楊柳青

地近丁字沽四面多植楊柳故名于文定公慎行楊柳青道中詩鳴榔淩海月候舵破江煙楊柳青垂驛麓燕綠到船苗聲邀落月席影挂長天望滄洲路從茲遂涉然潘中書季緯詩亦有客路麓燕綠人家楊柳青之句

河西務

河西孫潘張之咽喉也江南漕艘畢從此入春夏之交病涸夏秋之交病溢濱河建有龍祠以時祭禱雨涯旅店叢集居積百货為京東第一鎮戶部分司於此榷稅李賁詩鐵覽新城十萬家

在"寻根大运河"活动中，笔者根据《钦定日下旧闻考》等线索，深入古籍多方查找，但始终找不到全诗，也找不到关于潘季纬的线索。一天，笔者再看汪沆《杨青驿》一诗时，突悟诗人名字可能不是潘季纬，而是蒋一葵把诗人的排行（古人习惯以"季"表示排行第三或第四的男孩）加进了名字，诗人名字可能是潘纬。后上网检索潘纬条目果有此人，其诗作为《潘象安集》。在《潘象安集》（卷二）中找到本诗。

〔作者简介〕潘纬（生卒年不详），字仲文，一字象安，歙县人。明万历中，以监生授武英殿中书舍人。

潘纬垂髫之年即能作诗，隐居于白岳（今安徽齐云山）之下，不随便与人交往。曾在隆庆朝为内阁首辅的李春芳闻其才行，延请三反乃往，为布衣之

交。李春芳命其子以兄长事之。当时,公卿大夫都上门相见。曾因其妻未生子而在真州买妾。遇到因还债而卖女儿者,潘纬把钱都给了他,让他回家。在李春芳门下十年,之后出任中书舍人。撰有《潘象安集》。

明代著名戏曲家、抗倭名将汪道昆称潘纬"当世以布衣雄者二,得象安而三","古者诗在闾巷,当世率以反舌,而诋布衣,如得象安一鸣,则希有鸟也"。

钱谦益在《列朝诗集》中赞扬潘纬的诗"攻苦精思,摆落凡近,如秋水芙蓉,亭亭自远",称潘纬在当时的诗人群中"厚自拂拭,俪然自远,视一时才笔之士,殆如独鹤之在鸡群,而时人或未之知也,当与具眼人共推之耳"。

乾隆留诗

　　杨柳青有乾隆赐名的传说,考之正史实无其事。但乾隆确实多次经过杨柳青,并多次为杨柳青作诗。"寻根大运河"活动厘清了乾隆与杨柳青的渊源,找到了乾隆涉及西青的八首诗,皆收录于本章。

静海道中杂咏

(清)爱新觉罗·弘历

一

村居比栉颇宁盈,

柳口由来古渡名。

不见青青杨柳色,

　　蒋一葵《长安客话》云:"杨柳青地近丁字沽,四面多植杨柳。"今其地既无柳,且丁字沽在天津城北,杨柳青在天津县西三十里,相距甚远。柳之有无或今昔异形,而沽则历久未改,记载之不足凭往往如此。

阿谁折赠寄遥情。

二

当城沙砦递经过,

宋畏辽金防涉河。

　　见《方舆纪要》

似此屯兵严守御,

尔时百姓竟如何?

〔出处〕《御制诗三集》(卷九十五)

御製詩三集　卷九十五

當城沙岧遞經過宋畏遼金防沙河（見方輿紀要）
似此屯兵嚴守禦時百姓竟如何
遇君封國兩無涉西陝東齊詎此我誌乘不
知何所據太公乃有釣魚臺（中棠洼跨天津靜海濼州南又北即宋史所謂居民濼舊果又北里即宋史改數百注今河三洼竇屬滄州）
迤邐三洼緣蓄水
之長策盡力補偏要以誠
及逢霖雨潦原行救民自古
阿誰折贈寄遙情（紅見方輿紀要）
而沾之不足則愿往復未如我紀載
容藉黃河所注不能并失矣
窨屬滄州三洼今河注

靜海道中襍詠

事豫防諗厯覽期合宜詳勘尚勤恇代賑利
以工憂民善體朕

昨日溯游今溯洄（自天津以北為逆流天津以南為順流者為稽智御舟今北南）
通漕意佳我黃衣莫怨行舟慢（以代黃帽云袖則黃衣無以代黃帽云）

村居比櫛頗寧盈（柳口由來古渡名不見青）
青楊柳邑（柳西三月十里字相沾在天津城之北有楊柳無或青今昔異形縣無丁）

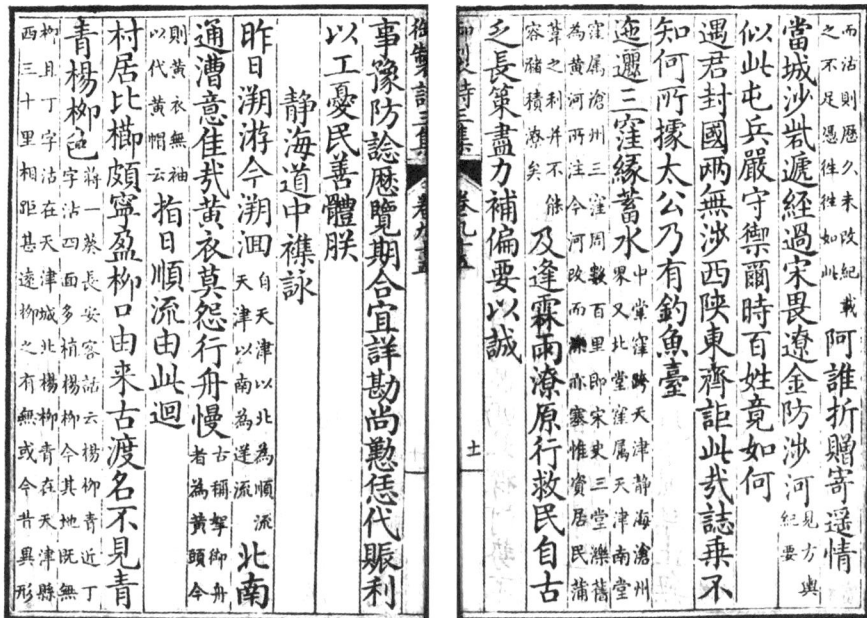

〔发现过程〕2012年7月24日，白金先生在《天津日报》发表文章《乾隆帝心知杨柳青》。文中说，他"翻看乾隆三十六年帝东巡过津时的诗篇，竟然发现在《静海道中杂咏》一组诗中有'柳口'字样，细细读来，确认是写杨柳青的景致，赶忙抄写下来"。于是，笔者考于《御制诗三集》，发现紧挨着这首诗就是乾隆路过当城和沙窝所作的另一首诗。原诗共八首，涉及西青的两首，今收入本书。白金文中未录诗后小注，收入本书时亦补小注。

〔诗作背景〕乾隆三十六年（1771），二月甲戌日（初三），乾隆奉皇太后自圆明园启銮巡幸山东。己卯（初八日）御舟驻跸杨柳青湖洋庄（即今胡羊庄，下同）。这两首诗就是巡幸山东路过杨柳青和当城、沙窝时所作。

爱新觉罗·弘历像

〔**作者简介**〕清高宗爱新觉罗·弘历(1711—1799),清朝第六位皇帝。其在位时年号为乾隆,前后一共 60 年,起止时间为公元 1736 年至 1795 年。他曾经数次路经杨柳青,至今杨柳青有与他相关的传说。多有诗作,辑录于《御制诗集》。

过杨柳青村因作柳枝词三首

(清)爱新觉罗·弘历

一

底论柘枝与竹枝,

试听即景柳枝词。

祖鞭虽属刘和白,

胜日巡方此一时。

二

拂岸青青窣嫩梢,

笼村已欲绿阴交。

桃关此日多归马,

谁复封侯叹悔教?

三

几番去声秋还几番春,

世间欣戚那能均?

徒观袅袅垂丝者,

岂少无端折赠人。

〔出处〕《御制诗四集》(卷三十六)

〔发现过程〕2011年5月23日,白金先生在《天津日报》发表应西青之邀写成的文章《乾隆帝吟咏杨柳青》,记录了这三首竹枝词。在"寻根大运河"活动中,笔者查阅乾隆相关资料时对此宝贵资料做了留存。

〔诗作背景〕据《清实录》记载,乾隆四十一年(1776)二月二十五日,乾隆帝奉皇太后启銮巡幸山东。此时历时五年多的再战金川之役告捷。为庆祝胜利,乾隆先后拜谒东、西两陵,再东巡山东,祭告泰山。辛未(农历二十九,公历4月17)日,御舟驻跸杨柳青湖洋庄水营。这三首柳枝词就是在这个过程中所作。

〔作者简介〕前文《静海道中杂咏》诗后有介绍,不赘。

可廢入津瀛通歲幸收宜自興滿提地欬獨後南遷河淤瀉有資津域連歲不敢水

惠既漆派猶盛眷禾仍得有牧民生伙藥資公議河孫非嫻祿巳私樸

宇數間仍備憩志亭茲在謂多茲

過楊柳青村因作柳枝詞三首

底論柘枝與竹枝試聽即景柳枝詞祖鞭雖屬劉和白

勝日巡方此一時

拂岸青青窄嫩梢籠村巳欲綠陰交桃關此日多歸馬

誰復封侯歎悔敦

者豈少無端折賺人

獨流覽古

獨流北復獨流東河渠志紀宋元豐爾時尚應為內地

然巳防禦謹其衛當城築壘嚴儔北咸平建議更在昔

冠準孤注徒爾為北強南弱由來識界河割疆各守邊

燕巢無事安以權不記創業藝祖語臥榻側豈容人眠

劬興蚯起風雲盛匪其時合靜以聽即欲有為當擇人

幾番去聲還毀譽暮世間欣戚那能均徒觀嬾孃亞絲

漕运总督管干珍等报得雨及南漕全抵天津情形诗以志慰

(清)爱新觉罗·弘历

收麦竣时望雨优，

彻宵八寸渥恩稠。

管干珍等奏，一路督催南漕于初十日行抵青县，途次得有小雨。十一日晚至天津杨柳青地方，雷雨交作，连宵达旦，至十二日申刻已得雨八寸，势尚未止。两岸农家收麦已竣，大田长发葱茂，正在望雨之际获此甘霖，并收麦之田亦得及时耕作，民情甚为欣悦。

运河水长上声北来速，

漕舸风资南送遒。

又称，当此雨后运河水长之时，北来粮艘益加迅速，现在鳞集天津未过关者止有四

帮。一面分委备并至桃花口、西沽一带，疏通在前。各帮限于十四日全数过关。而已经交兑回空之船扬帆南下亦可遄行无滞。

> 较以抵通早去岁，
>
> 期当回次毕中秋。

去岁粮艘抵通较前岁已早几两月，今岁更早几一旬，将来回空之船计于秋中可以全归水次。览奏不觉欣慰之至。

> 览章岂不心生慰，
>
> 此虑霖多转略愁。

〔出处〕《御制诗五集》（卷六十七）

〔发现过程〕在"寻根大运河"活动中，笔者查阅乾隆《御制诗五集》发现。

〔诗作背景〕乾隆五十六年（1791）五月十一日晚，漕运总督管干珍督催

南漕到达天津杨柳青。其时,雷雨交作,连宵达旦,至十二日申刻雨已经下了八寸,而雨势未止。此时,两岸农家收麦工作已经完成,大田长势很好,正盼望雨水来临。得到这场甘霖并且收麦的田地也得到及时耕作,百姓们都非常高兴。于是管干珍把雨情奏报乾隆。乾隆非常高兴,特作此诗。

〔作者简介〕前文《静海道中杂咏》诗后有介绍,不赘。

漕运总督管干珍奏尾船出山东境并报途次得透雨诗以志事

(清)爱新觉罗·弘历

去岁运河微欠水,

今年弗闰水原通。

去岁德州一带夏初阙雨,以致运河水觉微浅,粮艘不能趱行。中间尚多一闰四月,江西犹有四帮于六月初旬方出东境。若今年比去岁少一闰月,而此时江西尾帮已将全抵天津,则幸赖雨水调匀,而运河水势充足也。

总因化籥为消息,

度以津关无异同。

据管干珍奏,江西只余七帮,已于六月初六日亲押尾帮至杨柳青地方,距天津不过三十里,约三日内即可全过津关。去岁尾帮虽亦于六月初旬出东境,而以闰计之,则较今岁实迟月余矣。

南府恰当望泽际,

甘霖正喜济农功。

又奏称,初二日晚舟抵泊头,汛得雨一阵。初五日戌刻过静海亦得有密雨。及初六日至杨柳青,午刻阵雨如注,云气广被。大田正在望雨之时,沾被甘霖,农民极为欢庆。

食天国本何非事,

遇顺惟深敬畏衷。

〔出处〕《御制诗五集》(卷八十)

钦定四库全书

去歲運河微欠水今年弗閏水原通

透雨詩以誌事

漕運總督管幹珍奏尾船出山東境並報逐次得

無刻弗關農務切那能避暑獨怡情

即問低窪或致盈

霖應候秋收可望日下糧價較前減價平頗難覺省城於六月初二至初六得雨深透寧河通州一帶

七等日得雨二寸至六寸不等覺又不可輕戲南民氣象

登場是以償值高未大減現在新春已上市又復甘霖應候致過多仍即於招內批詢民事固不可輕戲

難民食不致缺乏順德府屬究緣災歉之後二麥甫經稱渥澤實深慰

息度以津關無異同

歲實遲南府恰當望澤除甘霖正喜濟農功

月餘笑

地方距天津不過三十里約三日內即可全過津關今去抵泊頭汛得雨一陣初五日戌刻過靜海亦得大雨初六日至楊柳青午刻陣雨如注雲氣廣被大田正在望雨之時霑被甘霖農民極為歡慶食天國本何非事遇順惟深敬畏

〔发现过程〕在"寻根大运河"活动中，笔者查阅乾隆《御制诗五集》发现。

〔诗作背景〕乾隆五十八年(1793)六月初六，漕运总督管干珍漕船尾帮至杨柳青，中午时，阵雨如注，云气广被。大田正在望雨之时，沾被甘霖，农民极为欢庆。乾隆非常高兴，特作此诗。

〔作者简介〕前文《静海道中杂咏》诗后有介绍，不赘。

举千叟宴于皇极殿礼成联句用柏梁体

(清)爱新觉罗·弘历

……

八四启耆御缮鞯，

石口柳青欢盈廛。

三月二十日,御舟过琴高祠旁石口村。二十四日,经杨柳青夹河地方。该二处居民踊跃欢迎,情殷瞻就。

特加恩将该村本年应征钱粮普行蠲免。视巡幸经由地方例免十之三或十之五者尤为恩施格外。圣京侍郎臣泰宁。

……

〔**出处**〕《御制诗余集》(卷一)

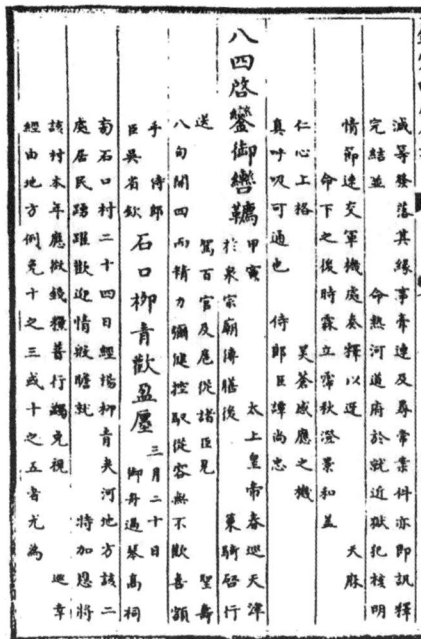

〔**发现过程**〕在"寻根大运河"活动中,笔者查阅乾隆《御制诗余集》发现。原诗较长,收入本书时,只保留了涉及杨柳青的诗句。

〔**诗作背景**〕乾隆六十年(1795),85 岁的乾隆帝决定在明年正月将大位传给第十五子颙琰,并借归政大典之机,再次邀集各方老人来京共享"千叟宴"。嘉庆元年(1796)正月初四日,在宁寿宫的皇极殿开宴,列名参席者 3056

人,列名邀赏者 5000 人,各有赏赐。后,乾隆帝与嘉庆帝在重华宫,召大学士及内廷翰林等茶宴,以举千叟宴于皇极殿礼成,用柏梁体联句。于是有了《举千叟宴于皇极殿礼成联句用柏梁体》。诗中综述乾隆一生政绩。其中这两句提到乾隆五十九年(1794),乾隆巡幸天津时路过杨柳青受百姓欢迎的情形。句后小注描绘了当时的情形。

〔**作者简介**〕前文《静海道中杂咏》诗后有介绍,不赘。

古渡旧影

京杭大运河是西青的母亲河,杨柳青是运河的重要节点。古人由运河舟经西青,或立舟中观古镇之景,或徘徊渡口发怀古之情,为我们留下古渡旧时的影子。"寻根大运河"活动追踪古人的脚步,搜集古人在西青运河留下的诗篇,汇集于本章。

舟过杨柳青

(元末明初)宋　讷

杨柳青枯异昔年,
人家犹有住河边。
缚芦厚覆低低屋,
把竹轻撑小小船。
半列霜禾喧鸟雀,
轻烧烟树立鸥鸢。
眼前莫究兴亡事,
万里舆图自一天。

〔出处〕《西隐集》(卷三)

> 钦定四库全书　卷三
>
> 一夜故园归梦好笑肴松菊坐烟霞
>
> 舟过杨柳青
>
> 杨柳青枯异昔年人家犹有住河边缚芦厚覆低低屋
> 把竹轻撑小小船半列霜禾喧鸟雀轻烧烟树立鸥鸢
> 眼前莫究兴亡事万里舆图自一天
>
> 直沽舟中
>
> 旅思摇摇嗜画眠舟人报是直沽前夕阳野饭烹鱼釜
> 秋水蒲帆卖蟹船诗有白鸥沙上兴书无青鸟海东传

　　〔发现过程〕在"寻根大运河"活动中,笔者查阅与西青相关资料时发现于《西隐集》。后来,"寻根大运河"采访团在沧州做寻根采访活动时得知,沧州市地方志办公室的孙建先生正在搜集整理当地古诗词。于是,王洪海老师请孙建将发现涉及杨柳青、西青的古诗词提供给采访团。不久,孙建通过电子邮件给"寻根大运河"采访团发来他发现的明诗八首,清诗十九首。本诗孙建先生也于明代谢肇淛《北河纪余》(卷四)搜集到。这些

宋讷像

古诗都是当时西青已出版的书籍、文献中没有记载的,此事也激励"寻根大运河"采访团投入更多精力去查阅文献,寻找西青文史前辈尚未发现的古诗词。

〔作者简介〕宋讷(1311—1390),字仲敏,号西隐。元末明初滑县人。元至正进士。任盐山尹,后弃官归隐。明洪武初年应征编礼、乐诸书,完成后,不仕而归。后经杜敩推荐,任国子助教。以讲授儒家经典而为学人推崇。洪武十五年(1382),超迁翰林学士,改文渊阁大学士,再迁国子监祭酒。宋讷为学严立学规,治太学有绩,颇受明太祖朱元璋赏识。朱元璋曾咨询宋讷边防之策,宋讷提出屯田的建议,朱元璋"颇采用其言"。

助教金文徵等嫉妒宋讷,向吏部尚书余熂构陷宋讷,让他辞职退休。于是,宋讷向朱元璋请辞。朱元璋惊问原委后大怒,诛杀了余熂、金文徵等人,挽留宋讷留任。

《明史》说:"讷稍晚进,最蒙遇。"

《钦定四库全书·〈西隐集〉提要》说宋讷,"文章亦浑厚典雅,其奉敕制太学碑极为明祖所赏"。

静海道中地名杨柳青园林隐映可爱

(明)程敏政

春阴澹沲绿杨津,
两岸风来不动尘。
一日船窗见桃李,
便惊身是卧游人。

〔出处〕《篁墩文集》(卷六十八)

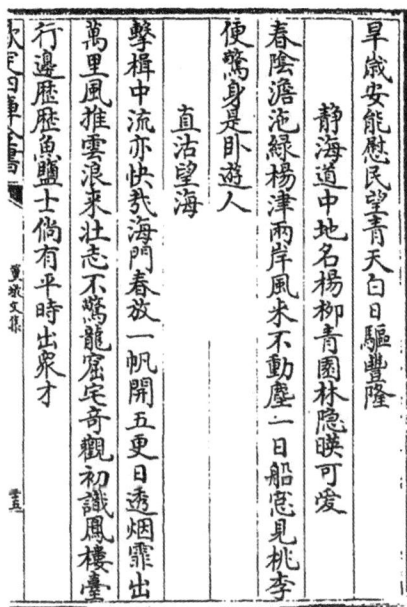

旱歲安能慰民望青天白日驅豐隆

靜海道中地名楊柳青園林隱映可愛

春陰澹沲綠楊津兩岸風光不動塵一日船窗見桃李

便驚身是卧遊人

直沽望海

擊楫中流亦快哉我海門春放一帆開五更日透烟霏出

萬里風推雲浪來壯志不驚龍窟定奇觀初識鳳樓臺

行邊歷歷魚鹽士倘有平時出衆才

篁墩文集

〔**发现过程**〕此诗由沧州市地方志办公室孙建先生发现,并提供给"寻根大运河"活动采访团。笔者查其出处为《篁墩文集》。

〔**作者简介**〕程敏政(1446—1499),字克勤,中年后号篁墩,又号篁墩居士、篁墩老人、留暖道人,明代南直隶徽州府休宁县人,隶沈阳中屯卫籍,出生于河间。后居歙县篁墩(在今屯溪),故时人又称之为程篁墩。南京兵部尚书程信之子。

程敏政自幼聪明,"资禀灵异,少时一目数行"。十余岁时,以"神童"被荐入朝,就读于翰林院。成化丙戌科一甲二名进士,为同榜三百五十余人中最少者。授翰林院编修,官至礼部右侍郎。后涉徐经、唐寅科场案被下狱。出狱后,愤恚发痈而卒,赠礼部尚书。

《明史》称程敏政"学问该博"。

《国朝献征录》称:"敏政人秀眉长髯,风神清茂,善谈论,性复疏,于书无

所不读,文章为时辈所推。"对于他涉案一事,则称"但言官劾其主考任私之事,实未尝有。盖当时有谋代其位者,嗾给事中华昶言之,遂成大狱,以致愤恨而死。有知者至今多冤惜之"。

程敏政聪明多才,轶闻多有记载。明代张谊《宦游纪闻》载:"安南使入朝,出一对云:'琴瑟琵琶八大王,一般头脑。'程敏政对曰:'魑魅魍魉四小鬼,各样肚肠。'"

杨柳青舟中见月

(明)王 鏊

杨柳青前杨柳残,

南人北望思漫漫。

从来共月庵前月,

今夜蓬窗独自看。

〔出处〕《震泽集》(卷二)

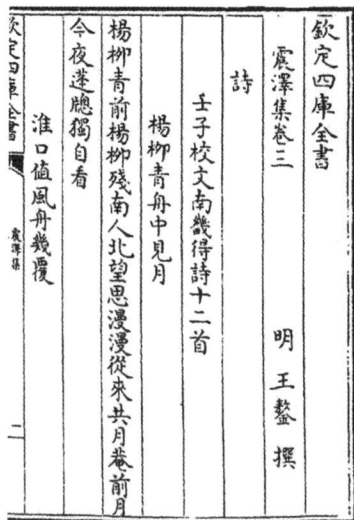

〔**发现过程**〕此诗由沧州市地方志办公室孙建先生发现,并提供给"寻根大运河"活动采访团。

〔**作者简介**〕王鏊(1450—1524),字济之,号守溪,晚号拙叟,学者称其为震泽先生,吴县人。明代名臣、文学家。王鏊自幼聪明,有文名。成化十年(1474),乡试中解元。成化十一年(1475),会试中会元,殿试一甲第三名,授翰林院编修。明孝宗时历侍讲学士、日讲官、吏部右侍郎等职。明武宗时任吏部左侍郎,与吏部尚书韩文等请武宗诛刘瑾等"八虎",但事败未成。旋即入阁,拜户部尚书、文渊阁大学士。次年,加少傅兼太子太傅、武英殿大学士。

后刘瑾更加专横,王鏊见无可挽回,便求辞官。正德四年(1509)五月,他三次上疏请辞,才被批准。后家居十六年,大臣们交相荐举,终不肯复出。

王鏊著有《震泽编》《震泽集》《震泽长语》《震泽纪闻》《姑苏志》等。《皇明经世文编》辑有《王文恪公文集》。曾参与编修《明宪宗实录》《明孝宗实录》,任《孝宗实录》副总裁。与徐溥等共修《大明会典》,任副总裁。

《明史》说:"鏊博学有识鉴,文章尔雅,议论明畅。晚著《性善论》一篇,王守仁见之曰:'王公深造,世未能尽也。'"他影响、培养了唐伯虎等一批文人。其文风"尚经术,险诡者一切屏去。弘、正间,文体为一变"。

王鏊更以人品闻名。王守仁说他"世所谓完人,若震泽先生王公者,非邪?"唐伯虎称其"海内文章第一,朝中宰相无双"。

泊天津稍直口诗

(明)顾彦夫

名津稍直一舟横，

野旷谁知夜几更。

山月徘徊人独立，

海天寥落雁孤鸣。

河流东下烟波远，

风阵西来草木惊。

有酒欲斟斟不得，

边防民瘼正关情。

〔出处〕《北河纪》(《北河纪余》卷四)

〔**发现过程**〕在"寻根大运河"活动中,受沧州孙建先生启发,笔者查阅《北河纪》中古人在杨柳青的留诗情况,在查看于慎行相关内容时发现。

〔**作者简介**〕顾彦夫(生卒年不详),字承美,无锡人。明正德五年(1510)中举人,嘉靖己丑(1529)举进士,在南京为太常博士。其间,顾彦夫深得当时的著名学者吕仲木的器重,被其推荐为国子监监丞,但没有成功,因而就任了瀛海别驾,再后来又做了河间府通判。当时官场贿赂常见,而顾彦夫却秋毫无犯。著有《瀛海集》十二卷。

时人乔尚称其"君为举人二十三年,书剑之外无长物。畿务典马之官类以贿败,君比及三年而秋毫不涅,是其秉心塞渊,不为利禄所眩夺。宜其举笔成文,类有允然自得之见,不泥故常,而根极理致也"。"虽圣人复起,不易斯言者"。"君之可传,不止文字之工而已"。

北河地名杨柳青于此送客

(明)张元凯

两岸蝉声客梦醒,
片帆初落暮云停。
故人无奈年年别,
江北江南杨柳青。

〔**出处**〕《伐檀斋集》(卷十二)

御定四庫全書　卷十二

何事栖栖問水程
北河地名楊柳青於此送客
兩岸輝聲客夢醒片帆初落暮雲停故人無奈年年別
江北江南楊柳青
喜幻元以光禄遷京兆參軍
再看新綬縮銅章年少常超鸑鷟行花拂綠窗仙署曉
畫眉未了又含香
贈安茂卿

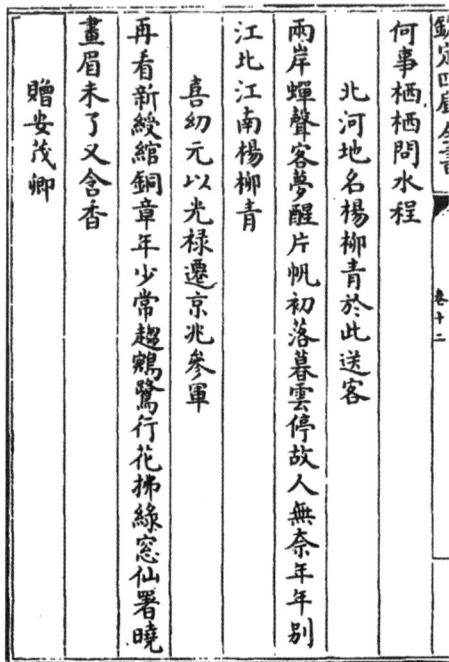

〔**发现过程**〕此诗由沧州市地方志办公室孙建先生发现,并提供给"寻根大运河"活动采访团。

〔**作者简介**〕张元凯(生卒年不详),字左虞,吴县(今属江苏苏州)人。明世宗嘉靖年间在世。少受毛氏诗,折节读书。以世职为苏州卫指挥,再督漕北上,有功不得叙,自免归。著有《伐檀斋集》十二卷,王世贞为之序。

其人本为武将,不善言辞,但喜欢喝酒,"鲸吸牛饮,飞不及停",对于不合意的人则"白眼骂坐"。其友王世贞感叹这样的人按说不会写诗,而他竟可以写出很好的诗作,可以比之以诗惊人的武将沈庆之、曹景宗。所以王世贞感叹"士固不可皮相也,吾居恒怪"。

《钦定四库全书·〈伐檀斋集〉提要》评价张元凯:"其诗大抵推陈出新,不袭窠臼,而风骨遒上,伉壮自喜,每渊渊有金石声。所作《西苑宫词》《静志居

诗话》谓其高出世贞之上。他如北游诸律,亦多不失矩矱,盖其才华本富,又脱屣名利,胸次旷夷,故当琅琊历下之派盛行,而能不囿于风气,宜世贞之心折不置矣。"

晚泊杨柳青

(明)陈吾德

客子临高万里情,

扁舟东望即沧溟。

笛声且莫悲杨柳,

杨柳如今树树青。

〔出处〕《谢山存稿》(卷之九)

〔**发现过程**〕"寻根大运河"活动中,武清区文史专家李汉东发现后提供给笔者。笔者考证于《谢山存稿》。

〔**作者简介**〕陈吾德(1528—1589),字懋修,归善人。明嘉靖四十四年(1565)进士,授行人。隆庆三年(1569)升任工科给事中。时两广多盗,当地文武官员隐瞒真实,动辄以虚假文字上报。吾德则如实上陈,列出八条适宜实行的建议,皆获批准施行。隆庆四年(1570),与户科都给事中李已上疏谏皇帝停止搜刮珍宝。皇帝震怒,杖击李已百下,下刑部狱,陈吾德贬为平民。

神宗继位,起用陈吾德在兵科供职。万历元年(1573),晋升为右给事中。张居正执掌国政,谏官论事必须先请示他,唯独陈吾德不去。因得罪张居正,被调任饶州知府。因被劾部下失盗罪,贬为马邑县典史。不久又被御史劾其任饶州知府时,违制讲学,用库金买学田,除官籍贬为平民。张居正死后,被推荐为思州推事,移宝庆同知,都以亲老为由,没有赴任。后病逝于湖广佥事任上。著有《谢山存稿》。

与陈吾德同时的都御史李材称其"立朝则正色,居乡则端表,洵所谓有道之君子也!"陈吾德死后奉祀江西名宦祠、广东乡贤祠,《明史》有传。

《四库全书总目提要》称:"吾德传陈献章之学,居官忤张居正,屡遭贬谪,其气节亦铮铮者,诗文则直述胸臆而已。"

夜发杨柳青望天津海口

(明)于慎行

夕泊大堤口,

雨气侵肌骨。

舟子不得停,

鸣桨中夜发。

闻道海门近，

惊栗不敢越。

渔灯隐遥浦，

箫鼓声未歇。

人语烟中村，

舟横沙上月。

岸接远流平，

树入回波没。

不睹潮涨奇，

安知溟渤阔。

喔喔天鸡鸣，

东望苍烟裂。

霞生赤城峤，

日出扶桑窟。

胧胧五云里，

欲吐金银阙。

钟鼓罗宫廷，

百辟修朝谒。

整衣顾我仆，

神情坐超忽。

〔出处〕《谷城山馆集》（卷二）

西青古诗词集萃

XIQING GUSHICI JICUI

〔发现过程〕在"寻根大运河"活动中,笔者查阅于慎行相关资料时发现。

〔作者简介〕于慎行(1545—1607),明代文学家、诗人。字可远,又字无垢。东阿县东阿镇(今属平阴)人。明隆庆二年(1568)进士,改庶吉士,授编修。万历初年,《穆宗实录》成,进修撰,充日讲官。后升礼部右侍郎、左侍郎,转改吏部,掌詹事府,又升礼部尚书。万历三十三年(1605)诏为詹事未上任,后朝中推出七位阁臣,首为于慎行,诏加太子少保兼东阁大学士,入参机务。

万历初年,张居正当国,他进行了一系列改革,解决了明朝中期许多严重的社会问题,为明朝政治经济的稳定发展做出了很大贡献。但张居正个人作风独断专行、压制百官,引起朝中普遍不满。御史刘台因为弹劾张居正专恣不法,而被下狱谪戍。同僚都避讳刘台,于慎行却独往视之。万历六年(1578),张居正父亲病故,他不想遵制守丧,授意门生提出"夺情"。神宗予以批准,举朝大哗。于慎行与其他大臣一起疏谏,以纲常大义、父子伦理劝神宗收回成

命,张居正很不高兴。一次,他对于慎行说:"子吾所厚,亦为此也?"于慎行语重心长地对他说:"正以公见厚故耳。"

张居正死后,反对他的势力执掌了朝政,左右了神宗。这时,张居正遭政敌攻击,死后被剥夺封爵,籍没全家。于慎行在这种情况下,不避嫌怨,以恳挚的语气写信给主持此事的丘橓,"居正母老,诸子覆巢之下颠沛",实堪可怜,望予关照。

万历三十五年(1607),山东发生试题泄露事件,于慎行引咎辞职归家。后卧病不起,数日病死,年六十二岁,赠太子太保,谥文定。

于慎行著有《谷山笔麈》《谷城山馆文集》《谷城山馆诗集》《读史漫录》,编纂有《兖州府志》。

《明史》称"慎行学有原委,贯穿百家。神宗时,词馆中以慎行及临朐冯琦文学为一时冠"。

泊杨柳青夜立广野中

(明末清初)许承钦

沙村柝响肃严更,

上将星昏野将明。

无数光芒临水动,

有时阴火送潮生。

枯杨暗啸黎丘鬼,

短剑谁销濩泽兵?

搔首踟蹰怀往昔,

何人投帻坏长城?

〔出处〕卓尔堪辑《明遗民诗》(卷十一)

長城
風行至南陽湖
寒颷作意送征航蘆荻森森吚鶗鴂遠岸平山
趨斷隴連空野水入洪荒蒲帆橫側沿汀出茅
舍參差隔浦藏百里魚蝦都會地土風應自賤

農桑
次梁王城 豫州
一丘突兀草萋萋指荒垣没舊題人代謬傳
秦歲月豈封曾是漢山谿故宮禾黍寒刁斗野
麓荊榛斷鼓鼙四壄健兒令銳甚眼前龜鑑在

東屯
宿天津夜分大風
鯉魚風起作嚴寒吹枕翻空悵被單此夜鮫人
增涕淚異時龍伯盛衣冠怒濤打天妃廟決
口還衝無祀壇遙聽隔河頻野哭篷總暗起帶

愁看
泊楊柳青夜立廣野中
沙村桥響蕭嚴更上將星昏野將明無數光芒
臨水動有時陰火送潮生枯楊暗嘯黎丘鬼短
劍誰銷濩澤兵搔首踟蹰懷往昔何人投幘壤

〔**发现过程**〕在"寻根大运河"活动中，笔者查阅孔尚任相关资料时，发现许承钦有诗《泊杨柳青夜立广野中》，但只查到题目和"枯杨暗啸黎丘鬼，短剑谁销濩泽兵？"句。后查得清人卓尔堪辑《明遗民诗》，始得全诗。

〔**作者简介**〕许承钦（1605—?），字钦哉，号漱雪，汉阳人。明崇祯丁丑科（1637）进士。知溧阳县，后迁户部主事。明亡后隐居泰州。著有《漱雪集》。该书无存。卓尔堪所辑《明遗民诗》（卷十一）收许漱雪诗八十首。许承钦与孔尚任等过从甚密，给孔讲的事"所话朝皆换""不经人道语"。

孔尚任称其"龙马精神，领袖群英，语言成范，步趋可师"，"乃灵光硕果，海内无多"，"先代遗耆，声为古律，身为法物，一言一动，皆可垂训"。

夜泊杨柳青歌

(明末清初) 彭孙贻

杨柳青西暮色昏，

不知舟泊谁边村。

摇摇巷火沸夜市，

杳杳船灯移水门。

晓风残月上溪口，

不见垂杨与垂柳。

攀条应巳尽行人，

飞絮何因复见春。

金穗倒拖寒食路，

绿茵低拂落花尘。

难寻细叶穿鱼好，

止认枯椿系马频。

杨柳青青未归去，

杨柳青稀秋尽处。

杨村北望几邮亭，

冷落无过杨柳青。

才见柳枝心巳系，

杨柳青时不可停。

〔出处〕《茗斋集》之《南行集》

〔发现过程〕在"寻根大运河"活动中，武清区文史专家李汉东发现后提供给笔者。笔者考证于《茗斋集》。诗中"巳"字疑为"已"字之误。为保持原貌，收入本书时未改。

〔作者简介〕彭孙贻（1615—1673），明末清初学者。字仲谋，一字羿仁，号茗斋，浙江海盐武原镇人。自幼聪慧，过目成诵。后曾五试于学使，皆为第一，名噪一时。崇祯十五年（1642），秋试锁闱，陈子龙以绍兴府推官考荐之，主司翰林院编修吴国华、吏科给事中范淑泰，皆极为赞赏，定为第一，因病不能终场，报罢。陈子龙说："恨彭生不得出吾门。吾虽不及欧阳（修），此子实不愧子赡（苏轼）也。"孙贻感知己，遂称弟子，次年以贡生首拔于两浙。

其父为南明隆武朝太常寺卿彭期生，于清顺治三年（1646）九月清军破赣州城后遇难。明亡后，彭孙贻终身不仕，杜门奉母。去世后门人私谥孝介先生。著有《茗斋集》《茗斋诗余》《茗斋杂记》《彭氏旧闻录》等。

《重修浙江通志稿》称其："于诗自汉、魏、六朝以迄明之何、李七子，无体不备，亦无不逼似。弘深奥衍，穷变极奇，为明季一大家。"

次杨柳青船上作二首

(清)陈廷敬

一

三日黄云逐岸沙，

得船今日似归家。

午亭烟舫春光暖，

飞尽东风杨柳花。

二

渔子风潮若个边，

榜人相就宿寒烟。

天家赐与舟船好，

欸乃声中似往年。

〔出处〕《午亭文编》（卷二十）

天家賜與舟船好欵乃聲中似往年

漁子風潮若個邊榜人相就宿寒烟

飛盡東風楊柳花

三日黄雲逐岸沙得船今日似歸家午亭烟舫春光暖

次楊柳青船工作二首

花河兩岸城郭海西頭自是繁華地無忘羈旅憂

津門控工游銀漢接天流水合三叉口墻連萬里舟烟

天津

欽定四庫全書

午亭文編 卷二十

〔**发现过程**〕此诗由沧州市地方志办公室孙建先生发现,并提供给"寻根大运河"活动采访团。

〔**作者简介**〕陈廷敬(1639—1712),字子端,号说岩,晚号午亭,清代泽州府阳城人。顺治十五年(1658)进士,初名敬,因同科有同名者,皇帝给他加上"廷"字,改为廷敬。

历任翰林院庶吉士、翰林院侍读学士、经筵讲官、《康熙字典》的总裁官、礼部侍郎、吏部左侍郎、都察院左都御史、工部尚书、户部尚书、刑部尚书、吏部尚书、文渊阁大学士等职,是康熙年间重臣。2018年9月,中央电视台播出的电视连续剧《一代名相陈廷敬》即以此人故事为背景。

陈廷敬工诗文,著有《午亭文编》五十卷。

《清史稿》说:"廷敬初以《赐石榴子》诗受知圣祖,后进所著诗集,上称其清雅醇厚,赐诗题卷端。"

《钦定四库全书·〈午亭文编〉提要》说陈廷敬:"喜为诗歌,门径宗仰少陵,颇不与王士禛相合,而士禛甚奇其诗。""以渊雅之才,从容簪笔典司文章,得与海内名流以咏歌鼓吹为职业。故其著述大抵和平深厚,当时咸以大手笔推之卷首。"

除夜题老人饮酒读书图

(清)孔尚任

此老在余榻前晨昏相对且三年矣,今夕童子扫舍,欲以新画易之,余不忍也,仍留守岁,并赠以诗。康熙癸酉除夜,东塘任题。

一

白发萧骚一卷书,

年年归兴说樵渔。

驱愁无法穷难送,

又与先生度岁除。

二

炉添商陆火如霞,

供得江梅已著花。

手把深杯须烂醉,

分明守岁阿戎家。

〔**出处**〕陈洪绶《饮酒读书图》;孔尚任《长留集》(《七言绝句》)

易之子不忍也仍留守歲

白髮蕭騷一卷書年年歸輿說樵漁驅愁無法窮

難送又與先生度歲除

燕臺雜興四十首 有序

蝸寓在宣武門外距太學十五里每月堂

期六次計一歲往返二千二百里予十年

博士在館者六載蓋行一萬三千二百里

予昔人云不行萬里路不讀萬卷書難乎

爲詩今成均既無書可讀而僕僕軟塵中

城色也入高人也入時

閣角

畫角城頭冒曉霜三聲吹出羽林郎太平不許開

弓矢賭酒贏花滿射場

春夜聽笛

急聲吹破慢聲收亂落梅花一夜愁不是陳隋後

水調伊涼後尾接甘州

除夜題老人飲酒讀書圖

圖爲老蓮畫懸榻前三年吳童子掃舍欲

〔**发现过程**〕此诗由笔者发现。明末清初著名画家陈洪绶曾经在杨柳青舟中画有《饮酒读书图》(本名《饮酒读骚图》)。画上题有"老莲洪绶写于杨柳青舟中,时癸未孟秋"。孔尚任收藏该画,在其《享金簿》中有对该画描述:"陈章侯人物一轴,乌帽朱衣,坐对书卷,手持把杯,盖《饮酒读骚图》也。瓶插梅

花竹叶,皆清劲。题云'老莲洪绶写于杨柳青舟中,时癸未孟秋'。乃避乱南下时作。言之慨然。"该画上有孔尚任四处题跋,其中一处为:"白发萧骚一卷书,年年归兴说樵渔。驱愁无法穷难送,又与先生度岁除。炉添商陆火如霞,供得江梅已著花。手把深杯须烂醉,分明守岁阿戎家。此老在余榻前晨昏相对且三年矣,今夕童子扫舍,欲以新画易之,余不忍也,仍留守岁,并赠以诗。康熙癸酉除夜,东塘任题。"孔尚任在《长留集》(《七言绝句》)中只记载了其中第一首,而题下小注为"图为老莲画,悬榻前三年矣。童子扫舍欲易之。予不忍也,仍留守岁"。由于本诗与陈洪绶在杨柳青舟中所画图有关,故收入"古渡旧影"一章。收入本书时,以陈洪绶《饮酒读书图》上题跋为准,而题目则用孔尚任《长留集》中诗题。

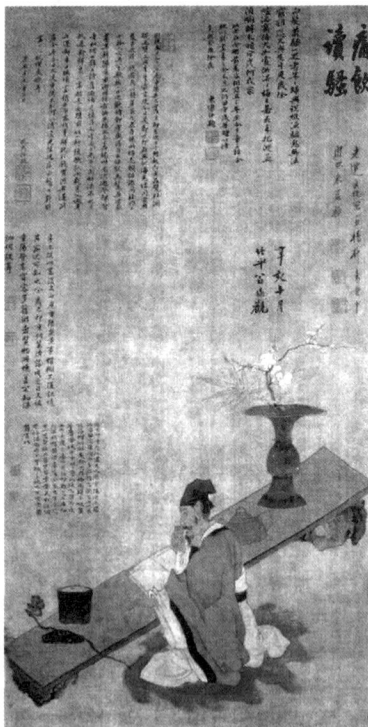

凝得吳曹籀法曾之廣陵新勝街

陳章侯人物一軸烏帽朱衣坐對背卷手持把杯盞飲酒讀騷圖也瓶插梅花竹葉忭清勁題云老蓮洪綬寫於楊柳青舟中時癸未孟秋乃避亂南下時所作言之慨然

夏鼎高七寸許銀絲填悅周身夔龍饕餮細如毫髮青綠裹蝕殆遍無款識而式則夏器也

商母乙鼎高六寸周身蟬紋腹內陰款三行一十七字云雖乙巳作母乙尊鼎爲年子子孫孫永寶用色澤黯然朴而不華想見尙質之意

商亞䣄款作亞形內有干興䣄狀土銹駮蝕銅質已盡敲之無罄施孝虔贈予者孝虔愚山先生子

〔作者简介〕孔尚任(1648—1718),字聘之,又字季重,号东塘,别号岸堂,自称云亭山人。山东曲阜人,孔子六十四代孙,清初诗人、戏曲作家。世人将他与《长生殿》作者洪昇并论,称"南洪北孔"。

康熙二十三年(1684),康熙帝南巡北归,特至曲阜祭孔,37岁的孔尚任在御前讲经,颇得康熙的赏识,破格授为国子监博士,赴京就任。在官场中,不得志的孔尚任时而讴歌新朝,时而怀念故国;时而攀附新贵,时而与遗民故老神交,特别是在淮扬做官时与南明遗老的接触,促使他创作了反映南明覆亡的传奇剧本《桃花扇》。

孔尚任不只创作了著名的《桃花扇》,还有诗文集《湖海集》《岸堂文集》《长留集》等存世。

明遗民诗人黄云称其"以诗鸣山左。盖尼山庭训首重学诗"。

杨柳青镇运河岸边的诗廊刻有孔尚任的《舟泊天津》诗:"津门极望气蒙蒙,泛地浮天海势东。昏到晓时星有数,水连山外国无穷。柳当驿馆门前翠,花在鱼盐队里红。却教楼台停鼓吹,迎潮落下半帆风。"(该诗出自《长留集》,西青原有文献中无记载。)

舟行杨柳青村名

(清)纳兰常安

长空云幕卷,

野水涨沙汀。

落日蘼芜绿,

晚烟杨柳青。

卫漳经泰岳,

潮汐发沧溟。

望望天津路，

风帆去未停。

〔**出处**〕《受宜堂驻淮集》(卷十一)

畿甸平分界燕齊會一村新涼貪小憩竹簟宿烟昏

武城懷古　平原君

輿圖分趙境客權此經行邈矣佳公子依然古邑城

月澄雲粉薄霞斂露華傾鳴咽清漳水千秋恨未平

舟行楊柳青村名

長空雲幕卷野水漲沙汀落日麓燕綠晚煙楊柳青

衛漳經泰嶽潮汐蘗滄溟望望天津路風帆去未停

過津門遊水西莊

不向青徐望嶧崑水西莊外泊飛廬濁流將合淺深

受宜堂駐淮集　卷十一　詩二　一三

〔**发现过程**〕在"寻根大运河"活动中，笔者查阅《天津图书馆珍藏清人别集善本丛刊》时发现。

〔**作者简介**〕纳兰常安（1681—1748），满族，清代著名的散文家、诗人。纳兰氏，字履坦，满洲镶红旗人。康熙三十二年（1693）举人，以诸生授笔帖式，自刑部改隶山西巡抚署。雍正元年（1723）任山西太原理事通判。后转任冀宁道，迁任广西按察使、云南按察使、贵州布政使、江西巡抚。雍正十三年（1735）因母丧去官。乾隆元年（1736），纳兰常安回北京，船经过仲家滩，其仆人强迫闸官在非开闸时间开闸越渡。乾隆皇帝听说后不满，说："皇考临御时所未尝

有!徒以初政崇尚宽大,常安封疆大吏,乃为此市井跋扈之举,目无功令!"纳兰常安因此被夺官,下刑部论罪。后帝命宽免,由江西入都督理北路粮饷。乾隆四年(1739),任盛京兵部侍郎。乾隆五年(1740),召改刑部左侍郎。乾隆六年(1741),移任浙江巡抚,官漕运总督。

纳兰常安任浙江巡抚时,曾上疏乾隆:"属吏贤否视上司为表率,唯有身先砥砺,共励清操。"有辞巡抚意。乾隆谕:"廉,固人臣之本,然封疆大臣非仅廉所能胜任,为国家计安全,为生民谋衣食,其事正多。观汝有终身诵廉之意,则非矣。"纳兰常安任浙江巡抚期间,治水患、清盗源、厘盐政,躬谨勤劳,颇有政绩。乾隆十二年(1747),纳兰常安陷入官场争斗,被闽浙总督喀尔吉善劾奏受贿等十事,遭解职。虽然处理此事的大学士高斌报告乾隆其事多为罗织,但纳兰常安仍被下刑部狱,死于狱中。

纳兰常安虽然受累于仕途,但却是一位颇有成就的文人、学者,著有诗文集《醉红亭集》《瀚海前后集》等,这些文集后来统编为《受宜堂集》。他还著有史论著作《明史评》、人物传记集《从祀名宦传》、笔记《受宜堂宦游笔记》等,甚至有奇门遁甲研究专著《遁甲吾学编》。

《清史稿》称其"工文辞,有所论著"。

自永定南埝历武清境坐冰床抵杨柳青作

(清)汪由敦

畿南七十二淀纳众流,

寒冬冰塞道阻修。

编苇横度直两版,

施茵张幄如碧油。

一夫牵挽躬伛偻,

不欹不耸行不留，

赪肩翻笑劳八骀。

鸟道绝空阔，

蚁行绕沙洲。

平移稳似循轨辙，

转旋捷过回轮辀。

联若鹅鹳列，

散若凫鹥浮。

陆不羡骅骝千里绝尘足，

水不羡龙骧万斛乘风舟。

岁晚还伸济川用，

利涉切屦履薄忧。

我衔使命驰星邮，

役夫取径得少休，

独惜不为月下游。

吴侬老向烟波听棹讴，

平生奇绝见此不。

〔出处〕《松泉集》（卷十八）

不留顏肩翻笑勞八駰鳥道絕空澗蟻行繞沙洲平移
穩似循軌轍轉旋提過廻輪鞴馭若鵞鸛列散若鳧鷖
浮陸不羨驊騮千里絕塵足水不羨龍驤萬斛乘風舟
歲晚還伸濟川用利涉切豈顧薄憂我銜使
命馳星郵役夫取徑得少休獨惜不為月下遊吳儂老
向烟波聘權謳平生奇絕見此不

今年
高山

洲島良苗付巨浸谷墊嗟鮮飽伊古別三農人力不容
橋距川先畎澮王制政可致但使溝洫通隨地納行潦
時雖各區分經塗互繚繞去言即為利豈必秧田好數
浸漯膩方單子憂韓草周諏詢名故老因勢
而利導尚勿陳言掃
自永定南墖歷武清境坐永床抵楊柳青作
鑿南七十二淀納泉派寒冬永寒道阻修編葦橫庋直
兩版施茵張惺如碧油一夫牽挽舠僂不欹不聳行

〔**发现过程**〕此诗由沧州市地方志办公室孙建先生发现，并提供给"寻根大运河"活动采访团。笔者考之于《松泉集》。

〔**作者简介**〕汪由敦（1692—1758），初名汪良金，字师苕，号谨堂，又号松泉居士。安徽休宁人。清雍正二年（1724）进士，选庶吉士。乾隆间，累官至吏部尚书。金川用兵，廷谕皆出其手。卒，加赠太子太师，谥文端。著有《松泉集》。

汪由敦自幼聪明，甚至有传说，他十岁时参加县府试不中，其父梦其祖父汪恒然托语："孙文自善，名未当耳！"示改二字即"由敦"。改名后，再试时果然名列前茅。

乾隆帝爱写诗，往往用朱笔草书，或者口授令人记录，称为"诗片"。其时，汪由敦为内值，记录没有出过差错，于是皇帝让他撰拟谕旨。汪由敦有超强的记忆力，很得乾隆欣赏，每次必跟从谒陵及外出巡幸。乾隆每有圣谕，汪由敦耳听心记，"出即传写，不遗一字"。

《清史稿》称:"由敦笃内行,记诵尤淹博,文章典重有体。"乾隆称其"老诚端恪,敏慎安详,学问渊深,文辞雅正"。

乾隆二十三年(1758)正月初四,汪由敦偶感风寒,十八日病危。二十日,听到蒙古准噶尔部自立为汗并勾结沙俄的阿睦尔撒纳已死,大喜,连说"得及闻此信,臣无恨矣"。二十二日,汪由敦病逝。乾隆闻讯急到,并亲揭陀罗被审视,再三把茶倒在地上祭祀,降旨厚葬并加赠太子太师,赐谥文端,入祀贤良祠。又以由敦擅长书法而命馆臣集其书为《时晴斋法帖》十卷,勒石皇宫之中。乾隆还作祭文,并作《哭汪由敦》诗,诗曰:

> 赞治常资理,论文每契神。
>
> 任公诚匪懈,即世信何因。
>
> 言行宜编简,老成谢缙绅。
>
> 奠临抴一忱,底计日当辰。

杨柳青

(清)常青岳

> 飞絮拖条遍水滨,
>
> 春风一道动游人。
>
> 若能识得青青意,
>
> 杨柳成吟句子新。

〔出处〕《晚菘堂集》

〔发现过程〕沧州市地方志办公室孙建先生于国家图书馆查阅文献时发现,并提供给"寻根大运河"活动采访团。

〔作者简介〕常青岳(生卒年未详),字末山,一字雨来,交河人。雍正元年(1723)举人,历竹山知县,官江西南康府同知。著有《晚菘堂集》二卷。

过杨柳青

(清)王德钦

晓发天津客梦醒，

轻风丝雨滄残星。

朦胧目断清魂处，

翠袖楼前杨柳青。

〔出处〕《泾川文载》(卷三十三)

柳停鞭好拂塵

望鍾山 王德欽

東南半壁聲雲鬢雪後瓊瑤見玉顏侵曉筍輿乘馬去隔
江華貢幾重山 王德欽

過楊柳青 王德欽

曉發天津客夢醒輕風絲雨滄殘星朦朧目斷清魂處翠
袖樓前楊柳青

雙塘 王德欽

沙白畦青蘆葦黃停舟何處問雙塘一灣新水搖漁槳欸
献人家帶夕陽

〔**发现过程**〕在"寻根大运河"活动中，笔者在查阅古籍时发现于清郑相如辑的《泾川文载》。

〔**作者简介**〕王德钦(生卒年不详)，字伊文。少时即刻苦为文，为人谦和敏练。雍正四年(1726)中举人。乾隆二年(1737)进士，未仕而卒。曾五次赴

京会试,有诗三百首,集为《燕游草》。

《泾川文载》称其诗"吊古咸今,雅有风致"。

桃花口

(清)金尚炳

来宿桃花口,

还寻杨柳青。

何曾比人面,

浑未折长亭。

芳美园空寂,

支离梦杳冥。

一般名实舛,

无事混图经。

〔出处〕《天津县志》(卷二十三);《天津府志》(卷三十九)

〔**发现过程**〕在"寻根大运河"活动中,笔者查阅资料时发现梅成栋《津门诗钞》中有《桃花口》诗:'来宿桃花口,还寻杨柳青。'"后查之于天津市地方志编修委员会编著,天津社会科学院出版社 2001 年出版的《天津通志·旧志点校卷》,得知作者为金尚炳,并查之于乾隆版《天津府志》。津门留诗,常以桃花寺或桃花口与杨柳青对仗,既是事物的对仗,又是地名的对仗。

〔**作者简介**〕金尚炳(生卒年不详),字犀若,号月樵,原籍绍兴,商籍天津。乾隆三年(1738)举人。

自潞河登舟阅四日始达天津即事偶成

(清)程晋芳

放舟杨柳青,

遥指直沽水。

石尤风太狂,

舟子呼止止。

须臾急雨来,

湿漏到篷底。

衣衫无余干,

况此薄行李。

半生走长途,

偃蹇辄如此。

惟动鲜亨贞,

于易探微旨。

所以灌园人,

泥涂甘曳尾。

〔出处〕《勉行堂诗集》(卷八)

心未觉厌羁旅即境有去来适我故乡土俯觑鱼乐仰羡黄
鹣举风秋吹泠泠夕景自容与回瞻玉京遥依依念侪侣
夜潆叫哀鸿微雨命新酌露珠拂初筠烟岛红药判秋及秋
揭来春未阑微雨命新酌露珠拂初筠烟岛红药判秋及秋
清先期怀已䡵送我南城闻谓我归计错订我重来期勿待梅
破埠骠歌唱逡巡有泪含未落不遇女知聚首乐
放舟杨柳青逍遥直沽水石尤风太狂离艖难女知聚首乐
如此惟劝鲜荤贞於易所以儌圉人泥涂甘戍尾
夹岸雅人相语时於寂境中意得攲微悟吾生若梦幻劳逸随
缩隔浦人相语时於寂境中意得攲微悟吾生若梦幻劳逸随
所过但持无佳业心垦抱幽赏在当前抚事适成何多恐

金天一抹霜气凝飞桥隐隐连长绠穿云古堞高峻嶒白虹宛
宛立不腾雪峰银海铺层层望之缥缈素绘璎珞绕飘华
灯毗婆变相何清徵契丹旧史蔡丹徽唐牙斡绝雄幽陵兀视
晋帝同织蝇斯睐首刘葛骄乎斡佛力归三乘三塔互建如
分朔石华细研镂寒冰性青惟黑以色稍引宣上飞奇肮璜
列精舍当林䓖西方萧杀运所以塔最久馀窨胴石橛铜翱
元代崇童谣惯慨非妄诬历千百祀相缔承清霞襫露互结氲
熙朝祝禑灵庆升钟日月圆无棱下视冀刹皆邻郡
罢风贾雨力所媵络延幽僧琳宫绀殿新抹陕敷崔
虎伏且与翔鶊四舞盘鱼揿鼓延限以禁扃勿致蚕
自潞河登舟阅四日始达天津即事偶成四首
毄沈障清流秋气浩如许寒花尚耦洲坠荻已盈浦生平壮游

〔发现过程〕在"寻根大运河"活动中,笔者查阅古籍时发现。诗有四首,这是其中一首。原诗题为《自潞河登舟阅四日始达天津即事偶成四首》,因只收入涉及杨柳青的一首,故本书改诗题为《自潞河登舟阅四日始达天津即事偶成》。

〔作者简介〕程晋芳(1718—1784),清代经学家、诗人。初名廷璜,字鱼门,号蕺园,歙县岑山渡人。乾隆二十七年(1762)三月,乾隆南巡,程晋芳献《江汉朝宗赋》,拔置第一,赐举人,授中书舍人。乾隆三十六年(1771)进士,由内阁中书改授吏部主事,迁员外郎,授翰林院编修,《四库全书》总目协勘官。与时任《四库全书》副总裁的刘墉共事,成莫逆之交,被举荐纂修《四库全书》。

其家世业盐于淮扬,殷富,好交又好施与。与商盘、袁枚相唱和,并与吴

敬梓交谊深厚。晚年与朱筠、戴震游。"好周戚友",又任家奴盗侵,乃至老时贫穷。著有《戴园诗》三十卷、《勉和斋文》十卷等。

徐世昌《晚晴簃诗汇》称其"与王渔洋后先媲美,词林掌故,不多觏也"。

杨柳青

(清)王实坚

杨柳青何处,

苍茫望眼赊。

转篷流水急,

作客夕阳斜。

冰在春犹浅,

村寒杏未花。

蓬门依两岸,

多半是渔家。

〔**出处**〕《冰雪斋诗草》

〔**发现过程**〕此诗由沧州市地方志办公室孙建先生于国家图书馆查阅文献时发现,并提供给"寻根大运河"活动采访团。

〔**作者简介**〕王实坚(1726—1806),字岂匏,吴桥人。清代诗人、画家。为人厚重,善承家学,尝搜集其家范太夫人冰玉斋残稿并先世遗诗,乞交河苏语年进士鹤成序而梓之。工画墨竹,诗笔清丽。著有《冰雪斋诗草》《九河臆说》等。

七夕泊杨柳青

（清）潘德舆

一

杨柳青边夕照黄，

人家秋色入苍茫。

今宵不忍看银汉，

衮衮西风走浊漳。

二

杨柳青边愁客过，

柳枝憔悴奈秋何？

一样长条善披拂，

青青偏让御沟多。

〔出处〕《养一斋集》（卷之八）

〔**发现过程**〕在"寻根大运河"活动中,笔者在查阅古籍时,发现潘德舆的《养一斋集》,并发现此诗。

〔**作者简介**〕潘德舆(1785—1839),清代诗文家、文学评论家,对《红楼梦》亦有独到见解。字彦辅,号四农,别号艮庭居士、三录居士、念重学人、念石人,江苏山阳(今淮安)人,性至孝。嘉庆五年(1800),潘德舆年十六,入县学,为秀才。学使钱樾"取古学第一",知府宫懋勰称其"海内奇才"。但多年乡试未中,以在乡里教书收徒为业,从学者众,桃李满门。漕运总督阮元召见他,潘德舆力辞不往。后朱桂桢、周天爵等高官"折节愿纳交",潘德舆远避之。

道光八年(1828),四十四岁的潘德舆再赴乡试,为江南解元。此后六次赴会试,都未能中。道光十五年(1835),潘德舆因"大挑一等",分发安徽候补知县,未赴任。道光十九年(1839),潘德舆病逝。后入祀府学乡贤祠。

力倡以诗言志,著有《养一斋集》。

晚清史学家、文学家姚莹称其"诗文精神奥突,一语之造有耐人百日思者"。

《清史稿》称其"诗文精深博奥"。

陈章侯痛饮读骚图二首

孔东塘旧藏者,东塘题数段于轴。

(清)翁方纲

一

世说高华推孝伯,

写生赖古属周郎。

忽雷海雨江风思,

底事相关孔岸堂。

二

扣角商歌碎唾壶，

湘江涛卷百千舻。

山阴试共萧家笔，

对写天皇古画图。

〔出处〕《复初斋诗集》（卷四十四）

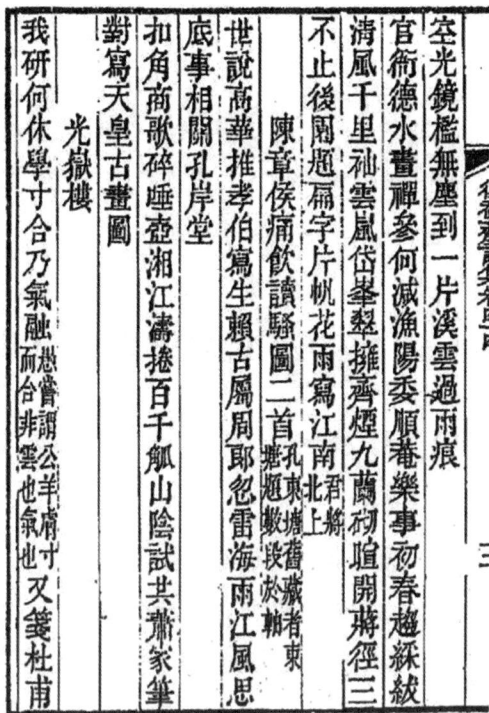

〔发现过程〕在"寻根大运河"活动中，笔者发现孔尚任的《除夕夜题老人饮酒读书图》后，在考证过程中发现相关线索。然而该诗并非陈洪绶《饮酒读书图》上的题跋，但该画有翁方纲题端"痛饮读骚"，该诗存于翁方纲《复

初斋诗集》。由于本诗与陈洪绶在杨柳青舟中所画图有关,故收入"古渡旧影"一章。

〔**作者简介**〕翁方纲(1733—1818),字正三,号覃溪,直隶大兴人。清代著名的文学家、金石学家和书法家。乾隆十七年(1752)进士,授编修。历督广东、江西、山东三省学政,官至内阁学士。曾任《四库全书》编纂官。著有《复初斋文集》《复初斋诗集》《两汉金石记》等。

《清史稿》称其"精研经术""论者谓能以学为诗"。

析津晚泊忆旧

(清)管干珍

一帆又约雁南飞,

云水空濛暮湿衣。

潮影欲沉知海近,

月弦将满入秋肥。

桃花红尽谁归寺,

杨柳青芜自掩扉。

遗事镇寻无故老,

雕梁如昔燕巢非。

〔**出处**〕《松崖诗钞》(卷之三十二)

松厓詩鈔　卷之三十二　十一

松厓詩鈔

秋草已沒穿沙泉鶂子屯邊放帆下筐兒港口移榜先
吾心不繫亦如此清曠每契泉涓涓風冢柳下碧曉面
林香午入烟波船俯看嫋嫋竹竿直溪魚掉尾清泠調

析津晚泊憶舊

一帆又約雁南飛雲水空濛暮靄湄湖影欲沉知海近
月荚將滿入秋肥桃花紅盡誰歸寺楊柳青蕪自掩扉
遺事鎮尋無故老雕梁如昔燕巢非

湖村行

湖村高樹夕照斜滿湖朱白開蓮花青帆半落泊數艇

〔**发现过程**〕在"寻根大运河"活动中,笔者查阅资料时发现于《津门诗钞》。遍查原始出处未得,但见于《续天津县志》(卷十九)。后查之于乾隆大观楼刻版《松崖诗钞》。津门留诗,常以桃花寺或桃花口与杨柳青对仗,既是事物的对仗,又是地名的对仗。"杨柳青芜"之语应是学自明潘纬的名句"客路蘼芜绿,人家杨柳青"。

〔**作者简介**〕管干珍(1734—1798),又名干贞,字阳复,号松崖,常州人。清代名臣,学者。乾隆三十一年(1766),管干珍中进士,历任翰林院编修、贵州道御史、内阁学士、工部侍郎,乾隆五十四年(1789)起任漕运总督。管干珍中进士时,礼部让他改"贞"为"珍",乾隆六十年(1795),命他仍用原名。在任漕运总督时,他的干练公允得到乾隆的称赞。嘉庆元年(1796),"户部议江、浙白粮全运京仓,以羡米为耗,浙江运丁如议交运。干贞以江南余米较少,执议不行",被革职。嘉庆三年(1798)去世。有《五经一隅》《明史志》

《松崖诗钞》等多部著作传世。

杨柳青

(清)李调元

管弦随画舫，

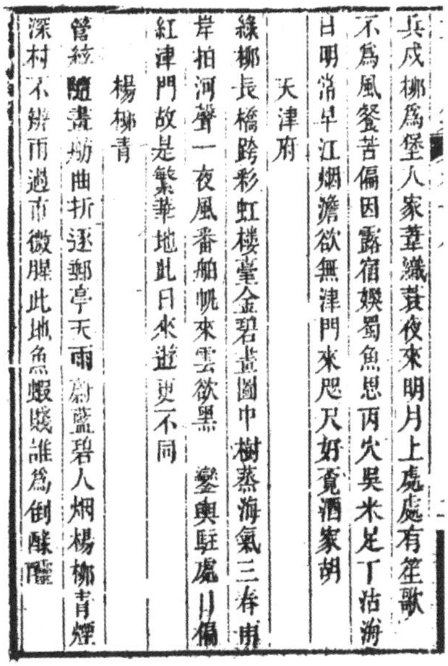

曲折逐邮亭。

天雨蔚蓝碧，

人烟杨柳青。

烟深村不辨，

雨过市微腥。

此地鱼虾贱，

谁为倒酴�醾。

〔出处〕《童山诗集》（卷十八）

西青古诗词集萃

XIQING GUSHICI JICUI

〔发现过程〕在"寻根大运河"活动中,笔者查阅资料时发现于李调元著,罗焕章主编,陈红、杜莉注释,巴蜀书社 1993 年出版的《李调元诗注》。诗后注释:"杨柳青:在天津市西三十里。地濒运河,水道便利。相近有杨柳青渡,即古柳河口。沿堤一带多植有杨柳青。"考之《童山诗集》,本诗在《天津府》诗之后,故确定本诗是写杨柳青镇当年景色。

〔作者简介〕李调元(1734—1803),字羹堂,号雨村,别署童山蠢翁,四川罗江县人。清代四川戏曲理论家、诗人。自幼聪明,有神童之誉。李调元与张问陶(张船山)、彭端淑合称"清代蜀中三才子"。

乾隆二十八年(1763)中进士,改翰林院庶吉士,散馆授吏部主事,历任吏部考功司员外郎、直隶通永兵备道等职。

李调元为人刚直不阿。他任吏部考功司主事时,负责每月初一、十五送百官履历升降循环簿签至宫门,交值日太监转呈乾隆皇帝,换回由乾隆钦审的簿册。吏部员外郎刘尊说:"凡新任司员若不送礼金,不免遭太监责难。"李调元说:"为公事安用贿?且无故私谒,独不畏近侍乎!"内掌太监高云从因李调元不守送礼的规矩,大加刁难,往往交簿后借故不出来。四月初一,已经申时,高云从才出,却说李调元误时,大加训斥。李调元厉声回应:"余位虽卑,乃朝廷命官,有罪自有司法,汝何得擅骂。"揪住高云从的衣服要见乾隆理论,被人劝阻。不久,此事被上所知。高又因漏泄循环簿百官升降事,被处以极刑。

不谙官场规矩的李调元后来被诬免职,发配伊犁,经人援救得以回乡。

晚年的李调元潜心文艺,著作甚丰,主要有《童山诗集》四十卷,戏曲理论著作《雨山曲话》《雨村剧话》等。

他对于戏剧有独到的见解,曾经说:"夫人生,无日不在戏中。富贵、贫贱、夭寿、穷通,攘攘百年,电光石火,离合悲欢,转眼而毕,此亦如戏之顷刻

而散场也。故夫达而在上,衣冠君子之戏也;穷而在下,负贩小人之戏也。今日为古人写照,他年看我辈登场。"

《清史列传》称其"所作诗文,天才横逸,不假修饰"。《国朝全蜀诗钞》则评价其诗"少作多可存,晚年有率易之病,识者宜分别观之"。

陈章侯饮酒读骚图为未谷题二首

(清)桂　馥

一

莲也每画人,

瘦削如枯禅。

或疑自貌钦,

今审知不然。

昨见所画扇,

一人卧石间。

二女侍于旁,

高歌和清弹。

今此读骚者,

貌即其人焉。

丰颐目曼视,

意与万古言。

读骚亦借境,

饮酒亦设论。

有能观莲者,

试与穷其原。

二

饮酒是何境，

大抵纯乎天。

恍莽虚无中，

必有所寄焉。

宜读庄周书，

何关楚骚篇。

昔闻放翁诗，

每感韩子言。

以骚并庄称，

千古具眼诠。

往记畔牢愁，

得之盖未全。

酒人与骚人，

且勿藉口传。

所以师林轴，

老苔晤老莲。

绢末云师子林收藏。老苔，未谷别号也。昔陆放翁谓《庄》《骚》并称始于昌黎，可谓具眼。

〔出处〕《复初斋诗集》（卷四十九）

韻莊周書何閼趦趑篇昔閣放翁詩每感韓子言以驅
並莊稱千古具眼詮洼記畔牢愁得之盖未全酒入與
騷人且勿稽口傳所以師林珊老咈暗老蓮子林炊薇
老咈未谷刷號也背陸放翁
莊驥並稱始於昌豪可閼具眼
高且圖指頭畫拜石圖
斯人意在米顛先石頂光如佛現圓會得戈紋同皴瘦
始知不離指頭禪
頤園學使以孟亭殘石琢為研華像於背以贈
日日梧門夢鹿門梧桐疎雨意誰論詩龕詩境來拈笑
梧門屬題二首
相著翻多石墨痕

四大海中山粟粒如何石頂又鋪雲聽山半夜恭禪語
一穗香生篆入分楓晨號
金壽門為丁龍泓寫江路野梅圖
殘雪煙橫水上樓
袖與龍泓物外遊野梅江路亂春愁撚香始悟花之偶
陳章侯飲酒讀騷圖為未谷題二首
蓮也每畫人瘦削如枯禪或疑自貌歟今審知不此
見所畫扇一人臥石間二女侍於旁高歌和清彌今此
韻騷者貌卽其人焉豐頤目受視意與萬古言讀騷亦
借境飲酒亦設論有能觀蓮者試與窮其原
飲酒是何境大抵純乎天悅莽虛無中必有所寄焉宜

〔发现过程〕在"寻根大运河"活动中，笔者发现孔尚任的《除夕夜题老人饮酒读书图》后，在考证过程中发现相关线索。该诗存于翁方纲《复初斋诗集》。由于本诗与陈洪绶在杨柳青舟中所画图有关，故收入"古渡旧影"一章。

〔作者简介〕桂馥（1736—1805），字未谷，一字东卉，号雨门，别号萧然山外史，晚称老苔。山东曲阜人。乾隆五十五年（1790）进士，官云南永平县知县。书法家、文字训诂学家，精于考证碑版，以分隶篆刻擅名。著有《说文解字义证》《缪篆分韵》《晚学集》等。

柳口晚次

（清）爱新觉罗·弘旿

忆昨津门柳送春，

去来柳口暂逡巡。

影怜落月留残梦，

魂断栖乌少故人。

烟草不嫌当远道，

参商相望度萧晨。

悠悠无限东流水，

逝者如斯每怆神。

〔出处〕《瑶华诗钞》（卷一）

> 瑶華詩鈔　卷第一
>
> 醒一醉此欣賞
>
> 柳口晚次
>
> 憶昨津門柳送春去來橋口暫逡巡影慘落月留
> 殘夢魂斷樓鳥少故人煙草不嫌當遠道參商相
> 望度蕭晨悠悠無限東流水逝者如斯每愴神
>
> 運河晚泊
>
> 煙柳娑婆扁舟泊清河農歌知雨足麥氣驗時
> 和沙岸留斜日篷窗漾綠波今朝雙鯉到春色問
> 如何

〔发现过程〕在"寻根大运河"活动中，笔者考证爱新觉罗·弘旿诗《运河晚泊》时发现于《瑶华诗钞》。此诗《西青区志》只记有前半首。故全诗作为新发现，收入"古韵新彰"。

〔作者简介〕爱新觉罗·弘旿（1743—1811），字仲升，又字醉迂、恕斋，号瑶华道人，又号一如居士。康熙皇帝第二十四子诚恪亲王允秘第二子，乾隆

帝堂兄弟。封奉国将军、固山贝子,满洲右翼近支第四族族长。精于绘画。此外,书法、诗歌、治印均有成就。著有《瑶华道人诗钞》十卷(光绪间刻本,又名《瑶华诗钞》),还著有《谦吉堂古印谱》,书法有《瑶华道人墨宝》。诗钞中无长篇作品,诗风秀韵有致,多记游唱和之作。自号瑶华道人,意与以诗画闻名、号紫琼道人的康熙帝三十一子爱新觉罗·允禧齐名。

《晚晴簃诗汇》称其"诗视若不逮,然乌衣风度闲雅雍容,固亦宗潢之隽也"。

夜泊丁字沽作

(清)顾宗泰

丁字沽南青青柳,

丁字沽北桃花口。

桃花杨柳送行舟,

天外江云一回首。

江南计驿已三千,

咫尺金台挂眼前。

软红马首东华路,

晓露鸡鸣西掖天。

东华西掖萦清梦,

小泊滩头对菰葑。

书舫微吟夜雨催,

客灯满酌香醪中。

蓬莱海上高琼楼,

九河齐入沧溟流。

烟波此际真浩荡，

开襟便得销烦愁。

极目乡关渺何处？

苍烟已接蓟门树。

明晨帆驶过河西，

飞云好许追鹔鹭。

〔出处〕《月满楼诗集》（卷二十三）

献红马首东华路晓露鸡鸣西拔天东华西拔桨涛夐
小泊粮头对张□书舫微吟夜雨他客□满酌香醪中
蓬莱海上高□楼九河齐入沧溟流此际真浩荡
开襟便得销烦愁极目乡关渺何处苍烟已接蓟门树
明晨帆驶过河西飞云好许追鹔鹭

即事
穿云彩□鱼破水痕在茫烟景阔晓树拔京门 沙鸟
旬星夜记军屯明建文三年不发贼兵于杨村
此是雍奴地垂杨旧有村秋风傅羽猎于武清泰之华
过武清杨村驿 蓬重熙八年冠

疎雨凄初湿凉烟欲牛含攀条不忍折燕北空江南
申蕳圃同年宰天津招饮官斋席上作 兰圃名
乙未进士 雨延淮人
京华分手忽三秋重访淮门喜繁舟官到最繁看要呃
事惟能遥想才优晚衙碧球追新乐上苑红座话旧游
回首桃花口畔路多情千尺胜深流 丁字沽北去二
夜泊丁字沽作 十里为桃花口
丁字沽南青青柳丁字沽北桃花杨柳送行舟
天外江云一回首江南计驿巳三千尺尺金台挂眼前

〔发现过程〕在"寻根大运河"活动中，笔者查阅古籍时发现。

〔作者简介〕顾宗泰（1749—?），字景岳，号昆桥，江苏元和（今苏州）人。清乾隆四十年（1775）进士，历官吏部主事、高州知府。嘉庆十一年（1806）掌教娄东书院，嘉庆十三年（1808）入浙主万松书院。工诗文。家有月满楼，为文人雅集之地。著有《月满楼诗集》《月满楼文集》等。

舟过杨柳青感旧

(清)黄景仁

此地尚余杨柳青，

昔年献赋记曾经。

龙舟凤艒云中见，

广乐钧天水上听。

筐里宫袍犹自艳，

梦中彩笔竟无灵。

阻风中酒情何限，

目断孤鸿下晚汀。

〔出处〕《两当轩集》（卷十五）

〔**发现过程**〕此诗由笔者查阅资料时发现于上海古籍出版社1983年出版的黄景仁著《两当轩集》，考之于乾隆乙未(1775)版《两当轩全集》。

〔**作者简介**〕黄景仁(1749—1783)，字汉镛，一字仲则，号鹿菲子，常州府武进县人，黄庭坚后裔。黄景仁家境清贫，少年时即有诗名，为求生计开始四方奔波，一生穷困潦倒。清乾隆四十六年(1781)被任命为县丞，四十八年(1783)病逝。著有《两当轩集》《竹眠词》。

安徽督学朱筠曾经在采石矶太白楼举行诗会。与会数十人，黄景仁年纪最小，穿白袷立日影中，顷刻间作诗数百言，展示给人们看，其他人都不再写了。正好当时士子们在当涂参加考试，竞相找人求白袷少年的诗，一时纸贵。

黄景仁像

《清史列传》称黄景仁"乾隆间论诗者退为第一""骈体文绝似六朝"。

〔**诗作背景**〕此诗为乾隆四十五年(1780)，作者随其幕主程世淳赴任山东学政途中所作。程世淳赴任一路从北运河到南运河，到德州后改走陆路到济南。途经杨柳青时，作者故地重游，无限感慨，遂作此诗。

杨柳青夜泊

(清)李銮宣

雁声隳地风满天，
波光荡月月印川。
柂师鼓柂忽不前，
惊起一双白鹭眠。

白鹭飞飞去何所？

荒烟冥濛隔葭渚。

独客吟秋秋不语，

落叶打篷夜如雨。

[出处]《坚白石斋诗集》(卷十一《七十二沽草堂吟草》)

右框（自右至左）：

鴈聲嘹地風滿天波光蕩月月印川柁師鼓柁忽不前

鷖起一雙白鷺飛飛去何所荒烟冥濛隔葭渚

獨客吟秋秋不語落葉打篷夜如雨

河干晚眺

燈鶯宿鷺收篷送征鴻卻此愜幽賞興不窮

河干獼猴延佇瞑色暗遙空野水寒春月荒蒲夜戰風漁

秋坒

衰柳寒蕪戀夕暉迅商催途布帆歸秋從黃葉聲中老

扁在青山缺處飛野水連雲橫古渡荻花作雪撲征衣

年年馳逐燕南道久涴緇塵計總非

左框（自右至左）：

村犬吠儂熱鄰雜啼聽焉心愒愒羨彼田園居咄嗟徇

祿人不惜勞筋疲往事安足論放神和天倪

種樹郭橐駝灌園漢陰叟彼皆知道者胼胝翻其口人

生嵗適意不在博升斗組綬絤我前桎梏隨我後如鳥

斯在爰如魚斯在笱何如脫座羇從客耕畎畝亮哉柴

桑翁清風高五柳

滄州題壁

舍筏遣登岸城隅星數椽夕陽穿隙入秋水到門前樹

借鄰家補涼從昨夜添豈無三宿戀此意向誰傳

楊柳青夜泊

[发现过程]此诗由笔者查阅资料时发现于李銮宣撰，刘泽点校，山西人民出版社于1991年出版的《坚白石斋诗集》。

[作者简介]李銮宣(1758—1817)，字伯宣，号石农，山西静乐人。清乾隆五十五年(1790)进士，历任刑部主事、浙江温处兵备道、云南按察使、天津兵备道、直隶按察使、广东按察使署布政使事、四川布政使权四川总督事。嘉庆二十二年(1817)九月升任云南巡抚，任命未到已经去世。

李銮宣自幼受到良好的教育，立志仕途，勤勉敬业。任职天津时，兴修

水利,加固堤防,在职期间没有水患。在天津城南修沃田数千亩,为民造福。

李銮宣平生无所好, 唯喜作诗自娱, 他的学生把他的诗付梓成书,名《坚白石斋诗集》。

阳湖文派创始人恽敬说李銮宣的诗"清而不浮,坚而不冽,不求肆于意之外,不求异于群之中;反覆以发其腴,揉摩以去其滓"。

曾任翰林院编修、军机大臣、两广总督等职的蒋攸铦说李銮宣的诗"清而腴,杰而秀,不为藻采浮声,而志凝声逮,渊乎可思"。

津门杂咏

(清)李銮宣

一

吴侬画舫蜑儿船①,

簇簇危樯百丈牵。

南北运河人转粟,

东西津淀水浮天。

倾筐紫蟹双螯熟,

入馔银鱼四寸鲜。

谁为莼鲈动秋思②,

故山回首别经年。

二

雁齿虹桥俨画图,

---

① 蜑,中国古代南方少数民族,也指蜑民的船。这里指渔船。

② 莼鲈,《世说新语·识鉴》记载:"张季鹰辟齐王东曹掾,在洛,见秋风起,因思吴中菰菜羹、鲈鱼脍,曰:'人生贵得适意尔,何能羁宦数千里以要名爵!'遂命驾便归。俄而齐王败,时人皆谓为见机。"后来被传为佳话。"莼鲈之思"也就成了思念故乡的代名词。

僧衣百衲水田铺。

莲花白到辛家泺，

杨柳青地名连丁字沽。

岂有闲情寄邱壑，

剩留残梦落江湖。

饥驱未了桑榆逼，

薄宦重教役老夫。

〔出处〕《坚白石斋诗集》(卷十一《七十二沽草堂吟草》)

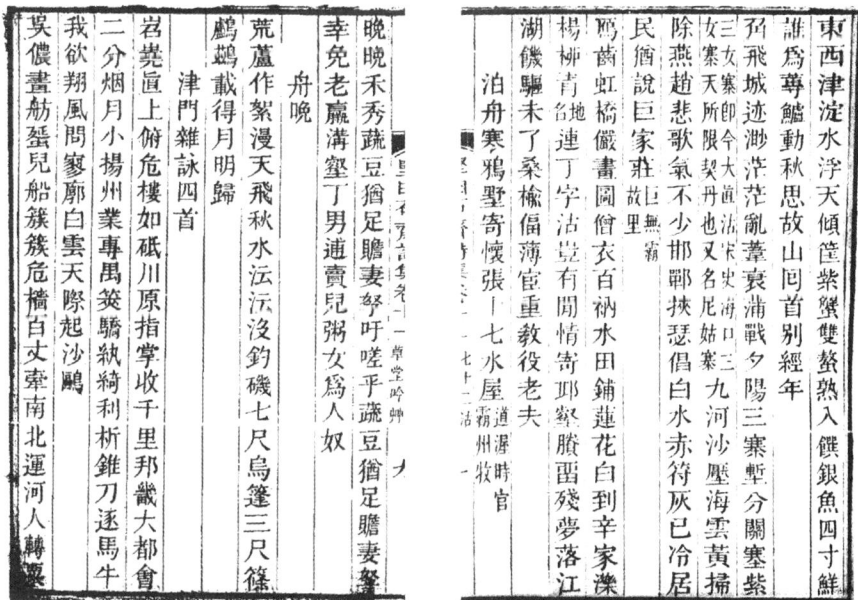

東西津淀水浮天傾筐紫蟹雙螯熟入饌銀魚四寸鮮

誰為尊鱠動秋思故山凹首別經年

召飛城迹澒洋茫亂葦蒲葷襄蒲戰夕陽三寨塹分關塞紫
三女寨即令大直沽史海口三又名尼姑寨九河沙壓海雲黃掃
女寨天所限契丹也

除燕趙悲歌氣不少邶鄘挾瑟倡白水赤符灰已冷居
民酒說巨家莊已無稱

鴛鴦虹橋徽畫圖僧衣百衲水田鋪蓮花白到辛家泺
楊柳青地名連丁字沽豈有閒情寄邱壑剩留殘夢落江
湖饑驅未了桑榆逼薄宦重教役老夫

泊舟寒鴉墅寄懷張十七水屋道瀍時官

津門雜詠四首

鷿鷉戴得月明歸

荒蘆作絮漫天飛秋水泫泫釣磯七尺烏篷三尺篠

舟晚
晚晚禾秀蔬豆猶足贍妻努呼嗟乎蔬豆猶足贍妻餐
幸免老羸滿窒丁男逝賣兒粥女為人奴

岩嶢亶上俯危樓如砥川原指掌收千里邦畿大都會
二分烟月小揚州業專禹粲紈綺利析錐刀逐馬牛
我欲翔風問寥廓白雲天際起沙鷗
莫儂畫舫蜑兒船簇簇危檣百丈牽南北運河人轉輸

〔发现过程〕此诗由笔者在查阅古籍时发现。诗原名《津门杂咏四首》，这是第二首和第四首，其余与西青无关，不录。故收入本书时题目改为《津门杂咏》。

〔作者简介〕前文《杨柳青夜泊》诗后有介绍，不赘。

杨柳青 属天津县

(清)邢 澍

一

镇戍畿南旧有名，

棹讴声杂市阛声。

万家灯火千帆影，

大似三吴道上行。

二

几行垂柳拂河流，

名字无端引我愁。

忽忆碧漪坊里树，

余侨寓秀水之杨柳巷隶碧漪坊。

中春攀折又新秋。

〔出处〕《守雅堂辑存》（卷三《南旋诗草》）

〔**发现过程**〕在"寻根大运河"活动中,笔者查阅资料时发现于邢澍著,漆子扬校释,甘肃文化出版社 2011 年出版的《邢澍诗文校释》,考之于《守雅堂稿辑存》(卷三《南旋诗草》)。诗中"镇戍畿南旧有名"句已经明确这是对古镇的描写。邢澍在"青"字下自注"属天津县"。

〔**作者简介**〕邢澍(1759—1823),字雨民,号佺山,甘肃阶州(今武都)人。清乾隆五十五年(1790)进士。

嘉庆元年(1796),邢澍到浙江省长兴县任知县,达十年之久。在长兴县,邢澍干了许多有益于百姓的事,而且捐出自己的俸禄兴建同善堂,重建平政桥、丰乐桥。邢澍为官清正,深受当地老百姓的拥戴,被人们称之为邢青天。后米被调到江西省饶州府任知府,不久又调到江西南安府任知府,后来因疾辞职到秀水(浙江嘉兴)休养。六十二岁时,他从浙江秀水回到了老家阶州(今甘肃武都),以著书自娱。

《清史稿》说他"好古博闻"。著有《两汉希姓录》《金石文字辨异》《关右经籍考》《南旋诗草》《旧雨诗谭》《守雅堂诗文集》等。

沽河杂咏

(清)蒋　诗

城西清绝是宜亭,

遗址犹留演武厅。

漫说丁沽多种柳,

月堤无复柳条青。

《长安客话》:杨柳青近丁沽,四面多植杨柳。《天津县志》:宜亭在西门外演武厅右月堤上。天津道朱士杰建亭,四周环杨柳。《沽上题襟集》,胡灵斋《过宜亭故址》诗:"清绝城西路,繁华几日春。"

〔**出处**〕《榆西仙馆初稿》(卷二十六《沽河杂咏》)

榆西僊館初藁 卷廿六 十 詩鈔
味西施乳未輸他羸天津縣志近海產江瑤柱土人呼為海蜊
麥隴風來餅餌香壓車翻與龔山黃水田漠漠齊生
淚秀滿雙岐豆子䴬河間府志壓車翻龔山黃水裡紅俱麥名
海不揚波潮自鳴我來菴內聽潮聲海潮菴自門臨
海未到三更潮已生天津縣志海潮菴在城外西北隅板橋西顧琮萬居海潮菴詩
萬事意何極三更潮自生
城西清絕是宜亭遺址猶留演武廳漫說丁沽多種
柳月隄無復柳條青長安客話楊柳青近丁沽四面多植楊柳天津縣志宜亭在西門外演武廳右月隄上天津道朱士傑建亭四周環楊柳沽上題襟集胡睿烈過宜亭故址詩清絕城西路繁華幾日春
曾在楊青驛裏行樹梢梢底望當城枯枝我亦無心

〔**发现过程**〕在“寻根大运河”活动中,笔者考证《西青区志》等摘自《沽河杂咏》的两首诗(收入下文“杨柳存萃”部分之“方志留馨”)时发现,虽然是写宜亭,但涉及杨柳青,故收入本书。

〔**作者简介**〕蒋诗(1768—1829),字泉伯,号秋吟,浙江仁和人。清嘉庆十年(1805)进士,改庶吉士,授翰林院编修,迁御史。与纪晓岚三子纪汝似交好。

曾参与编修《高宗实录》。任南城御史时,日结积案数十起。罢官后专事著述。著有《榆西仙馆初稿》《秋吟诗钞》等。

《晚晴簃诗汇》称其“诗质实不尚藻采,盖其余事也”。

纪晓岚称蒋诗的《沽河杂咏》:“仍摭拾旧文以注之。其考核精到,足补地志之遗;其俯仰淋漓,芒情四溢,有刘郎《竹枝》之遗韵焉。余不至斯土五十余年矣!读之宛如坐渔庄蟹舍之间,与白头故老指点而话旧也。”“为艺林

佳话无疑也。"

杨柳青舟中

(清)吴荣光

烟驿垂杨暖未明，

双篷孤掉客初程。

萧萧枕上惊残梦，

听到虫声作雨声。

〔出处〕《石云山人集》

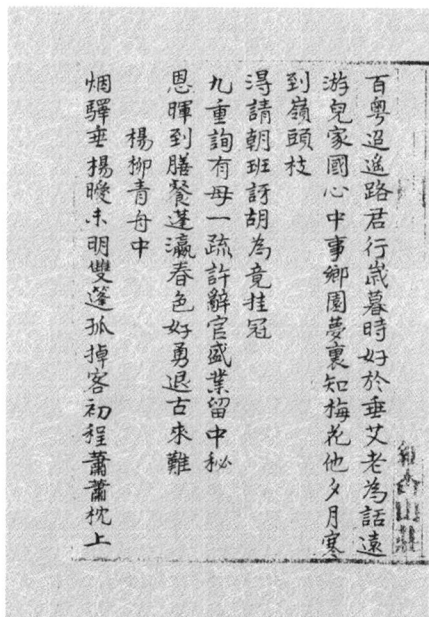

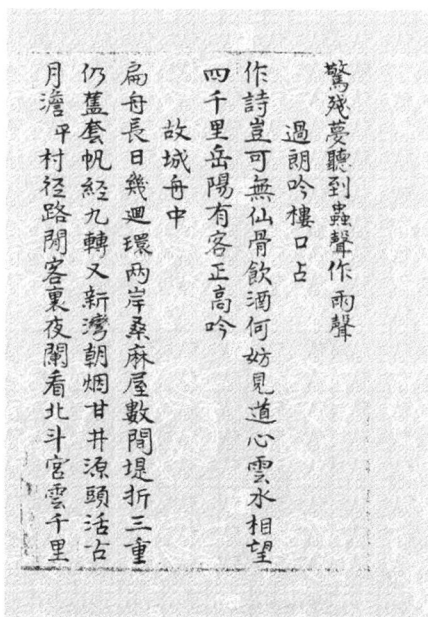

〔发现过程〕在"寻根大运河"活动中，笔者查阅《清代稿钞本》时发现。

〔作者简介〕吴荣光（1773—1843），字伯荣，一字殿垣，号荷屋、可庵，晚号石云山人，别署拜经老人。广东佛山人。清代岭南名宿，于金石书画鉴别

最精。嘉庆四年(1799)进士,由编修官擢御史,历任福建按察使、浙江按察使、湖北按察使,后任贵州布政使、福建布政使。道光十一年(1831),擢湖南巡抚。道光十六年(1836),坐事降为四品卿。道光十七年(1837),授湖南布政使。道光二十年(1840),召入都,以年力就衰,原品休致。回乡后主持佛山团练。翌年,组织抗击英军。

吴荣光善于金石、书画鉴藏,且工书善画,精于诗词。著有《历代名人年谱》《筠清馆金石录》《筠清馆帖》《辛丑销夏记》《帖镜》《石云山人集》。

木兰花慢·杨柳青夜泊同陈诚之

(清)宋翔凤

听绕船暗水,系缆处,正三更。是杨柳青边,者回重到,谁念飘零。津沽,已经过了,又风波细数一程程。乍可披衣徐起,那知伏枕还惊。

同行,各自怕愁生,百感忽交并。但愀然相对,无言可慰,有梦难成。群仙,也应怅望,道归鸿未必忆瑶京。一月流光黯淡,九河遗迹纵横。

〔出处〕《碧云盦词》(碧词二)

〔**发现过程**〕在"寻根大运河"活动中,笔者查阅古籍时发现于《国朝词综补》(卷二十一),考之于《碧云盦词》。收入本书时,该词以《碧云盦词》版为准。《碧云盦词》中所谓"前调"是指前词所用之调,即"木兰花慢"。

〔**作者简介**〕宋翔凤(1779—1860),字虞庭,一字于庭,江苏长洲(历史上江苏的一个县,今地属苏州)人。清嘉庆五年(1800)中举人,选为泰州学正,历官湖南新宁(今资兴)、耒阳等县知县。咸丰九年(1859)以名儒重宴鹿鸣,加衔为知府。治经学,受业于舅父、经学家庄述祖,弱冠后在北京就学于翰林编修张惠言。著《论语说义》等。《清史稿》称其"通训诂名物,志在西汉家法,微言大义,得庄氏之真传"。

宋翔凤兼工诗词,自称"数年以来,困于小官,事多不偶,既不能骫骳以合流俗,又不能枯槁以就山林。不平之鸣,托之笑傲,一往之致,消以沉湎"。著有《洞箫词》《香草词》《碧云盦词》等。

《续修四库全书提要·柯家山馆词提要》称其词"语意婉妙,工力湛深,殊不可及,惜并为经术所掩也"。

《续修四库全书提要·香草词、洞箫词、碧云盦词提要》称其词"略近南宋,其间佳制固有,而可删者亦正不少,此则贪多之累矣"。

泊柳口

(清)谢元淮

浊酒连日醉,
难为离别心。
孤舟泊柳口,
彻夜啼水禽。
道远客思苦,

波恬湖月深。

揽衣不遑寐,

倚榜自沉吟。

〔**出处**〕《养默山房诗稿》(卷九)

〔**发现过程**〕在"寻根大运河"活动中,笔者查阅古籍时发现。

〔**作者简介**〕谢元淮(1784—1867),字钧绪,号默卿,湖北松滋人。幼聪慧,髫年即能咏诗,喜出游。清道光初监生。由江苏邳州吏目官,历任太湖东山巡检、无锡知县、广西盐法道,有政绩。著有《云台新志》《碎金词谱》《养默山房诗稿》等。

过杨柳青偶然作

(清)张祥河

杨柳为侬三度青,

爱侬诗句自亭亭。

将诗唱与垂杨底,

柳口人家可要听?

[出处]《诗舲诗录》(卷六)

斜風橫海龍龕龐傳鄴雁鶯通所欣無畛域民

志樂輸同

遠煙羃戀古松杉南旺湖頭夕照銜潮長上流

南旺湖偶成寄題匡山

知放闊雀喧高樹見開帆早餐瓢榮霜初透春

信盆梅雪尚緘阻雨前朝真缺事無由杖策蘋

書巖

過楊柳青偶然作

楊柳為儂三庶青愛儂詩句自亭亭將詩唱與

云間旗柳口人家可要聽

自柳口移舟至桃口

間渡桃花口初從柳口經水連沙塤白天入麥

眠青風日揚帆罷魚蝦出網腥紅橋同首處獨

少短長亭

其上

江山萬里石屏藏貴貴西侍郎家題詩鏑

點蒼山石雲模柳膚寸奇絕天然圖乾坤進入

玉女鏡日月跳出仙人壺河流浩浩走江漢楚

詩舲詩錄卷六

[发现过程]在"寻根大运河"活动中,笔者在考证朱国成发现的《丁字沽棹歌》时发现。

[作者简介]张祥河(1785—1862),原名公璠,字诗舲,江苏娄县人。嘉庆二十五年(1820)进士,授内阁中书,充军机章京。道光二十四年(1844),累官擢至陕西巡抚。其人工诗善画,曾被言官劾其性耽诗酒。

咸丰三年(1853),召还京。后授内阁学士,寻迁吏部侍郎,督顺天学政。咸丰八年(1858),擢左都御史,迁工部尚书。后加太子太保。同治元年(1862)去世,谥温和。

《清史稿》称其为官"优于文事,治尚安静,不扰民"。

张祥河未及弱冠中童子试第一。然而,他却五次赶考才中进士。未中前其家人推测,是皇帝不喜欢他名中"璠"字带"王"字旁,故改名祥河,后果然考中。

张祥河从小就学于王昶门下,十岁时,随父亲张兴镛学习诗词格律,十二岁时已能创作诗词,著有《小重山房初稿》《诗舲诗录》《诗舲诗外录》《诗舲词录》等。

《松江府志》称其诗"玲珑其声,笃雅其节,一官一集,时人比之陆放翁"。

自柳口移舟至桃口

(清)张祥河

问渡桃花口,

初从柳口经。

水连沙埂白,

天入麦畦青。

风日扬帆丽,

鱼虾出网腥。

红桥回首处,

独少短长亭。

〔出处〕《诗舲诗录》(卷六)

襄陽旅櫬口人家可要聽
自柳口移舟至桃口
間渡桃花口初從柳口經水連沙塡白天入麥
哇青風日揚帆麗魚蝦出網腥紅橋回首處獨
少短長亭
其上
江山萬里石屏藏貴貴西侍郎家題詩鐫
點蒼山石雲模糊膚寸奇絕天然圖乾坤迸入
玉女鏡日月跳出仙人壺河流浩浩走江漢楚
詩舲詩錄卷六

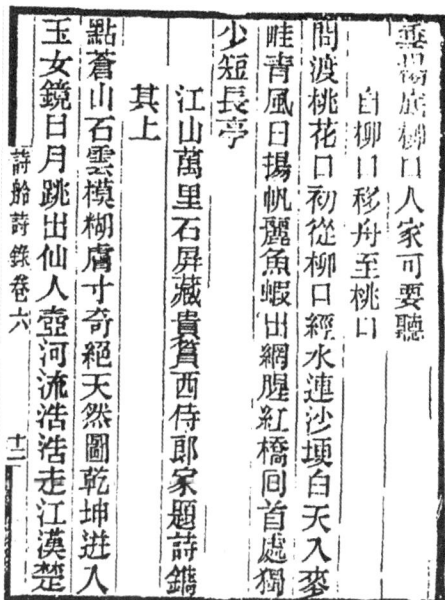

〔**发现过程**〕在"寻根大运河"活动中,笔者在考证朱国成发现的《丁字沽棹歌》时发现。

〔**作者简介**〕前文《过杨柳青偶然作》诗后有介绍,不赘。

高阳台·题孔琴南孝廉柳村读书图

(清)张祥河

浥雨帆轻,攒苔树密,小舟行过桃花桃花口,地名。杨柳青边,万条千缕横斜。何人示我村居画,好仙源,锦样韶华。读书楼,面面窗开,烟翠无涯。

衍波笺上题新字,想闲烹白石,小醉流霞。月底风梢,飞来秀句词家。灵和殿里前身在,小蓬山,岂任云遮。指春明,绿染春袍,正送公车。

〔**出处**〕《诗舲词续》

柳青邊萬條千縷橫斜何人示我邨居畫好仙
源錦樣部華讀書樓面面窗開煙翠無涯　衍
波箋上題新字想閒烹白石小醉淞霞月底風
梢飛來秀句詞家靈和殿裏前身在小蓬山豈
任雲遮指春明綠染春袍正送公車

沙隄錄　千允鼎重校

花殘堪惜卻延秋半月小屏風裏容有攜詞來
共賞道是天然佳製青士當窗青娥隔牖初雪
輕寒避呼鐙儷下榮根還膰泔味　回憶江上
人逕扁舟歸了裏卜金錢幾花若有情依舊主
不負留花儂意墜鬢重梳橫釵復整樣增妍
媚一尊邀汝好教黃九同醉
高陽臺
題孔琴南孝廉柳邨讀書圖
泡雨帆輕攬昔樹密小舟行過桃花　桃花口
地名楊

詩餘詞粹　六一

〔发现过程〕在“寻根大运河”活动中,笔者在考证朱国成发现的《丁字沽棹歌》时发现。

〔作者简介〕前文《过杨柳青偶然作》诗后有介绍,不赘。

捕　蟹

(清)张祥河

任他郭索草泥藏,

曲螯弯环截野塘。

力缚安能容鼠窜,

生擒不复见鸱张。

一镫柳口轻舟系,

十辈渔腰矮篓装。

遮莫全身具戈甲，

横行堪笑本无肠。

〔出处〕《畿辅輶轩集》

捞虾

老瓦移盆酒不辞朱衣侯耐酒边思好从断港
睾渔网亦见空潭下钓丝领表沙虹横跨处吴
中谢豹试啼听吾乡入夏樱珠绽正毒虾姑额
点脂 松江樱珠虾嘉其腊渊也

捕蟹

任他郭索草泥藏曲断弯琱截野力缚安能
容鼠窜生擒不复见鸱张一镫柳口轻舟系十
辈渔腰绫簏装遮莫全身具戈甲横行堪笑本
十八
畿辅輶轩集

无肠

丁字沽櫂歌

侬家生日在丁年丁字沽前丫髻偏夫婿排行
媒氏说琵琶年记第三弦
海上浮家乐有余笑侬最爱舫楼居红栏好日
成亲早可可登盘比目鱼
阿鹊歌残拨六幺送郎催课等盐销自从一去
河西务约得归期子午潮
白玉搔头缀晚香新衣好趁忏前凉郎情莫似

〔发现过程〕在"寻根大运河"活动中，笔者在考证朱国成发现的《丁字沽棹歌》时发现。

〔作者简介〕前文《过杨柳青偶然作》诗后有介绍，不赘。

丁字沽棹歌

(清)张祥河

月子弯弯照镜宜，

放船阿母问何之。

郎归才熨鞶痕皱，

杨柳青边去画眉。

[出处]《畿辅轺轩集》

（此处为《畿辅轺轩集》古籍书影两幅，竖排文字。）

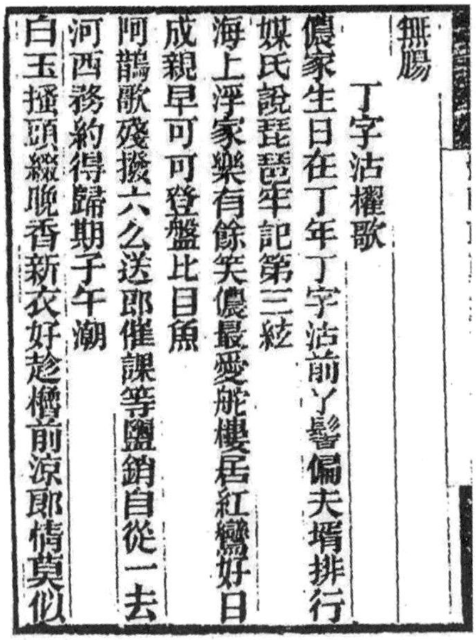

右幅：

洋紗薄妾意真同福果長

月子彎彎照鏡宜放船阿母問何之郎歸魏尉

鬢痕皺皺楊柳青邊去舊眉

西沽直沽一水經小姑招手峭帆亭看齒齒腰

倚雙槳睛天蝴蝶雨蜻蜓

五月十七日奉　旨自惠親王及出征文

武官員等在南海勤政殿賞飯　小臣逖聽

志抒用補鐃歌

挂渠檻送將星旋一朵紅雲捧　御延南下精

左幅：

無腸

丁字沽櫂歌

侬家生日在丁年丁字沽前丫髻偏夫婿排行

媒氏說琵琶年記第三絃

海上浮家樂有餘笑侬最愛舵樓居紅鸞好日

成親早可可登盤比目魚

阿鵲歌殘撥六么送郎催課等盤銷自從一去

河西瀎約得歸期子午潮

白玉搔頭緻晚香新衣好趁檣前涼郎情莫似

[发现过程]在"寻根大运河"活动中由朱国成发现,笔者考之于《畿辅轺轩集》。诗有六首,这是其中一首。

[作者简介]前文《过杨柳青偶然作》诗后有介绍,不赘。

泊杨柳青

(清)李 钧

圆似伞轮撑一柄,

劲如箭筈插千条。

北方风气君知否?

杨柳虽青不折腰。

[出处]《转漕日记》(卷三)

供饋餉餼席河又多賣蘆席者午後又行二十餘里泊

楊柳青　天津縣地　涇渭淄澠一樣收桃花軟浪去悠悠

如何此水偏清硯不願同流顧獨流　圓似傘輪撐

一柄勁如箭箸插千條北方風氣君知否楊柳雖青

不折腰

初九日辰刻行三十餘里抵天津泊北關外火神廟前

天津星躔析木之次故曰天津古為渤海郡地明

置天津衛　國朝雍正三年改衛為州九年設府改

〔**发现过程**〕在"寻根大运河"活动中,武清区文史专家李汉东发现后提供给笔者。笔者考证于《转漕日记》。《转漕日记》记录了道光十六年(1836)李钧督运河南漕粮的事,也记录了李钧督漕途中,所见沿途风物景致、历史遗迹、地名沿革及一路人员应酬等事。三月初八,李钧记录了他督漕到独流稍泊,午后至杨柳青的情况。后附诗两首,皆感两地地名而发,一为独流,一为杨柳青。原诗无题,题目为收入本书时所加。

〔**作者简介**〕李钧(1792—1859),字夔韶,一字梦韶,号伯衡,又号春帆。河间县人,嘉庆二十二年(1817)进士,改翰林院编修庶吉士,散馆授职编修,历充国史馆协修、纂修、总纂提调。道光九年(1829),奉旨补授河南开封府遗缺知府,旋补河南府知府,调开封府知府。道光十六年(1836),委署粮盐道事。道光十七年(1837),奉旨补授山东督粮道,调补河南粮盐道。道光十八年(1838),奉旨补授陕西按察使。道光二十年(1840),补授贵州按察使。咸丰五年(1855),授河东河道总督。咸丰九年(1859),积劳卒于官。

李钧为官亲力亲为,尽职尽责。特别是自任河道总督后,奔走河干,修守巡防,均臻妥协,乃至积劳成病。李钧还很清廉,曾在过河间回家时感慨:"家中平安,惟舍宇倾颓,不堪栖止。余薄宦十年,尚无一瓦之覆,殊自愧也。"为官之余著有《梦韶诗赋钞》《使粤日记》《转漕日记》《河上奏稿》等。

舟行感秋忆所过有名桃花口杨柳青者
遣兴漫成寄都下

(清)吴清鹏

放舟桃花口,

次舟杨柳青。

本来无桃柳,

况正值秋零。

我既不及时,

汝亦蒙虚声。

去去莫复道,

行行更前程。

霜风下木叶,

慨然思洞庭。

橘柚竟不来,

黄落空满汀。

秋思日萧索,

旅怀积已盈。

回首望桃柳,

转复牵我情。

虽无春风色，

尚爱春风名。

收之入诗卷，

一篇遂漫成。

聊用寄亲素，

知我道所经。

他年舆地志，

一笑王阮亭。

渔洋喜用地名入诗。或有嘲为舆地志者，亦轻薄之见也。

〔**出处**〕《笏庵诗》(卷十)

既不及時汝亦蒙盧聲去去莫復道行行更前程霜風
下木葉慨然思洞庭橘柚竟不來黃落空滿汀秋思已
蕭索旅懷積已盈回首望桃柳轉復牽我情雖無春風
色尚愛春風名收之入詩卷一篇遂漫成聊用寄親素
知我道所經他年輿地志一笑王阮亭　漁洋喜用地名
輿地志者亦　輕薄之見也

風雨憶蓬萊閣

風急雨其其長河送客艛水花衝岸白雲氣亂帆青妥
意思齊哀浮生任楚萍蓬萊何處開虛擬近東瀛

吳季子挂劍處

梁家鄉守牐

漕河南出千里間上下七十二牐連一牐啟放一牐閉
水源衰旺隨湖泉行人過若數弱樓有司守甚當秦關
我留梁家已三日一悶倒牀惟整眠假令牐牐盡如此
漢槎何日回張騫夜夜來疑雨水聲長開戶急出風滿天
木葉打篷走簸籭石瀨出版鳴潺潺仰看月落四野黑
一星河北橫天船

舟行感秋憶所過有名桃花口楊柳青者遣輿

漫成寄都下

放舟桃花口大舟楊柳青本來無桃柳況正值秋零我

〔**发现过程**〕在"寻根大运河"活动中，笔者在查阅古籍时发现。

〔**作者简介**〕吴清鹏(1786—?)，字程九，号西谷，又号笏庵，浙江钱塘

人。清嘉庆二十二年(1817)探花。由翰林院编修官至顺天府丞,后主讲扬州安定书院。著有《笏庵诗》。

《晚晴簃诗汇》称其"诗格出入西江,性情挚而骨干峻,与《有正味斋》旨趣不同"。

过杨柳青

(清)左乔林

一

水村渔市晚风腥,

饱挂轻帆不忍停。

客鬓已添今日白,

柳条仍似昔年青。

二

秋雨秋风冷白蘋,

依依犹似汉江滨。

怜他日日留青眼,

送尽东西南北人。

三

惯与王孙系紫骝,

长条披拂板桥头。

销魂谁唱离亭曲,

残照西风一笛秋。

四

高楼半露傍沙滩,

柳色婆娑夕照残。

数尽归帆郎不到,

谁家红袖倚栏杆。

〔**出处**〕《瀛南诗稿》

〔**发现过程**〕在"寻根大运河"活动中,沧州市地方志办公室孙建先生于国家图书馆查阅文献时发现,并提供给"寻根大运河"活动采访团。

〔**作者简介**〕左乔林(1797—1877),字豫樟,号莺庵,河间大渔庄村人。清道光十三年(1833)进士,曾任滦州学正、保定府学教授,后主讲肃宁翊经书院、河间毛公书院,文名远播。著有《课幼史略》《论语古韵》《瀛南诗稿》《古今诗评》等。

杨柳青行

杨柳青,地名。在天津县,亦名杨青驿

(清)蒋琦龄

津门东映杨柳青,

杨枝青覆长短亭。

津门杨柳犹堪折,

水边长送征帆别。

征帆日日隔天涯,

清秋不见杨柳花。

北客能歌柳枝曲,

南人听曲还思家。

罗衫船里秋风客,

停桡屡问杨青驿。

金台回首夕照微，

攀条望远心不怿。

大堤日落江水平，

杨青女儿结队行。

平催艇子送双桨，

花枝影压秋江明。

红裳青袂归何处，

远烟横断垂杨树。

晚来雨急风复斜，

峨舸大艑截江去。

義舸大艑截江去

沇河寄春甫時以禀土冠功得知縣

知爾才當用孤寒氣必伸喜閱名父子今現宰官

身侯命何曾晚有侯圖家之宮莫厭貧昨宵共明月

相望汝河濱

舟中作字

牛添茗椀睡初醒自汲秋波浴硯星此事已同松

雪老船窗晴暖對蘭亭

夢亡女兆曾

乎其未廣就國誠何事伺復勞夢想

楊柳青行驛

楊柳青楊柳青地名在天津縣亦名楊青

津門東映楊青楊柳枝青覆長短亭津門楊柳猶

堪折水邊長送征帆別征帆日日隔天涯清秋不

見楊柳花北客能歌柳枝曲南人聽曲還思家羅

衫船裹秋風客倚橈屢問楊青驛金臺回首夕照

微攀條望遠心不懌大堤日落江水平楊青女兒

結隊行平催艇子送雙槳花枝影壓秋江明紅裳

青袂歸何處遠烟橫斷垂楊樹晚來雨急風復斜

〔出处〕《空青水碧斋诗集》（卷三）

〔发现过程〕在"寻根大运河"活动中，笔者查阅资料时发现于广西人民

出版社 2001 年出版,蒋琦龄著,蒋世玢等点校的《空青水碧斋诗集》。该诗题目下有注释"杨柳青地名,在天津县,亦名杨青驿"。

〔作者简介〕蒋琦龄(1816—1876),字申甫,号月石,今广西全州县龙水镇龙水村人。初名奇淳,因避同治皇帝载淳之讳,改琦龄。其先祖为三国蜀汉名臣蒋琬。

清道光十五年(1835),蒋琦龄参加童子试,在州试、府试、院试中皆获第一,名噪一时。道光二十年(1840),赴京参加会试,中二甲进士。先后担任编修,国史馆协修、纂修、总纂,文渊阁校理、教习,庶吉士。道光二十七年(1847),任江西九江府知府,调陕西汉中府,后再调西安府知府。咸丰四年(1854),升为四川盐茶道。咸丰五年(1855),为顺天府府尹。咸丰六年(1856),因其父病逝而致仕归家。因母亲年高,尽管同治帝召其"着即来京,听候简用",但仍上书不再出仕。

蒋琦龄著述颇丰,有《空青水碧斋文集》《空青水碧斋诗集》《碧斋试帖》《碧斋尺牍》《南山和苏》《碧斋楹联》等。但因其归隐,很多著述不为世人所知,著作亦多佚失。

曾经为同治帝师,被左宗棠认为"学识过人"的王柏心说蒋琦龄的诗,"初以清永冲隽为主,己庚以后,则道而厚、郁而深,雄直而豪宕,开阖变眩,浑茫无际。震骇以为目所未见。"

过杨柳青

天津南三十里

(清)陈 锦

傍水成村柳色妍,
估樯密织大堤边。

河流入海不忍去，

七十二沽相转旋。

〔**出处**〕《补勤诗存》(卷之八)

〔**发现过程**〕在"寻根大运河"活动中，笔者在查阅古籍时发现。

〔**作者简介**〕陈锦(1821—1877)，字昼卿，号补勤，浙江山阴人。清道光二十九年(1849)举人。同治初年，投笔从戎，参与镇压太平军。由知县历官山东候补道。有《补勤诗存》。

同时期的诗人赵铭称其诗"飙焰横惊，襟灵独撼。高唱则颓云不飞，泼墨而惊花乱下……"

舟次杨柳青

(清)陈 锦

铃声鞭影了前游,

褦襶①来乘析木舟。

百劫名场惭绣豸,

五更归梦泣椎牛。

鲂鱼得水犹赪尾,

乌鸟多情先白头。

一样青青杨柳驿,

十年前已悔封侯。

〔出处〕《补勤诗存》(卷之十七)

---

① 褦襶,指衣服粗厚臃肿貌,既不合身,也不合时。比喻不晓事,无能。

〔**发现过程**〕在"寻根大运河"活动中,笔者在查阅古籍时发现。

〔**作者简介**〕前文《过杨柳青》诗后有介绍,不赘。

登舟早发

(清)华光鼐

残月落秋水,

西风吹客衣。

榜人初解缆,

杨柳剧依依。

一叶飘然去,

休教壮志违。

离家三十里,

回首看朝晖。

〔**出处**〕《东观室诗遗稿》

〔**发现过程**〕在"寻根大运河"活动中,笔者查阅《天津图书馆珍藏清人别集善本丛刊》时发现。华光鼐住天津老城里,"回首看朝晖"说明其舟向西行,"离家三十里"正是杨柳青。

〔**作者简介**〕华光鼐(1826—1857),天津清末诗人,字少梅,号柏铭。华长卿子,诸生。华光鼐少勤于学,工诗,以疾卒,年仅三十二岁。著有《东观室遗稿》,辑有《津门文钞》。

华光鼐与梅宝璐、杨光仪、于士祜、孟继坤等人日以声韵相切磋。抱疾里居,不废吟咏。

杨光仪称其诗"苍凉悲壮中别有缠绵不尽之致"。

晚泊杨柳青

(清)冯骥声

西风吹猎猎,

新涨潞河生。

帆叶破烟出,

橹枝摇月行。

江清鉴人影,

天阔荡秋声。

回首通州郭,

苍茫无限情。

〔**出处**〕《抱经阁集》

抱經閣集

二八

特將忠孝揭。片紙煇煌麗日月。金家獲此秘勿洩。寶藏四葉始雕鎪。世局茫茫多變遷。公騎箕尾已多年。風霜銷沈兵燹燼。石墨幸未埋寒煙。購來椆本貯琅笈。六丁下覷不敢攝。精采夜燭奎壁垣。嵓味鹹走嫠兩泣。我思公文奇崛早與俗徑殊。更嘆凡陋無。後來阿誰媲公羙。請看大瀹山人。白雲庫下書。

（公字奇崛。白雲處士人。）

晚泊楊柳青

西風吹獼獼輕波。新漲溢河生。帆葉破煙出。橹枝搖月行。江清鑑人影。天闊蕩秋壁。回首通州郭。蒼茫無限情。

津門秋感

蘆洲裊裊勤輕波。遠向津河擊楫過。三輔地盤滄海盡。九天秋入薊門多。雲深淥鹿看鴈下。月暗盧龍颭雁過。慷慨若逢燕趙客。酒酣繫筑醉顏酡。五雲深處望京華。搔首颿枝感慨加。北極風飈餘蜃氣。西朶簀鼓泣蟲沙。征

〔**发现过程**〕在"寻根大运河"活动中,笔者查阅资料时发现于潘存、冯骥声著,海南出版社2004年出版的《潘孺初集 抱经阁集》,考之于1931年出版的《海南丛书》第十八种《抱经阁集》。

〔**作者简介**〕冯骥声(1841—1891),字少颜,海南琼山县梅峡人。清同治拔贡。冯骥声自幼好诗文,资质颖异,好学勤奋,很有才气。他致力于经学研究,著有《经解》《尚书古今文疏证》十六卷,在海南开办研经书院;大力搜集丘浚、海瑞著作,著有《丘文庄公年谱》一卷、《海忠介公年谱》一卷。

他还致力于诗歌创作,其著作《抱经阁集》中收其诗作七十四首。

舟 行

(清)王先谦

春帆河上程,

斜日水边亭。

船鼓番番打,

村讴转转听。

潜苏鱼出沫,

新浴鸟梳翎。

喜得来舟报,

冰开杨柳青地名。

〔出处〕《虚受堂诗存》(卷八)

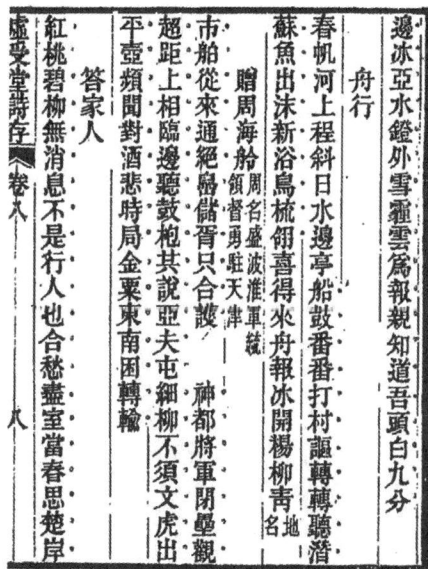

〔**发现过程**〕在"寻根大运河"活动中,笔者在查阅古籍时发现。

〔**作者简介**〕王先谦(1842—1917),清末学者,湖南长沙人。字益吾,因宅名葵园,学人称为葵园先生,是著名的湘绅领袖、学界泰斗。年轻时,因父亲去世早,充任军中幕僚。同治三年(1864)中举人,同治四年(1865)中进士,钦点翰林院庶吉士,散馆授编修,累迁翰林院侍讲。光绪六年(1880)任

国子监祭酒。复在国史馆、实录馆兼职。光绪十一年(1885)督江苏学政。光绪十五年(1889),卸江苏学政任,回长沙定居。光绪二十年(1894)任岳麓书院山长,主讲岳麓书院达十年之久。

反对新思想、维新变法及民主革命运动。光绪二十六年(1900)七月,唐才常等所领自立军起义失败,王先谦、叶德辉等人向巡抚俞廉三告密,捕杀自立会人士。武昌起义后,闭门著书。著有《汉书补注》《水经注合笺》《后汉书集解》《荀子集解》《庄子集解》《诗三家义集疏》《虚受堂诗存》《虚受堂文集》等。

王先谦的弟子苏舆为《虚受堂诗存》作序称:"其少作诗沧凉沉郁,中年宦游以来乃更神明变化,奄有众美而于身世之感。"

归舟至杨柳青夜泊遇雨

(清)张式尊

扁舟一叶载行装,

飒飒西风送晚凉。

舱里孤灯篷背雨,

那来好梦到家乡。

〔出处〕《吟香室诗稿》

〔发现过程〕此诗由沧州市地方志办公室孙建先生于国家图书馆查阅文献时发现,并提供给"寻根大运河"活动采访团。具体创作年代待考,考虑到其人主要生活在清代,故作为清诗收入本书。

〔作者简介〕张式尊(187?—1938后),字敬之,号东园居士、冷眼翁,室名吟香室,吴桥人。清优廪生。民国间任河北省立深县中学、沧县中学国文教师。工诗善画。著有《吟香室诗稿》。

驿道吟歌

　　杨青驿是著名的古驿站,有水驿,有马驿。"马头南去船北行",多少文人雅士正是因为驿道、驿站而行经西青,并为西青留下诗篇。

杨青驿①

(明)唐之淳

一

杨青驿前杨柳青,

马头南去船北行。

北方土寒春尚浅,

三月尽时莺未鸣。

二

倚马停舟竞攀折,

青丝络手花飞雪。

人心自尔忆乡关,

柳色何曾管离别。

三

草木无情是杨树,

---

① 杨青驿,明代建立的驿站,本在杨柳青,因方言发音等缘故,称为杨青驿。分水驿、马驿。原属武清县。明嘉靖十九年(1540),并移至天津城外双庙街(当时驿丞兼为地方巡检,双庙、杨柳青等四十多个村庄属于杨青巡检司管辖)。隆庆二年(1568),改属静海县。清雍正八年(1730)划归天津县。乾隆时在杨柳青镇区设巡检分司,衙署设在药王庙。

莫种驿亭分别处。

旧愁新恨几时休，

前头又入杨村去。

〔出处〕《唐愚士诗》（卷一）

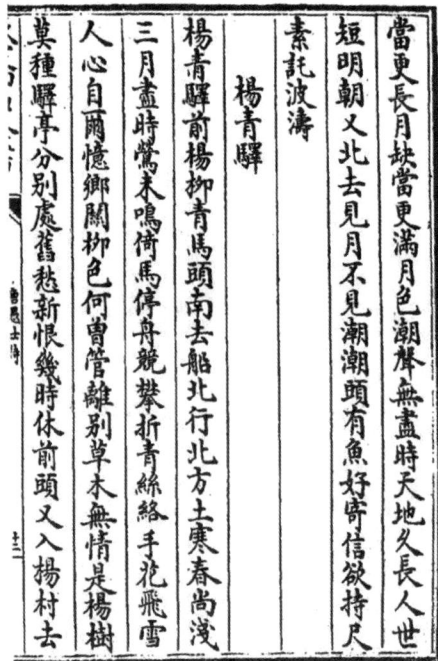

〔发现过程〕此诗由沧州市地方志办公室孙建先生发现，并提供给"寻根大运河"活动采访团。

〔作者简介〕唐之淳（1350—1401），字愚士，以字行，浙江山阴（绍兴）人。明建文初年为翰林院侍读。博闻多识，工诗文，善笔札。

《四库全书·〈唐愚士诗〉提要》说："其诗虽未经简汰，金砾并存，而气格质实无元季纤秾之习，其塞外诸作，山川物产尤足以资考核。"

杨青驿

(明)庄　昶

杨柳青题旧驿亭，

人来杨柳半凋零。

可知自有吾心柳，

万古无穷一样青。

〔出处〕《定山集》(卷二)

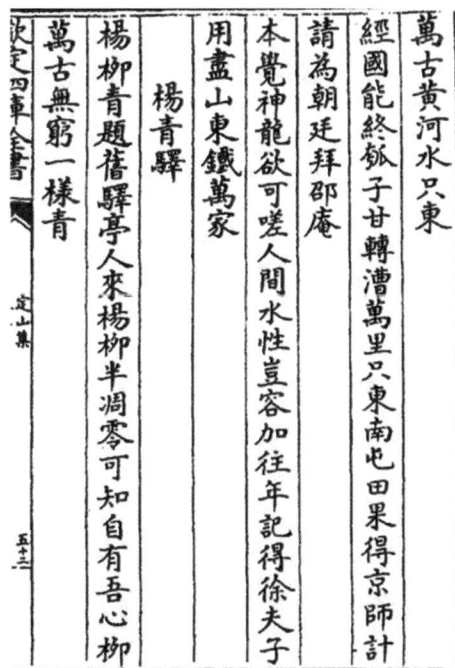

〔发现过程〕此诗由沧州市地方志办公室孙建先生发现，并提供给"寻根大运河"活动采访团。

〔作者简介〕庄昶(1437—1499)，字孔旸，一作孔阳、孔抃，号木斋，晚号

活水翁,江浦孝义人。明成化二年(1466)进士,改庶吉士,后授翰林院检讨。是包括文徵明在内的多位文人名士的老师。撰有《定山集》十卷。

成化三年(1467),因反对朝廷灯彩焰火铺张浪费而上疏,触怒皇帝,廷杖二十,贬为桂阳州判官。经群臣力谏,改南京行人左司副。成化七年(1471),以丁忧归隐,居定山二十余年,对于过往的在任官员概不接待。礼部曾多次下文让他回京供职,他置之不理。弘治七年(1494),巡抚何鉴亲自入山劝行,乃复为南京行人司副,后升任南京吏部验封司郎中。不久又因病归隐。弘治十二年(1499),病逝。嘉靖年间,江浦县为其建"定山祠"。天启初年追谥为"文节"。

《明史》说庄昶"自幼豪迈不群,嗜古博学""生平不尚著述,有自得,辄见之于诗"。

庄昶诗风沿袭邵康节《击壤集》,文多涉理趣,探究人的心性,以悟道为宗旨,被称为"性气诗"。时人及后世褒贬不一。道与诗,其实是鱼与筌的关系。如果真的明道,得鱼忘筌又有什么关系呢?

杨青驿怀原复佥宪先寄原鲁

(明)顾 清

千里漳河欲尽头,

美人曾此驻兰舟。

癸亥春,予以忧南还,原复北上

图南暂息云中羽,

拱北重瞻海上楼。

眉宇几时消鄙吝,

江湖到处长离忧。

皇华会有嵩呼事，

先遣双鱼报早秋。

〔出处〕《东江家藏集》(卷十)

是絕物也而限以必行難矣撫臣朱姓時所謂道

學者

楊青驛懷原復貪憲先寄原魯

千里漳河欲盡頭美人曾此駐蘭舟

南燕息雲中羽拱北重瞻海上樓眉宇幾時消鄙吝江

湖到處長離憂皇華會有嵩呼事先遣雙魚報早秋

直沽即事

漳水東流接海天尋常魚蠏不論錢橫空一網如雲密

〔发现过程〕此诗由沧州市地方志办公室孙建先生发现,并提供给"寻根大运河"活动采访团。

〔作者简介〕顾清,生年不详,约卒于明世宗嘉靖六年(1527)后不久。弘治五年(1492)乡试第一,弘治六年(1493)中进士,改庶吉士,授编修,晋侍读。正德初年,刘瑾掌权,顾清"绝不与通",被外任南兵部员外郎,未赴任。瑾被杀后,提升为侍读掌院事,不久任少詹事,经筵日讲官,礼部员右侍郎。著有《东江家藏集》。

正德皇帝尚武,常以征讨为名,帅六师巡边。顾清冒着触怒皇帝的风险,前后十几次上疏,请求罢巡幸,建储宫。嘉靖帝即位后,被御史弹劾罢官,后

为南京吏部右侍郎。曾经上书要求遏制锦衣卫办案之风。后因病要求退休，最终以尚书职致仕。去世后，谥文僖。

清初八股文选家俞长城说顾清："洁己奉公,恬淡乐道,故其文亦有高峻之风。"

乡试时,王鏊(《杨柳青舟中见月》诗后有介绍)是主考官,说顾清的文章："昔欧阳子谓,当让苏子瞻出一头地,斯人是也。"

《明史》说顾清："学端行谨,恬于进取。"

《四库全书·〈东江家藏集〉提要》称："其诗清新婉丽,天趣盎然,文章简炼醇雅,自娴法律。""在茶陵一派之中亦挺然翘楚。"

杨青驿诗

(明)卢云龙

漂泊风尘怅远游,

杨青亭下暂维舟。

故乡门巷经梅雨,

客路山川到麦秋。

潦倒诗篇时自适,

飘零杯酒暮堪愁。

几宵尚忆长安道,

北斗遥瞻接凤楼。

〔出处〕《北河纪余》(卷四)

安知溟渤間喔喔天雞鳴東望蒼煙裂霞生赤城嶠日

出扶桑窟朧朧五雲裏欲吐金銀闕鐘鼓羅宮迁百辟修

朝謁整衣顧我僕神情坐超忽 又揚柳青道中詩鳴

柳淩海月挨舵破江烟楊柳青垂驛蘺無綠刺船笛聲

遂落日席影卅長天望滄州路從兹逐渺然 南海

盧雲龍楊青驛詩漂泊風塵憶遠遊楊青亭下暫維舟

故鄉門巷經梅雨容路山川到麥秋潦倒詩篇時自適

飄零杯酒蒼堪慰幾宵尚憶長安道北斗遙瞻接鳳樓

〔**发现过程**〕此诗由沧州市地方志办公室孙建先生发现,并提供给"寻根大运河"活动采访团。当时未写出处,题目为《杨青驿》。笔者查之于《北河纪余》,题目为《杨青驿诗》。

〔**作者简介**〕卢云龙(生卒年不详),字少从,南海(今佛山)人。明万历十一年(1583)进士。历任广西马平、河北邯郸、福建长乐知县,南京大理寺副、户部员外郎、贵州参议。在马平时裁减浮冗田赋,免二千余石。长乐任内,治理洪涝,开通陈唐港通海水沟。任贵州参议时,苗众攻城杀官,卢云龙一面调查向上汇报,一面恩威并施,终使苗众慑服。"尽瘁成疾",临终受到皇帝白金文绮赏赐。

《南海县志》说他"性蕴藉,言不妄发,和乐坦易,无有边幅。虽遭迁挫,无几微见颜色。事亲以孝闻。嗜学至老不倦。著有《四留堂稿》三十卷、《尚论全编》百卷、《易经补义》《读诗类要》诸书行于世"。

秋日之杨青驿宿梅岑村舍

(清)乔耿甫

到此惬幽旷，

淹留竟不行。

溪村名士宅，

鸡犬故人情。

帆影过窗暗，

秋光入座清。

直西杨柳驿，

青霭但纵横。

〔出处〕《津门征献诗》（卷七）

〔**发现过程**〕在"寻根大运河"活动中,笔者在查阅华鼎元相关文献时,在华鼎元写乔耿甫的诗后小注里发现。

〔**作者简介**〕乔耿甫(生卒年不详),清乾隆、嘉庆时人,原名树生,因获汉印"耿甫"而更名,字默公,号五桥。清代书画家、诗人,诸生。著有《侨樵稿》。与其弟乔树勋(字六桥)俱有才名,当时津门有"二乔"之称。

《津门诗钞》称其"善草书。沽上自朱导江先生、徐文山诸公后,善书者推金、乔。金谓野田,但金专摹颜、柳,乔则神予《淳化阁帖》,肆放之中,含秀绝之致。能以绵濡墨,作擘窝大字,人以为奇。名驰闽粤间,海外人争购之间性疏狂,不拘行检,年六十余,贫瘠以死,无嗣"。据称,乔耿甫的字当时价值重金,但他生性豪放,遇贫困者输金相助,毫不吝惜,乃至无积蓄。

弥留之际遗墨满篋,告诉他的妻子:"鬻诸市,汝终身不尽也。"

杨柳寄情

　　杨柳青,一个诗情画意的名字。杨柳,古人用来寄托友情、爱情。诗人们闻杨柳青之名而发思念友人之情,与杨柳青之友人唱和。"寻根大运河"新发现的诗篇中,这样的诗词皆汇集于此。

初夏姚园同汪伯阳徐子旋李于鳞
王元美皇甫子循得逢字①

(明)谢　榛

浮生各有役,

胜事几相逢。

爱此池台静,

兼之花石重。

春声余独鸟,

晚色乱诸峰。

莫遣芳时过,

徒嗟萍水踪。

〔**出处**〕《四溟山人全集》(卷四)

---

　　① 诗题中"得逢字"是诗人与友人分韵作诗的一种方式。下一首诗题中"得知字"亦同。

鉢貯洞庭月鍚穿衡嶽雲應懷舊禪侶鐘磬坐宵分
皇甫子循得逢字
初夏姚園同汪伯陽徐子旋李于鱗王元美
浮生各有役勝事幾相逢受此池臺靜兼之花石重
春聲餘獨鳥晚色亂諸峯莫遣芳時過徒嗟萍水蹤
夏日張氏園亭同徐子旋李于鱗賈守準劉
子成王元美得窓字
迤邐繁陰合林亭靡有雙日斜青草徑秋在白雲窓
勝事同金谷高歌對玉缸百年耕鑿計吾媿鹿門龐
程侍御信夫見召

〔**发现过程**〕在"寻根大运河"活动中，笔者在考证《七夕留别汪伯阳李于鳞王元美得知字》诗时发现于《四溟山人全集》。汪伯阳即后文《失题》作者汪来。

〔**作者简介**〕谢榛(1495—1575)，明代布衣诗人。字茂秦，号四溟山人、脱屣山人，山东临清人。眇一目。少年即有诗名。曾与李攀龙、王士贞、徐中行、梁有誉、宗臣、吴国伦等结诗社，史称"后七子"。后与李攀龙龃龉断交，诗社其他人站在李一边，将谢榛除名。

年轻时，谢榛曾在彰德受到赵康王的厚待，康王去世后离开。万历元年(1573)冬天再游彰德，受到其曾孙赵穆王的礼遇。赵穆王命其宠爱的贾姬用琵琶独奏谢榛新写的竹枝词，又命光彩照人的贾姬出来拜见谢榛，并席地弹奏十曲。谢榛说："此山人里言耳，请更制，以备房中之奏。"第二天一早作新

词十四阕,贾姬都谱了曲子。大年初一,王府便殿演奏了这些词曲。饮酒送客后,赵穆王以隆重礼节把贾姬送给了谢榛。

谢榛对诗有自己的见解,他认为:"取李、杜十四家最胜者,熟读之以会神气,歌咏之以求声调,玩味之以衷精华。得经三要,则浩乎浑沦,不必塑谪仙而画少陵也。"

《明史》称:"诸人心师其言,厥后虽合力摈榛,其称诗指要,实自榛发也。"

七夕留别汪伯阳李于鳞王元美得知字

(明)谢　榛

> 久客言归计,
> 留连几故知。
> 鹊桥星夜度,
> 燕馆月沉时。
> 天上才欢洽,
> 人间有别离。
> 晴分绛河影,
> 秋动白榆枝。
> 佳醑还成醉,
> 萍踪不可期。
> 年年湖海上,
> 今夕定相思。

〔出处〕《四溟山人全集》(卷七)

108

昔宰天南邑　移官帝子家　賈生成白首　蔦令重丹砂
道在跧人事　恩深幾歲迴　歸路客雲迎　歸路客帆逐渡江鴉
吳苑羊楓樹　石湖多藕花　不堪登故壘　揮淚夕陽斜
送誠意伯劉國禎奉　命祭周王

佳醨還成醉　萍踪不可期　年年湖海上　今夕定相思
軒轅製兵後　征伐故相仍　夜月刀環動　秋霜鏋氣凝
天王更神武　胡騎敢憑陵　北塞金笳振　中原羽檄徵
材官馳白馬　俠士臂蒼鷹　無戰誰長策　臨風感慨增
送潘審理請告還江東展墓

父客言歸計　留連幾故知　鵲橋星夜度　燕舘月沉時
天上纏歡冷　人間有別離　晴分絳河影　秋動白榆枝
七夕留別汪伯陽李于鱗王元美得知字

王恩知欲報　筋力會須强　人皆憂抗疏　今日復爲郎
歲晏逢舊侶　別久鬢俱蒼　昔年曾賦疏　誰官念農桑
寄李別駕仲西時轉戶曹

籠鳥何勞羨　盃蛇竟釋疑　埋照寧無意　存虛當在茲
寄孛別駕仲西山欲同賞松桂待秋期

〔**发现过程**〕在"寻根大运河"活动中，笔者在考证汪来相关资料时发现于李庆立选注，人民文学出版社 2009 年出版的《谢榛诗选》，考之于《四溟山人全集》(卷七)。

〔**作者简介**〕前一首《初夏姚园同汪伯阳徐子旋李于鳞王元美皇甫子循得逢字》诗后有介绍，不赘。

杨柳青解维杂题兼寄彭访濂①六首

(清)陈廷敬

一

秋日杨柳黄，

---

① 彭访濂，本名彭定求，字勤止，号访濂，道号守纲道人，长洲人。康熙十五年(1676)状元。授翰林院修撰，历官侍讲，因父丧乞假归，遂不复出。幼承家学，曾皈依清初苏州著名道士施道渊为弟子，又曾师事汤斌。仰慕王守仁等。著有《阳明释毁录》《儒门法语》《南畇文集》等。其孙彭启丰亦为状元，是科举历史上的一段佳话。

春日杨柳青。

千条与万条,

长亭复短亭。

二

河上江雁来,

飞飞塞北去。

江南有故人,

来时在何处。

三

驿使经年到,

梅花寄陇头。

一枝东阁晚,

应是在扬州。

四

离京三百里,

为客九回肠。

平野天疑尽,

官河路转长。

五

思君比流水,

到海有终极。

与君相见时,

别后思不息。

六

暝色赴孤舟,

烟中夕鸟投。

水行无定准,

几日到吴洲。

〔出处〕《午亭文编》(卷二十)

钦定四库全书　　　　卷二十

秋日楊柳黃春日楊柳青千條與萬條長真復短亭

河上江雁來飛飛塞北去江南有故人來時在何處

驛使經年到梅花寄隴頭一枝東閣晚應是在揚州

離京三百里為客九迴腸平野天疑盡官河路轉長

思君此流水到海有終極與君相見時別後思不息

瞑色赴孤舟煙中夕鳥投水行無定準幾日到吳洲

武清道中寄西齋二首

惆悵別離盡素心安所期海潮初到處江雁遠來時路

舟中寄舍弟

青山原上百花洲浪逐桃紅出澗流夢裏京華千里外

不知今夜在扁舟

舟中留別京師親故

一樟煙波萬廬輕畫舫斜捲晚風晴好春臨水灣灣好

明月隨人處處明海上蓬山遙昔夢天涯書舫得浮生

綠楊影颺桃花浪應是離人惜別情

楊柳青解維祺題兼寄彭訪濂六首

〔发现过程〕此诗由沧州市地方志办公室孙建先生发现,并提供给"寻根大运河"活动采访团。

〔作者简介〕前文《次杨柳青船上作二首》诗后有介绍。

查为仁招过杨柳青归游水西庄即事

(清)杭世骏

画舸征歌逐路新,

渌阴疑水雨疑尘。

云帆不改家江景,

邱壑真宜我辈人。

世味渐如诗境澹,

交情无假酒杯亲。

后期更指中庭树,

莫为攀条便怆神。

〔出处〕《道古堂诗集》(卷十一)

多謝日來頻置酒高情真與古人同

查為仁招過楊柳青歸遊水西莊即事

畫舸徵歌逐路新渌陰疑水雨疑塵雲帆不改家江景

邱壑真宜我輩人世味漸如詩境澹交情無假酒杯稅

後期更指中庭樹莫為攀條便愴神

宛平查為仁心穀

南岡錄別四首

十載辭華勤娶津藜光入夜坐生春致身閒直是忘新

進得菲終蒙宥小臣靜想紫苔林際步閒看青籋鏡

中身平生不忍輕言別且盡深杯酒一巡

小集雕堂戀夕暉幾枰惆悵挽征衣綠牽碧浪乘艤難

〔发现过程〕在"寻根大运河"活动中,笔者在查阅古籍时发现。

〔作者简介〕杭世骏(1696—1772),字大宗,号堇浦,仁和(今属浙江杭州)人。清代经学家、史学家、文学家、藏书家。自幼勤奋好学。雍正二年(1724)举人,后屡试进士不中。乾隆元年(1736),经浙江总督程元章举荐考取博学

112

鸿词科,授翰林院编修,官御史。

乾隆八年(1743),乾隆帝下诏求直言,设"阳城马周"科。杭世骏上《时务策》,称"朝廷用人,宜泯满汉之见""满洲才贤虽多,较之汉人,仅什之三四,天下巡抚尚满汉参半,总督则汉人无一焉,何内满而外汉也?"该文触怒乾隆。据称,杭世骏要被处死刑。侍郎观保极力为杭世骏求情,称杭世骏"是狂生,当其为诸生时,放言高论久矣";军机大臣兼户部尚书徐本不停叩头,乃至把额头磕肿。刑部寻议"杭世骏怀私妄奏,依溺职例革职"。

龚自珍《杭大宗逸事状》有记:"乙酉岁,纯皇帝(笔者注:乾隆)南巡,大宗迎驾,召见,问:'汝何以为活?'对曰:'臣世骏开旧货摊。'上曰:'何谓开旧货摊?'对曰:'买破铜烂铁,陈于地卖之。'上大笑,手书'买卖破铜烂铁'六大字赐之。"

民间传说,乾隆见到杭世骏时曾问他:"你性情改过么?"世骏回答:"臣老矣,不能改也。"乾隆问:"何以老而不死?"杭世骏顶撞说:"臣尚要歌咏太平。"

革职后,杭世骏一心奉养老母和攻读、著述。乾隆十六年(1751)得以平反,官复原职。晚年主讲广东粤秀和江苏扬州两书院,其间专心著述。尽管与他同一年考中博学鸿词科的许多人都做了高官,但他的著作量却是这些人中最多的。著有《诸史然疑》《史记考证》等,补纂《金史》,作《道古堂文集》《道古堂诗集》等等。

龚自珍称杭世骏"语汗漫而瑰丽,画萧寥而粗疏,诗平淡而倔强!"

清代文学家彭端淑称其诗歌"豪放不羁,七古尤长"。

《国朝诗萃初集》称其"诗格清绪论老疏澹,逸气横流,不为书卷所累,故为先辈名流所推重"。

《清史列传》称其"诗风格遒上,最为当时所称"。

高山流水

杨柳青舟次,阴雨连朝。遥望西北,烟峦杳霭,风景不减中吴也。填此寄莲坡先生。

(清)王　昶

水窗连日掩帘栊。喜朝霞,一缕微红。烟霭涨寒潮,隔溪犹系鱼篷。绿遍了,垂柳濛濛。城围转,遥望城楼如画,酒斾迎风。似半塘桥外,浅碧亘眉峰。

重重松篁翠深处,应添得,石濑云淙。胜地几时游,空忆高士芳踪。莲坡先生兄弟①时时往游香山,退谷今不在家。锁名园,欲去谁从。趁薄霁,且唤篙师解缆,放棹从容。待他时话,取此景,记诗筒。

〔出处〕《春融堂集》(卷二十六,《琴画楼词》二)

————————

① 莲坡先生兄弟,指水西庄查氏兄弟。清雍乾年间以查氏园林别墅水西庄为中心形成文化圈子。其核心是水西庄查为仁、查为义、查礼三兄弟。查为仁号莲坡居士,所以王昶称他们为莲坡兄弟。

〔**发现过程**〕在"寻根大运河"活动中,笔者发现于王昶著,陈明洁、朱惠国、裴风顺点校,上海文化出版社 2013 年出版的《春融堂集》。考之于嘉庆丁卯年(1807)塾南书舍藏版《春融堂集》(卷二十六)。

〔**作者简介**〕王昶(1724—1806),字德甫,又字琴德,号兰泉,晚号述庵,江苏青浦人。清乾隆十九年(1754)进士,累次充任试官,进至礼部江西司郎中,后坐案革职,随云贵总督阿桂入川,平定大小金川。前后在军营九年,所有奏檄,均由王昶起草。因有功任吏部员外郎,累官刑部右侍郎。早年有诗名,与王鸣盛、吴泰来、钱大昕、赵文哲、曹仁虎、黄文莲等合称"吴中七子"。有《琴画楼词》传世,并编辑有《琴画楼词钞》《明词综》《国朝词综》等。

《清史稿》说王昶"工诗古文辞,通经。读朱子书,兼及薛瑄、王守仁诸家之学。搜采金石,平选诗文词,著述传于世"。

台城路·寄友天津

(清)王　昶

杨青驿外垂杨树,阴阴曾系画舫。酒市灯明,官桥月映,最忆风帘低飐。红栏绿浪。便听漏东华,梦魂难忘。应有才人,自研松墨写惆怅。

江湖何限客思,况莲坡别墅,林泉堪赏。杏蕊将残,芦芽渐起,恰值西沽新涨。登楼吟望。须慰我相思,频贻鱼网。好唤心奴,炙笙传逸唱。

〔**出处**〕《春融堂集》(卷二十七,《琴画楼词》三)

松墨写惆怅

江湖何限客思兄蓬坡别墅林泉堪赏杏蕊
将残蕙芳渐起恰值西沱新涨登楼吟望宿慰我相思频贻
鱼湘好唤心奴炙笙传逸唱

采莲令 戊辰立夏同企晋筠农过法源寺小
憩精蓝消尽纤埃处正馨益东南旧侣当窗红药喜昨宵几
废樱桃雨料斯际湘灵鼓瑟峯青江上馆阁将荐词赋 好
趁闲时半阶绿影分香醋又何异小查院宇小查山阁最
斜阳芳砌凤过侠并觉花能谛情未已藏钩脱帽试听归鸟
犹勤酒徒少住

梅子黄时雨
小别三年嘉一笑乍逢迟对芳夜记北碕祠场人如檀谢雨
混藕花惹艳坐露零苔楂叶移灯话微香尚悬竹外林

散

臺城路 寄友 天津

风帘低飐红栏绿浪便听萧东华梦魂难忘应有才人自研
杨青驿外垂杨树阴阴曾絷画舫酒市灯明官桥月映忆
痕红泛仿佛翠钿天寒只少丛篁低假萧斋静自作荠花轻
玉山秋晚染染金铃开到松晚鹤影度江应怅采芳人远
谁知偷凝灵均思与木兰同梦算不比湘桃曾引刘阮怡笑芙蓉仙侣泪
骢底须寻同湖亭月凉移画屏
露华 题仙姝宋菊图
宫绦绷隔清景金源旧事曾记多少碧虚楼阁造依云巘
帛绿苹花都入蓬壶仙境隔塔雪鬟莹飞遥粉墙玉戚齐

〔**发现过程**〕在"寻根大运河"活动中，笔者发现于王昶著，陈明洁、朱惠国、裴风顺点校，上海文化出版社2013年出版的《春融堂集》。考之于嘉庆丁卯年（1807）塾南书舍藏版《春融堂集》（卷二十七）。

〔**作者简介**〕前文《高山流水》词后已有介绍，不赘。

舟次杨柳青感怀有作寄呈津郡幕友

（清）宁　锜

杨柳青青驿，

孤舟暮水滨。

月明共千里，

云渺隔三津。

把袂思公子，

如兰梦所亲。

警宵来击柝，

解缆有司晨。

风浪安清境，

声威仰借人。

剑光冲斗紫，

帆影挂秋新。

贤主能容意，

诸君泛爱仁。

葭苍兼露白，

脉脉欲沾巾。

〔出处〕《匪莪诗草》

秋風拂拂動歸航翹首京華倍激昂愧挾雕蟲干宰
相聞趨龍劍侍　君王雲山自切蓬門望車馬頻邀
旅邸光敢道再來獻三賦爲公載續動旂常
　舟次楊柳青感懷有作寄呈津郡墓友
楊柳青青驛孤舟暮水濱月明共千里雲沙渺隔三津
把袂思公子如蘭夢所親警宵來擊柝解繾有司晨
風浪安清境聲威仰借人劍光冲斗紫帆影挂秋新
賢主能容意諸君泛愛仁葭蒼兼露白脉脉欲霑巾

西青古诗词集萃

〔**发现过程**〕在"寻根大运河"活动中,笔者查阅《天津图书馆珍藏清人别集善本丛刊》时发现。

〔**作者简介**〕宁锜(1736—?),字湘维,浙江绍兴府会稽县人。生活于清乾隆、嘉庆年间。乾隆十三年(1748),应童子试。乾隆二十四年(1759),"以古学见知于学宪窦东皋师,取入郡庠"。乾隆三十五年(1770),"逢恩科列乡荐"。乾隆四十六年(1781),选为知县,分发四川,奉委署峨眉县篆。乾隆四十九年(1784),署永川县篆。乾隆五十一年(1786),丁父忧。乾隆五十三年(1788),起服奉母来川。乾隆五十四年(1789)夏,补什邡县令。嘉庆三年(1798),任黔阳开州知州。自幼工诗,著有《伊蒿诗草》《伊蒿文集》等。

寄僧大空

名眼觉,青县人,住杨柳青驿之白衣大寺

(清)梅成栋

闻有今支遁,

相思苦二年。

人皆称古衲,

我喜类颠仙。

道向无心悟,

诗凭众口传。

何时住行钵,

一笑证空缘。

〔**出处**〕《欲起竹间楼存稿》(卷五)

相逢仍是杏花時

寄僧大空 名眼覺青縣人住楊柳青驛之白衣大寺
閱有今支遁相思苦二年人皆稱古衲我喜類顛仙道
向無心悟詩憑眾口傅何時住行鉢一笑證空緣

同劉嚼山李亭午饑序東於酒樓
千里離襟此地分壯游何必定留君龍門笑酹黃河水
馬首雄看太華雲血染桃花韓信嶺碑眠芳草郭公墳
探奇弔古書生事待讀新詩廣見聞

閱郡志見同郡楊鷗海先生賦滄州鐵獅感而有

《欲起竹間樓存稿》卷二 十二 天津志記集刊

〔**发现过程**〕此诗由沧州市地方志办公室孙建先生发现,并提供给"寻根大运河"活动采访团。原诗题下有小注:名眼觉,青县人,住杨柳青驿之白衣大寺。笔者考之于《欲起竹间楼存稿》。

〔**作者简介**〕梅成栋(1776—1844),清代诗人,字树君,号吟斋,天津人。嘉庆五年(1800)中举人,道光十五年(1835)中进士。道光年间倡立辅仁学院,主讲十余年。曾在天津水西庄与文人名士结成"梅花诗社",有许多诗作在士林传诵,是当时天津诗坛公认的领袖。著有《欲起竹间楼存稿》《树君诗钞》《吟斋笔存》等,辑有《津门诗抄》。

因久考进士不中,曾经表示"一切利名幻想都已消归",阅读了大量佛经。与僧大空(释眼觉)交好,有诗词往来。

僧大空见过书斋值余扫墓留诗而去即用其韵

(清)梅成栋

芸笠来相过,

闲踪偶出门。

鸾笺劳赠句,

鸿爪小留痕。

一面因缘薄,

三年梦想存。

蓬门肯再枉,

扫席待前轩。

〔**出处**〕《欲起竹间楼存稿》(卷五)

〔**发现过程**〕在"寻根大运河"活动中,沧州市地方志办公室孙建先生发现梅成栋《寄僧大空》诗后,笔者查梅成栋及大空资料,发现此诗于广西大学谷冬梅硕士论文《〈欲起竹间楼存稿〉校注》。笔者所得到的《欲起竹间楼存稿》版本没有收录此诗,现以《〈欲起竹间楼存稿〉校注》为准。

〔**作者简介**〕前文《寄僧大空》后有介绍,不赘。

芥园访大空值其回寺并静峰师亦他出怅然留句

(清)梅成栋

古寺藏春在,

垂杨绿到楼。

未能修佛果,

且自访僧游。

梅坞花才谢,

莲池水又流。

支公去何处，

门外问沙鸥。

〔**出处**〕《欲起竹间楼存稿》（卷五）

〔**发现过程**〕在"寻根大运河"活动中，沧州市地方志办公室孙建先生发现梅成栋《寄僧大空》诗后，笔者查梅成栋及大空资料，发现于广西大学谷冬梅硕士论文《〈欲起竹间楼存稿〉校注》，考之于《欲起竹间楼存稿》。

〔**作者简介**〕前文《寄僧大空》后有介绍，不赘。

不語心情惜少年何處綠楊生慶花誰家青草覆新阡

五陵豪貴偏相遇駿馬驕嘶杏花前

芥園訪大空值其同寺並靜峯師亦他出悵然留

句

古寺藏春在垂楊綠到樓未能修佛果且自訪僧游梅

鴛花才謝蓮池水又流支公去何處門外問沙鷗

閨烈篇

城西八烈墳葬烈燄入人表風化也壬午癸未

閭郡城大水邱隴被沒碑墓俱傾越歲水落牛

《欲起竹間樓存稿》卷三

[十] [天津志局彙刊]

杨柳青

地名,属天津县

(清)谢元淮

一

杨柳青青杨柳青,

行人道上感飘零。

西风昨夜知多少,

冷落长亭又短亭。

二

杨柳青青杨柳齐,

杨花飞尽柳枝低。

天涯何处无离别?

莫拂征鞍送马蹄。

三

杨柳青青杨柳黄,

燕南八月已飞霜。

婆娑一树斜阳外,

风景依依似故乡。

〔出处〕《养默山房诗稿》(卷九)

右側：
外風景依依似故鄉
八月初九日進都城作
萬水千山取次行煙靄盡到
神京多情戀我惟芳草一路隨車綠進城

八月十八日
宸居遙望五雲遊
露泣西山翠羽群
見紀
恩四首
鳳明圖引

襄歇山房詩□□□　卷二十八　五

左側：
歇馬亭荒轄莫投耳畔惟聽風颼颼此聞百里皆民
疇洼霖十日成長漲黍豆漂盡農民愁牽舟岸上古
有儒陛地盪舟昇應差泛乘車水面今何愛真如流水
馳雙輶從今四海許周流乘車直向天河遊

楊柳青　地名屬天津縣

楊柳青青楊柳齊行人道上咸飄零西風昨夜知多
少冷落長亭又短亭
楊柳青青楊柳齊楊花飛盡柳枝低天涯何處無
別莫拂征鞍送馬嘶
楊柳青青楊柳黃燕南八月已飛霜婆娑一樹斜陽

〔**发现过程**〕在"寻根大运河"活动中，笔者在查阅古籍时发现。

〔**作者简介**〕前文《泊柳口》诗后有介绍，不赘。

得天津杨香吟孝廉书却寄

(清)吴昌硕

问津黑水三千里，

看竹穷檐十万竿。

书到秋声传纸上，

酒醒名士隔云端。

至情老去还依母，

频岁饥来转谢官。

料得关河霜雪蚤，

芦帘土锉对清寒。

〔**出处**〕《缶庐诗》(卷二)

風色一林驚雁來范蠡船空秋水綠支公巷古夕陽開
英雄極目今誰是頻仗征歌勸酒盃
得天津楊香吟孝廉書卻寄
問津黑水三千里看竹窮簷十萬竿書到秋聲傳紙上
酒醒名士隔雲端至情老去還依母頻歲饑來轉謝官
料得關河霜雪盛蘆簾土銼對清寒
秋雨蔣苦壺玉棱招飲
寒江秋漲莽蕭條係浩氣平生漫坐銷竹粉侵牆風細細
浥花蔓石雨朝朝上瞽擴獺窺韓愈作象蝸牛笑李潮
鹵酒莫辭今夕醉古懷拊用百盃澆

〔**发现过程**〕在"寻根大运河"活动中,笔者在查阅吴昌硕相关资料时发现。题中杨香吟指著名诗人,当时天津诗坛领袖,木厂庄(今西青区辛口镇木厂村)人杨光仪,详见后文《避兵木厂庄》诗后作者简介。

〔**作者简介**〕吴昌硕(1844—1927),初名俊,又名俊卿,字昌硕,又署仓石、苍石,多别号仓石。浙江安吉人。晚清至民国时期著名国画家、书法家、篆刻家,"后海派"代表,杭州西泠印社首任社长,与任伯年、蒲华、虚谷合称为"清末海派四大家"。他集诗、书、画、印为一身,熔金石书画为一炉,被誉为"石鼓篆书第一人""文人画最后的高峰"。

1883年吴昌硕"奉檄进京放检",借机到天津求学于杨光仪,此后六次到天津问学于杨光仪,成为其弟子。

怀人诗

(清)吴昌硕

蓟北诗人不可群,

庾开府亦鲍参军。

碧琅玕馆无多地,

容得海风吹白云香吟。

〔出处〕《缶庐诗》(卷二)

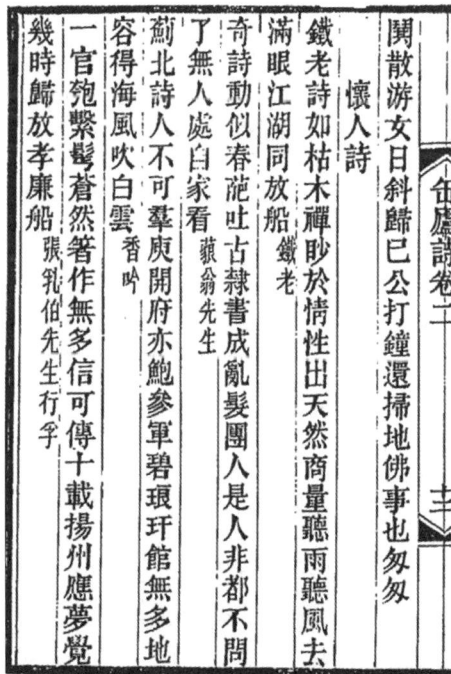

〔发现过程〕在"寻根大运河"活动中,笔者在查阅吴昌硕相关资料时发现。这是吴昌硕十七首怀人诗中的一首。这些诗中只有这首是写给杨光仪这个天津人的,其余均为江浙文人而作。

〔作者简介〕吴昌硕,前文《得天津杨香吟孝廉书却寄》诗后有介绍,不赘。

人杰地灵

西青,物华天宝,人杰地灵。其地、其人、其物产有诗人歌咏,有诗篇提及。写地的有金玉冈的《傅村即景》、顾清太的《杨柳青小歌》、汪沆的《津门杂事诗》……写人的有华鼎元的《张抚军愚》《汪廉访来》、李叔同的《菩萨蛮·忆杨翠喜》……写物产的有管干珍的《柳口七歌》、梅成栋的《西郊看花有感》……

柳口七歌

（清）管干珍

一

一歌兮醯鸡,

秋水阔兮洞庭西。

风栖雨泊胡不归?

海若扬波蛟龙肥。

二

再歌兮蟹胥,

稻粱江陇兮秋何如?

海隅清波入卤舄,

薄寒中人尝不得。

三

三歌兮邱阿,

湿萝瀚雾兮生新蛾。

弁飞扑扑秋灯白，

洞达八窗空四壁。

四

锦鬼翻浪兮穿绿莎，

秋水盈堤兮发浩歌。

鸭栏绣遍渔矶绿，

一舟独舣天津曲。

五

五歌兮蝜蝂①，

风萧萧兮岁晚。

屋山红绉枣倾筐，

中庭露珠盈手香。

六

六歌兮黄雀飞，

野田何所兮群栖？

白舫梦回日未高，

红曦半上秋花梢。

七

七歌兮白鹭高飞，

不浴而固洁兮下弄清漪。

皎月入怀秋未凉，

桅旌不动银河长。

〔出处〕《松崖诗钞续集》（卷之二）

_____

① 蝜蝂，古书上说的一种好负重物的小虫。

燈白洞達八窓空四壁

錦凫翻浪兮穿綠沙秋水盈堤兮發浩歌鴨欄

繡褊漁磯綠一舟獨艤天津曲

五歌兮頓蛺風蕭蕭兮藏晚屋山紅縐裹傾筐

中庭露珠盈手香

六歌兮黃雀飛野田何兩兮羣樓白舫梦回日

未高紅曦半上秋花梢

七歌兮白鷺高飛不浴西固潔兮下弄清游皎

月入懷秋未凉桂旌不動銀河長

松屋詩鈔

淮山千里月愛惜先茁秋栽已共蘭舟至須尋

竹訊回清宜承露入香不待風来忍使臨淵冷

幽花獨自開

榔口七歌

一歌兮醽醁難秋水潤兮洞庭西風棲兩泊胡不

歸海若揚波蛟龍肥

再歌兮蟢胥稻粱江隴兮秋何如海隅清波入

鹵舄薄寒中人嘗不得

三歌兮邪阿黑蘿翁霧兮生新峩弁飛撲撲秋

松屋詩鈔

〔**发现过程**〕在"寻根大运河"活动中，笔者在考证管干珍相关诗作时发现。

〔**作者简介**〕前文《析津晚泊忆旧》诗后有介绍，不赘。

傅村晚归

(清)金玉冈

衰草平铺三十里，

乱鸦飞处日黄昏。

断桥水际疑无路，

独树天边似有村。

数到雁行应写恨，

吟残驴背总销魂。

风尘扑面归来晚，

一片青烟隐郭门。

〔出处〕《黄竹山房诗钞》(卷一)

黃竹山房詩鈔 卷一

傅村晚歸

衰草平鋪三十里亂鴉飛處日黃昏斷橋水際疑無路
獨樹天邊似有村數到雁行應悵吟殘驢背總銷魂
風塵撲面歸來晚一片青煙隱郭門

幽居

陌巷能棲隱遠離車馬塵室無藏酒婦鄰有借書人事
少何妨懶詩多不算貧茅簷風月好供養此閒身

清夜獨坐

不寐抽書卷香薰蠹字蟲斜窗隙月爭顏紙條風茶
色浮新綠鎧花螢小紅獨憐清夜永消盡五言中

四

〔考证〕在"寻根大运河"活动中，笔者在考证金玉冈诗《夜泊念家嘴》时，于《黄竹山房诗钞》中发现此诗。傅村即蒋诗《沽河杂咏》中提到的"富家村"，位于今西青区精武镇。金玉冈家在天津旧城西北角，到傅村正好三十里。

〔作者简介〕金玉冈(1711—1773)，字西昆，号芥舟，又号黄竹老人。祖籍浙江山阴(今绍兴)，祖父金平盐业发家，清康熙年间始居天津，金平在城西北角建杞园。金玉冈诗、书、画全能，醉心于学，终生布衣。壮年时告别杞园，游历全国，后人称天津徐霞客，以诗文记载各地风景。

金玉冈常与查为仁、查昌业、郑熊佳、徐云等当时的文人墨客诗酒唱和。

梅成栋在《津门诗钞》称："工诗善画，自成一家。""尝论沽上诗人，前有张舍人苯山，后有黄竹老人。"

《天津县志》作者高凌雯称其"芥舟之清才，得于天也"。

傅村即景

(清)金玉冈

野人无一事，

耕牧了朝昏。

牛出儿童伴，

僧来老妇尊。

闲畦分菜薮①，

余粟养鸡豚。

辛苦荒田在，

谋生到子孙。

〔**出处**〕《黄竹山房诗钞》（卷一）

---

① 薮，蔬菜的总称。

〔**考证**〕在"寻根大运河"活动中,笔者在考证金玉冈诗《夜泊念家嘴》时,于《黄竹山房诗钞》中发现此诗。

〔**作者简介**〕《傅村晚归》诗后已经介绍,不赘。

傅村杂诗

(清)金玉冈

百谷秋成后,

桑阴暂息劳。

挂书牛养角,

修笔兔生毫。

僻地衣衫短,

贫居杖履高。

小庄农事毕,

剪韭佐春醪。

〔**出处**〕《黄竹山房诗钞》(卷一)

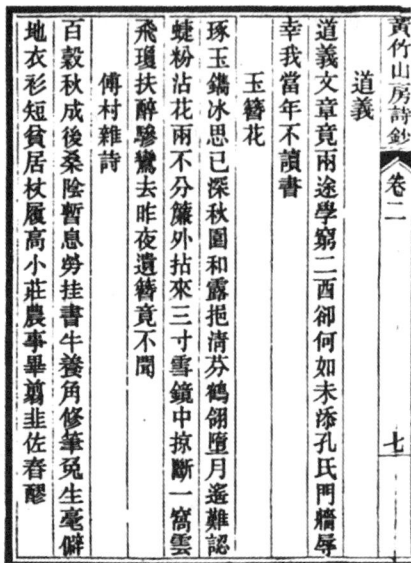

〔考证〕在"寻根大运河"活动中,笔者在考证金玉冈诗《夜泊念家嘴》时,《黄竹山房诗钞》中发现此诗。

〔作者简介〕《傅村晚归》诗后已经介绍,不赘。

初至凌家村①

(清)查昌业

到来天气近黄昏,

野老相呼未闭门。

一水萦流通远棹,

几家篱落不成村。

————————

①凌家村,即凌家庄,今属西青区。明洪武年间燕王朱棣北上,其部将凌氏在此驻军,随军多是山东省惠民人,后择高地定居,辟地开荒,遂成村落,称"凌家庄",俗称凌庄子。"杨柳存萃"部分有查昌业《凌家庄村居》诗。

〔**出处**〕《林於馆诗草》(卷七)

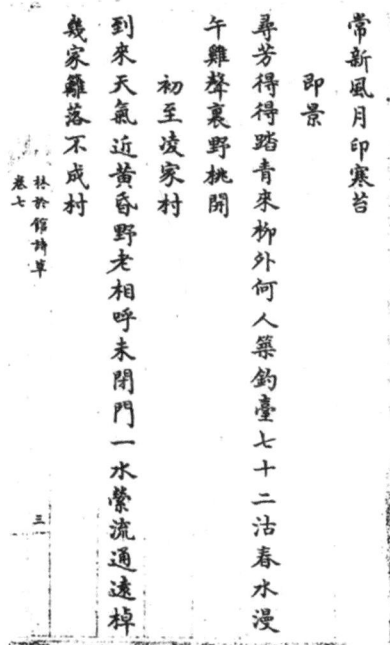

常新风月印寒苔

即景

寻芳得得踏青来柳外何人筑钓台七十二沽春水漫

午鸡声里野桃开

初至凌家村

到来天气近黄昏野老相呼未闭门一水萦流通远棹

几家篱落不成村

林於馆诗草 卷七

三

〔**发现过程**〕在"寻根大运河"活动中,笔者考证查昌业《凌家庄村居》时发现于《林於馆诗草》卷七。

〔**作者简介**〕查昌业(生卒年不详),字立功,号次斋,又号松亭,浙江海宁人,以事遣谪戍济南,遇赦家天津。其父查克绍,祖父查嗣庭。查克绍早逝,去世时结婚仅四个月。查昌业为遗腹子,由其母金氏抚养成人。查克绍病中,新婚的金氏曾割股和药。诗人金玉冈是查昌业的舅舅。

查嗣庭为查日乾族兄,查昌业是查为仁等侄辈,经常与查礼、万光泰等酬唱于水西庄。梅成栋在《吟斋存稿》中说,查昌业"以诗受知于英梦堂相国"。

《津门诗钞》称其"少负隽才,与万征君光泰、余征君懋檐,驰逐文坛,为

英梦堂相国所推许。格调近渔洋而较凄咽,式微自伤故也"。

津门杂事诗

(清)汪 沆

一

下杜莺花二月稠,

白头父老感宸游。

承恩不独黄衣贵,

亲拜天厨出凤舟。

天津为三辅重地,屡邀驻跸。康熙四十四年,圣祖南巡,舟次杨青驿道旁,士民咸赐"克食"。

二

边布京山握算忙,

如椽蜡炬照堂堂。

绣衣自徙当城驻,

冠盖通衢遍五纲。

《长芦盐法志》:"边布之名,昉于宋雍熙间。其法募商输刍粟塞下,而官给之盐。明代循之,是曰边盐。成化六年,御史林成以深州等十三场陆路窎远,商人不支盐课,遂致盐斤堆积,请自本年为始,每盐三大引,合为四小引,共重八百斤,折阔白布一匹,议价三钱,是曰布盐。此边布之所由名也。"京山者,前明京山等十四藩府,每年各给盐若干,每引折银若干。国朝厘定课额,因其旧例数目征收,因名京山。长芦巡盐御史署向在京师宣武门外,康熙二年,御史张冲翼始移驻天津之河北。《万历盐法志》:明初分商之纲领者五:曰浙直之纲,曰宣大之纲,曰泽潞之纲,曰平阳之纲,曰蒲州之纲。《方舆纪要》:当城在杨柳青北,即宋当城砦。

三

富家村①并巨家庄，

往事无稽堕杳茫。

传信传疑多臆说，

吕彭城②迹异军粮。

《天津卫志》：富家村在城南二十五里，俗传汉孝子董永卖身葬亲处。《河间府志》：巨家庄在天津城南二十里，为巨无霸故里。《畿辅通志》：吕彭城在县西北二十五里，相传吕布、彭越屯兵于此，故名。《天津卫志》：军粮城在城东南七十里，元海运为屯粮之所；一云，刘仁恭所筑。

〔出处〕《津门杂事诗》

---

① 富家村，即今西青区精武镇傅村。《天津卫志》称该村在"城南二十五里。俗相传，汉孝子董永卖身葬亲处"。这只是民间传说，并无考据。

② 吕彭城，村名，今已不存。原属津乡都（即农村地区）西路"自碾坨嘴至炒米店五十二村庄"之一。《天津卫志》称其"在城外西北十余里"。《畿辅通志》称在"县西北二十里，相传吕布、彭越尝屯兵于此，因名"。程凤文在《前天津府志序》称"传闻多异词，俗说不足证，考订偶疎，不免传会旧《志》之误，往往坐此。此'巨家'所以为'巨无霸'，'吕彭城'所以为'吕布、彭越'也"。吕布、彭越在此屯兵之事只是民间传说，不足为方家道。

西青古诗词集萃
XIQING GUSHICI JICUI

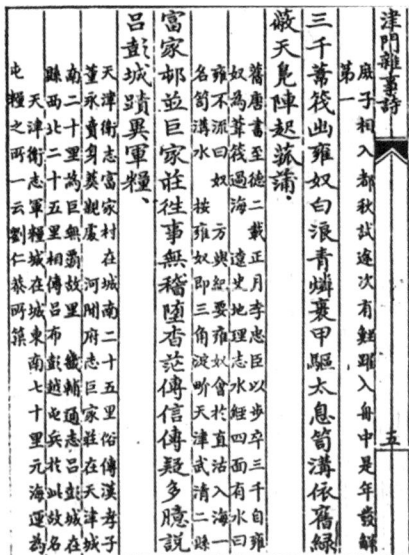

〔**发现过程**〕在"寻根大运河"活动中,笔者在考证汪沆《杨青驿》诗时发现。

〔**作者简介**〕汪沆(1704—1784),字师李,一字西颢,号槐堂,又号艮园,浙江仁和(今属杭州)人。清代学者、藏书家,少从厉鹗学诗,诗与杭世骏齐名。乾隆十二年(1747)试博学鸿词,未能录取。曾客居天津查氏水西庄。纂修有《浙江通志》《西湖志》等书,著有《津门杂事诗》《槐堂诗文集》等。

《大津府志》编者吴廷华称《津门杂事诗》是汪沆在天津"游览三年所至,考订博而核大小,并识而寓之于诗。此实新邑文献之权舆,非徒为北海风雅树大帜而已"。

时任直隶天津道的陈弘谋称"汪君惊才绩学,遇合犹迟。观其诗,既不浮靡以悦俗,亦无愤懑以拂性,和平蕴藉,酷似其人。讽讽乎,正始之音也"。他还肯定了《津门杂事诗》的文史价值,称"即以补郡邑两志之所未备焉,可也"。

天津杂咏投查莲坡先生

（清）高景光

淡红细雨桃花寺，

嫩绿芳塘杨柳青。

仿佛湖天晚景好，

夕阳楼阁影亭亭。

桃花寺、杨柳青俱地名。

〔出处〕王昶编《湖海诗传》（卷十八）

〔发现过程〕在"寻根大运河"活动中，笔者在考证王昶《高山流水》《台城路·寄友天津》时发现。诗有四首，其中这一首涉及杨柳青。诗后有小注"桃花寺、杨柳青俱地名"。古人常在诗中以桃花口或者桃花寺与杨柳青对仗。

137

〔**作者简介**〕高景光,生卒年不详,乾隆时人。字自柏,号桐村。史学家朱栋的岳父。元和(今属江苏苏州)人。未经考试而入松江府庠(乡学),后又入天津府庠。南北两次参加科举都不成功。后来致力于钻研古文、诗词,特别擅长于诗,朱栋极推崇其诗娟秀工丽。著有《梦草书堂诗钞》。光绪版的《青浦县志》说他"与王昶往来最久"。

卜葬　先人于雷庄恭纪

(清)沈　峻

地占宁顺缘诚巧,

坤穴艮向。前岁购地,李姓稍迟则他售矣。

天助温和愿竟从。

葬日天气晴暖。

敢谓牛眠逢吉壤,

且遵马鬣认崇封。

廿年遗憾今方慰,

两代同堂幸可容。

兄嫂祔葬。

记取艰难窀穸①毕,

岁当丁卯月初冬。

十月初十未时。

〔**出处**〕《欣遇斋诗集》(卷十四)

---

① 窀穸,这里指埋葬。

《欣遇齋詩集卷十四》

感懷兄弟

暌敢謂牛眠逐吉壤且趙馬鬐認崇封廿年遺憾今方慰兩代同堂幸可容袝葬記取艱難窀穸畢歲當丁卯月初冬十末時

兄弟後赴幽都住世猶存一病夫每憶論文曾共被卻因謀食逐分途敢誇盛事同三薛但望來生繼二蘇老淚漸乾無可灑難番酸鼻屢鳴呼

瞻同年朱春泉司馬鈺

尚憶京華把袂初卅年弅閱眇愁子螺江清對蓮花幟熊軾開尋雪涙居野叟吟懷仍似昔使君臣與近何如柴門枉顧交情在定恕同年禮節疏

　　　　　　《欣遇齋詩集卷十四》　十三

對金鑑縣裊香

張節婦詩

堅玉埋厚壤虹氣騰山川貞松覆積雪黛色凌寒煙特立中有守豈爲外物遷偉哉張孺人大義何凜然甫笄能作婦閫歲食所天雖無孤可撫奉姑稱其賢茹苦四十載黃泉溯當五旬時泉謫表宅馬孺人乃謙讓謂此何足傳守節固定分非爲要譽錄身後志愈白始信金石堅褒崇著令甲棹楔姓氏鐫作歌述懿行

卜葬　先人於雷莊恭紀

地占窀順緣誠巧　坤六斷向前職購地　天助溫和願竟從　乾上九彤史垂千年　李姓精選卻　姚售矣

　　　　　　《欣遇齋詩集卷十四》　十三

〔**发现过程**〕在"寻根大运河"活动中，笔者在考证沈峻诗《天津棹歌呈家小月明府长春》时发现于《欣遇斋诗集》(卷十四)。关于沈峻的生卒年，一些文献记为1719—1794年，与其子沈兆沄(本书"乡贤遗音"部分《和沈云巢先生兆沄重宴鹿鸣诗原韵》诗中有介绍)生卒年差距太大。赵沛霖《天津清代诗人生卒年考索》称："《天津县新志·人物志》云其嘉庆'二十三年卒，年七十有五。'""又诗人自订《年谱》所记生卒年亦同此。""是其生卒年为乾隆九年至嘉庆二十三年(1744—1818)。"本书从此说。

〔**作者简介**〕沈峻(1744—1818)，字存圃，号丹崖，天津人。其父沈世华葬于津西雷庄子(今西青区中北镇雷庄子村)。沈峻为乾隆三十九年(1774)副贡生，官广东吴川县知县。因失察私盐谪戍新疆。释还家居，诗书为乐。

《红豆树馆诗话》："先生诗出入汉魏唐宋诸名家，而不袭其貌，浑厚宕逸，与少陵、东坡为尤近。""其取境之高，造诣之邃，非模拟织巧家所得俪也。"

杨柳青

(清)吴锡麟

簇簇人烟散市余，

萧萧古驿卸帆初。

秋阴欲暝去为雨，

寒桨若飞来卖鱼。

客过析津添日记，

田经吴下课农书。

天津自明汪应蛟传江南治地法始种稻。

得归我共垂杨健，

绿发风前未肯疏。

〔出处〕《有正味斋诗集》(卷八)

〔**发现过程**〕在"寻根大运河"活动中,笔者在考证西青原有文献中记载的吴锡麟的《津门杂咏》时,在《有正味斋诗集》中发现。

〔**作者简介**〕吴锡麟(1746—1818),字圣征,号谷人,浙江钱塘人。清乾隆四十年(1775)进士,改翰林院庶吉士,散馆授编修,后擢右赞善,入值上书房,转侍讲、侍读,升国子监祭酒。不喜欢趋附权贵,却在王公贵胄中享有盛名。嗜好饮酒,没有下酒菜时以读书的方式佐酒。以亲老乞归故里。主讲于扬州安定书院、乐仪书院。

《清史列传》称其"天资超迈,吟咏至老不倦""诗才超越"。

著有《有正味斋骈文》,被艺林奉为圭臬,朝鲜使者用金饼购买。

杨柳青

(清)顾宗泰

一

杨柳青垂骄,

蘼芜绿到船。

风流吟往句,

好景故依然。

首二句于文定慎行诗。

二

疏雨疑初湿,

凉烟欲半含。

攀条不忍折,

燕北望江南。

〔**出处**〕《月满楼诗集》(卷二十三)

〔发现过程〕在"寻根大运河"活动中，笔者在查阅古籍时发现。

〔作者简介〕前文《夜泊丁字沽作》诗后有介绍，不赘。

杨柳青小歌

(清)顾宗泰

一

记取当年旧驿亭，

独流流水送吴舲。

清风三尺丝千缕，

又见芳津杨柳青。

二

沧酒斟残醉复醒，

直沽烟景几回经。

此间不是江南路，

却忆苏台杨柳青。

〔出处〕《月满楼诗集》（卷一四）

津门有作

月照津门烟景殊，海天北望接雍奴。着迎恰值庚年闰，路遶初廑丁字沽。渺隔吴闉怀故国，遥探燕岫赋名都。小金汤下晴光满，此去应忘旅舶孤。

潞河舟次望西山

天际分孤青云中落，空际弹磲遊河湄尽月眺西镇遶翠无涘溪晴岚自莊静饶松垒重复稠烟霞并起兹尘泉区眷彼清虚竟拂衣假天凤顾陟資幽景往兵庶

沽酒斗残醉復醒，直沽烟景几回经，此间不是江南路，却忆苏薹杨柳青。

沧州

每向邮亭问路程，扁舟五月北游人。柳堤雨歇新波满，十里凉飔過辣津。

江南人是燕南客，五叠城边邮郭席。羁杨横绦散作风，送出蝉鸣满花驿。碣来遙舆麦沧州，三千里外维扁丹。但须沽取府姑酒，他乡一醉偏忘愁。

杨柳青小歌

记取当年䅉驿亭，獨流流水送吳桧清风三尺绦千缕，又见芳津杨柳青。

其二

〔发现过程〕在"寻根大运河"活动中，笔者在查阅古籍时发现。

〔作者简介〕前文《夜泊丁字沽作》诗后有介绍，不赘。

西郊看花有感

(清)梅成栋

花欲零星态倍妍，

亦如人老意缠绵。

多愁时节逢寒食，

不语心情惜少年。

何处绿杨生废苑，

143

西青古诗词集萃

谁家青草覆新阡。

五陵豪贵偏相遇，

骏马骄嘶红杏前。

〔**出处**〕《欲起竹间楼存稿》（卷五）

不寐
簾額槳沈沈山齋夜又深杏花三月雨梅子五更心往
事燈前集遺蹤夢裏尋無窮懷感意欹枕自孤吟

李桐圃為繪竹樓編詩小照自題長句
悲歌何補一生貧零落殘編送此身白業不求天下賞
青雲原少意中人埋文龍事懷劉蛻荷錮高風欺伯倫
盡裏詩樓樓更幻幻中小影見吾真

西郊看花有感
花欲籌星態倍娇亦如人老意瘖解多愁時節逢寒食

《欲起竹間樓存稿卷五》 十三 天津志局纂刊

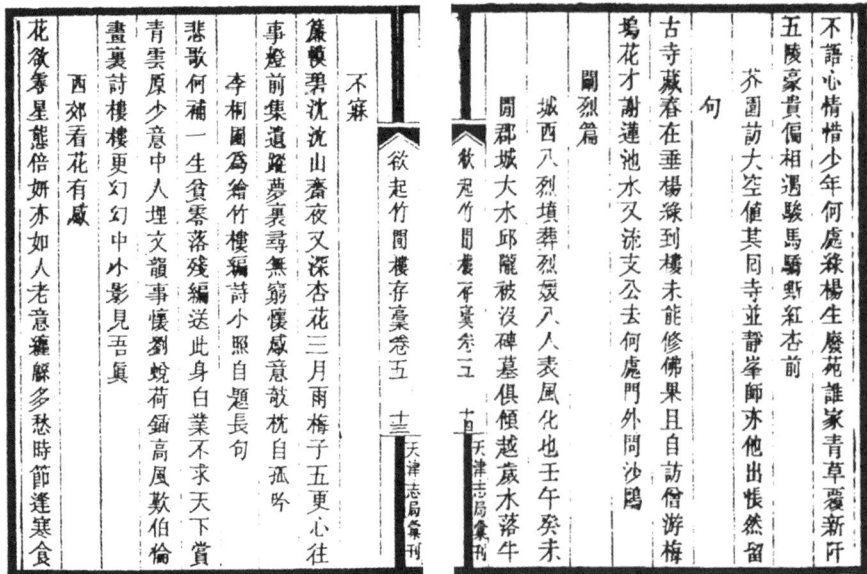

句
鳰花才謝蓮池水又溪支公去何處門外問沙鷗
古寺藏春在垂楊綠到樓未能修佛果且自訪僧游梅

闡烈篇
城西八烈填葬烈叟八人表風化地壬午癸未
閭郡城大水邱隴被沒碑墓俱傾越葴水落牛

芥園訪大空偃其同寺並蒥峯師亦他出悵然留

不語心情惜少年何處綠楊生慶花誰家青草覆新阡
五陵豪貴偏相遇駿馬驕嘶紅杏前

《欲起竹間樓存稿卷五》 二十 天津志局纂刊

〔**发现过程**〕在"寻根大运河"活动中，沧州市地方志办公室孙建先生发现梅成栋《寄僧大空》诗后，笔者查梅成栋及大空资料，发现于广西大学谷冬梅硕士论文《〈欲起竹间楼存稿〉校注》，考之于《欲起竹间楼存稿》。

〔**作者简介**〕前文《寄僧大空》后有介绍，不赘。

小稍直口

（清）金　淳

农力盘盘篆，

新驴落落啼。

巷深能从①马,

村于②不闻鸡。

塔影天初正,

溪云草又凄。

为何来此地,

鸿断不堪题。

〔**出处**〕《金朴亭诗钞》

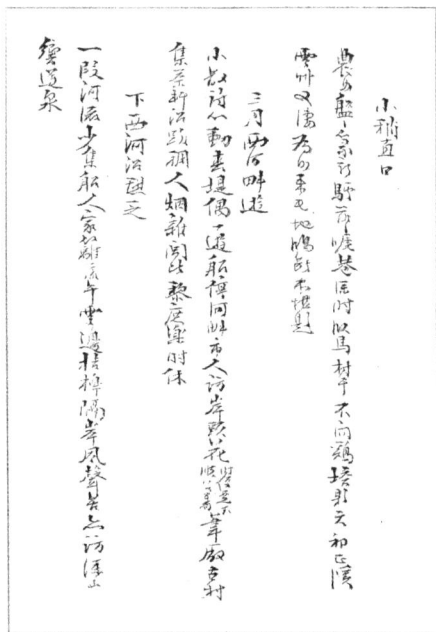

〔**发现过程**〕在"寻根大运河"活动中,笔者查阅《天津图书馆珍藏清人别集善本丛刊》时发现。

---

① 从,通"纵"。
② 于,"迂"的本字,干路旁的曲折小路。

〔**作者简介**〕金淳(生卒年不详),字朴亭,清代诗人,梅成栋弟子。撰、辑有《金朴亭诗钞》。金淳致力于文献的留存,对天津前辈诗人的"残编剩稿"都予以收存。梅成栋有遗忘的,问金淳则多有记忆,梅成栋编纂《津门诗钞》时颇得其力,称其"诗笔爽健"。

从西庄回至大园①前

(清)金　淳

野趣填胸一味间,

丰然筋骨振要屙。

人游十里秋郊好,

水抱孤村志畅还。

风叶几林听瑟瑟,

寒流一带涌潺潺。

静中顿使机心去,

遮莫愁心又强颜。

〔**出处**〕《金朴亭诗钞》

---

① 大园,村名,今属西青区西营门街。

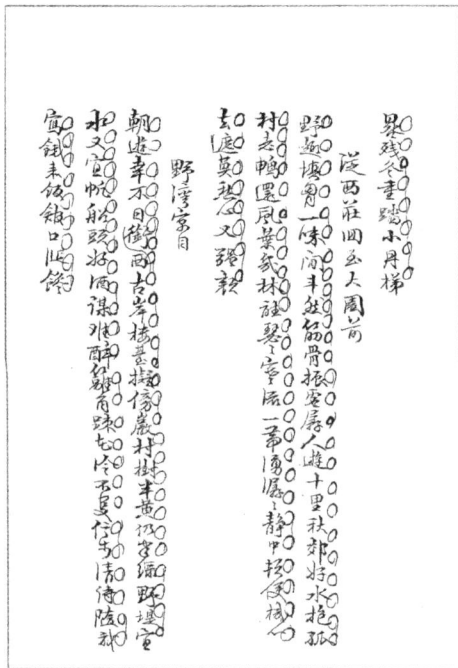

〔**发现过程**〕在"寻根大运河"活动中,笔者查阅《天津图书馆珍藏清人别集善本丛刊》时发现此诗。

〔作者简介〕前文《小稍直口》诗后有介绍,不赘。

西郊野望

(清)金 淳

和风淡宕早阴天,

游子行吟缓步前。

古寺无僧春寐了,

断碑仆地草绵绵。

残云野树荒祠净,

远水新花小巷连。

已是长安名利客，

莺声闻处耳边传。

〔出处〕《金朴亭诗钞》

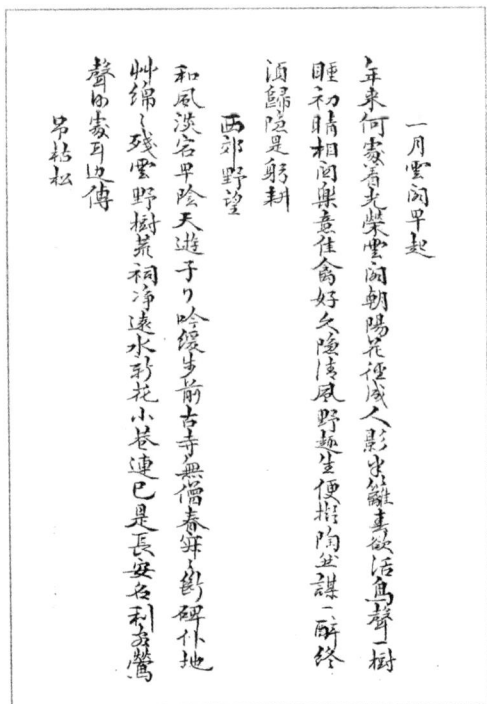

〔发现过程〕在"寻根大运河"活动中，笔者查阅《天津图书馆珍藏清人别集善本丛刊》时发现此诗。

〔作者简介〕前文《小稍直口》诗后有介绍，不赘。

小园①前一带古坟风树颇耐吟兴

(清)金　淳

脚步不声停，

古坟鬼上灵。

万年高冢固，

有客叹飘零。

地暖树犹绿，

天高云半青。

我倚怙恃久，

卜地望长龄。

又口占七绝一首

几竿高树树凌云，

似有天神护古坟。

一路吟声吟不得，

前林寒叶几回闻？

〔出处〕《金朴亭诗钞》

---

① 小园，村名，今属西青区西营门街。

〔**发现过程**〕在"寻根大运河"活动中,笔者查阅《天津图书馆珍藏清人别集善本丛刊》时发现。

〔**作者简介**〕前文《小稍直口》诗后有介绍,不赘。

津 门

(清)王乃斌

直沽风景暂来探,

客傥题襟我亦堪。

七姓残疆开剧郡,

九河故道惜空谈。

元置海津镇,只七姓。李咬儿、只朵军皆设镇时所徙。明只设天津左右三卫。国朝设天津府,始一大都会。

台销烽警民情乐，

郡城外环列戍台七座，为前明防倭寇而设。

海静洪波圣泽覃。

海神庙有静洪波。赐额。

自别垂虹秋色远，

楼台烟水借江南。

津门土人呼为小江南。明汪必东《天津浣俗亭诗》："小借江南留客坐，远疑林下伴人来。"盖与江南风景绝似繁华亦同。

鱼盐利擅古长芦，

随处名园间有无。

吾杭汪槐塘微君《沽上题襟集》中称：天津有鲁庵张氏一亩园，笨山张氏卧松馆，芰梁梁氏慎雅堂，东溟龙氏宁园。一亩园有红坠楼、垂虹榭诸胜。前辈若梅定九、朱竹坨、查初白、姜湛园、赵秋谷、查查浦、朱字绿皆主其家，有"小玉山"之目。微君所主乃查氏水西庄。极池馆之胜同时。吾杭陈句山、厉樊榭，天台齐息园，诸先生觞咏称盛外。又有王氏怀园、牛氏康园、杜氏浣花村别墅。惜于役匆匆，不及一访为恨。

驿路亭多绕杨柳，

舍人诗好忆蘼芜。

时当虾蟹三秋市，

客本烟波一钓徒。

安得海风吹碣石，

飞来峰下醉西湖。

天津有杨青驿。《长安客话》："杨柳青地近丁字沽，四面多植杨柳，故名。"潘舍人季纬"客路蘼芜绿，人家杨柳青"句是也。

〔出处〕《红蝠山房二编诗续钞》

〔发现过程〕在"寻根大运河"活动中,笔者在查阅古籍时发现此诗。本诗因潘纬诗(见前文潘纬《别汪子维舟次杨柳青有寄》)而将杨柳青列为津门名胜。

〔作者简介〕王乃斌(1787—?),字吉甫,号香雪,浙江仁和(今属杭州)

人。清道光十二年(1832)副贡生。曾掌教浯江书院,后入周凯幕。以军功官直隶易州、冀州州判。著有《红蝠山房诗钞》《红蝠山房二编诗钞》等。

杨柳青

(清)姚 燮

村南古驿杨柳青,

青青直过青县城。

县城隐隐不可见,

绕柳人家住郊甸。

骙驴饲犊槽满麸,

泥砾匝地多榛芜,

池为浴湢黄流污。

丫髻童子负长梃,

裸体趋跃同游黾。

蝇声薨薨蛙阁阁,

瓜棚倒岸豆荚落。

居民墨首性剽掠,

走索抛砖恣娱乐。

杀人不用七尺刀,

寸水可作千寻涛。

沧州城中一夜火,

三千甲马头颅焦。

赁田种秫隐名姓,

见人不敢称雄豪。

〔**出处**〕《复庄诗问》(卷二十八)

《复庄诗问》

> 池為浴涓黃流污了醫童子負長櫈裹體趙躍同遊兔
> 蠅聲虋虋雌闌闌瓜柳倒屛豆荄落居民墨首姓剥掠
> 老索抛磚慾娛殺殺人不用七尺刀寸水可作干尋濤
> 滄州城中一夜火三千甲馬頭顱焦賃田禾黍隱名姓
> 見人不敢稱雄豪
>
> 大市行
>
> 長蘆倡女大市行步搖惡惡羅裙聲風翼疏裊煙蟬輕
> 冰桃斜暉雙睇青向人送笑相月成儂家住何里第一
> 城南古瓦子西營單頭持門戶不畏州官索錢槪槲柳
> 新紅顴婆粲粲觧橐但有酒需安穩醉歎醉忘死樓上
>
> 楊柳枝
>
> 村南古驛楊柳青青直過青縣城城隱隱不可見
> 繞柳人家住郊甸家伺傾槽滿甊泥礫匝地多棲燕
> 相逢拱手路劳任大河無船不可渡斜月昏黃入林去
> 幅幔颸翠青風影青槎長篙腰挂刀仰天鳴歌蕭蕭
> 巨舸腹弓竭一斗棄筐笠升帆向南走來有馬入尺高
> 几榮爛色堆灰沙禿童喜茶鬻酒解絲琅琅錢脫手
> 靚彩茵袴綠皁紗竦醫高撅青荷花印紅大餅抅嫠瓜
> 禿童赤骭倒牽馬倒笠橫騎有异者墟頭村婦炊苦茶
> 晚氣翳沈樹微豬泥屋茅門爲瓦白羊如狄嘴其半

〔**发现过程**〕在"寻根大运河"活动中,此诗由武清区文史专家李汉东发现后提供给笔者。笔者考证于《复庄诗问》。

〔**作者简介**〕姚燮(1805—1864),字梅伯,号复庄,又号大梅山民、大某山民等,浙江宁波府镇海县人。晚清文学家、画家。广涉经史、诗歌、书画等多个领域。擅画人物花鸟,尤精墨梅。著有《复庄诗问》《复庄骈俪文榷》等,编有《今乐府选》《皇朝骈文类苑》等,所著编为《大梅山馆集》传世。

姚燮周岁识字。五岁时,有客人拜访其父,索要客人的佩囊,客人不给遂哭。客人笑言:"能作《灯花诗》,当与汝。"遂作五言诗二首。客人大惊,遂解佩囊送给他。入学后,读书常目下十行,自经史子集至传奇小说,甚至佛经道书无所不看。

道光十四年(1834年)中举后,名声大振,交游于燕京和大江南北。交往酬酢,有求必应,乃至于客途中所带金钱用光。于是,画画几十张,卖给有钱

者,一夜之间,路费凑足。

一次大病濒死,忽然大悟,取平生所作绮语文章十几种焚毁。

被称为"越三子"之一的孙廷璋称其"古文辞骈体暨词赋等,大都沈博绝丽,纡余为妍,律古不愆,传后可券"。

有髯者

(清)姚 燮

晚气寥沉树微赭,

泥屋茅门溜①为瓦。

白羊如狨啸其卜,

秃童赤骭倒牵马。

侧笠横骑有髯者,

垆头村妇炊苦茶。

靛衫茜袴缘皂纱,

蓬髻高拥青荷花。

印红大饼拗颈瓜,

几盘烂色堆灰沙。

秃童喜茶髯喜酒,

解缚琅琅钱脱手。

巨瓠腹穿竭一斗,

弃笠升鞍向南走。

南来有马八尺高,

帽缨飒崒西风影。

---

① 溜,屋檐的流水。

背缚长箭腰挂刀，

仰天呜呜歌萧萧。

相逢拱手路旁住，

大河无船不可渡，

斜月昏黄入林去。

〔**出处**〕《复庄诗问》（卷二十八）

（清）任熊《大梅山馆诗意图》

〔**发现过程**〕在"寻根大运河"活动中，笔者在考证姚燮《杨柳青》诗时发现此诗于《复庄诗问》。故宫出版社2013年出版的林姝《〈大梅山馆诗意图〉研究》提到："第三册第十一开'大河无船不可渡，斜月昏黄入林去'，是姚燮末次进京返乡途中，行经天津杨柳青附近京杭大运河边的村庄所见，这是南来北往的行者都要经过的一个普通村落，诗歌涉及人物、场面众多，而绘画表现主人公有髯者饭后待渡的场景。"该画所据姚燮之诗正是这首《有髯者》。在《复庄诗问》卷二十八中，这首诗后面紧挨着就是姚燮的《杨柳青》诗。

〔**作者简介**〕前文姚燮《杨柳青》诗后有介绍，不赘。

津门杂感

(清)华长卿

子牙河畔钓台存，

杨柳青边野色昏。

海气攒天捞蜃蛤，

朝光铺地散鸡豚。

百年祠宇栖淫鬼，

十丈城楼妥缢魂。

大贾豪华销似雪，

有谁思报信陵恩？

〔**出处**〕《梅庄诗钞》(卷一)

无边春色涌新愁滚滚长河绕郭流臺废难寻古章武
月明偏照小扬州千家盐米喧城市四季烹虾属酒楼
菊部樱桃花万朵沿街争唱大堤头
子牙河畔钓臺存杨柳青边野色昏海气揽天捞蜃蛤
朝光铺地散鸡脉百年祠宇楼淫鬼十丈城楼安缆魂
大贾豪华销似雪有谁思报信陵恩

过古祠

识得河边路疎林露古祠客来僧不觉犬吠鸟先知

偶然作

败秋风早楼高落日迟空庭黄叶满小立读残碑

〔**发现过程**〕笔者考证《津沽竹枝词》时发现。诗有五首,这是其中一首。本诗所写子牙河、钓台、海气、祠宇、城楼皆津门古迹与独特风光,故杨柳青亦双关语。

〔**作者简介**〕华长卿(1805—1881),原名长懋,字枚宗,天津人。童年随舅父沈兆沄(本书《和沈云巢先生兆沄重宴鹿鸣诗原韵》诗中有介绍)读书。后专从梅成栋(本书《寄僧大空》中有介绍)学诗。清道光十一年(1831)举人,选开原训导。在任二十六年,以病告归。被奉天学政王家璧以勤学善教荐,奉旨加国子监学正学录衔。对于文字、易经、历史、诗词等皆有研究。在开原时受聘编纂《盛京通志》,第二年就成稿三十卷。开原地处边隅,有志于学的人少,华长卿就以经史规劝,士风日起。著有《古本易经集注》《尚书补阙》《梅庄诗钞》等。

《清史列传》称其"幼有夙慧,工诗,与边浴礼、高继珩称'畿南三才子'"。

津沽竹枝词

(清)华长卿

白莲花艳胜芳镇，

红药花开大觉庵。

七十二沽花共水，

一般风味小江南。

〔出处〕《梅庄诗钞》(卷二)

绿杨城郭卖河豚

白莲花艳胜芳镇红药花开大觉庵七十二沽花共水

一般风味小江南

十字围边古钓台葛沽红稻花争开渔翁补网月初落

时有香风扑面来

当场丝管奏般勤酷似扬州月二分一曲琵琶歌荡子

断肠声调不堪闻

新来菊部唱凉州年少王孙争一游携得梨园佳子弟

四更同醉酒家楼

徒骇河千多钓徒如披一幅辋川图天寒月黑芦花岸

〔发现过程〕在"寻根大运河"活动中，笔者在考证华长卿相关资料时发现于天津市旅游局、天津科学技术出版社合编，天津科学技术出版社1983年出版的《天津指南》。该书将此诗第三句记为"七十二沽沽水阔"，但笔者考证《梅庄诗钞》发现第三句应为"七十二沽花共水"。

〔**作者简介**〕《津门杂感》诗后已有介绍,不赘。

津门怀古

(清)华长卿

一

帽影鞭丝不暂停,

晓风残月短长亭。

行人下马攀条去,

飞絮粘天杨柳青。

二

离离芳草富家村,

董永流风今尚存。

沽水无声春浪暖,

菜花满地上河豚。

〔**出处**〕《梅庄诗钞》(卷四)

于牙河畔櫓聲哀千古漁翁剩釣臺一櫂扁舟三十里
蓬蒿夾岸野花開
帽影鞭絲不暫停曉風殘月短長亭行人下馬攀條去
飛絮粘天楊柳青
離離芳草富家村董永流風今尚存沽水無聲春浪煖
朵花滿地上河豚
兩岸樓臺似畫圖酒旗風裏提壺蜢蜒亂颭三义水
一片鼉聲小直沽
黑堡城南古戰場腥風吹墮月昏黃髑髏帶血無人掩
燐火成團出短牆

〔**发现过程**〕笔者考证《津沽竹枝词》时发现。诗有八首,每首皆写天津一地一景,这两首涉及西青。

〔**作者简介**〕《津门杂感》诗后已有介绍,不赘。

车中口号

(清)华长卿

磨铁轮蹄不暂停,

乱冰残雪古长亭。

行人远把鞭丝引,

烟雾溟濛杨柳青。

〔**出处**〕《梅庄诗钞》(卷七)

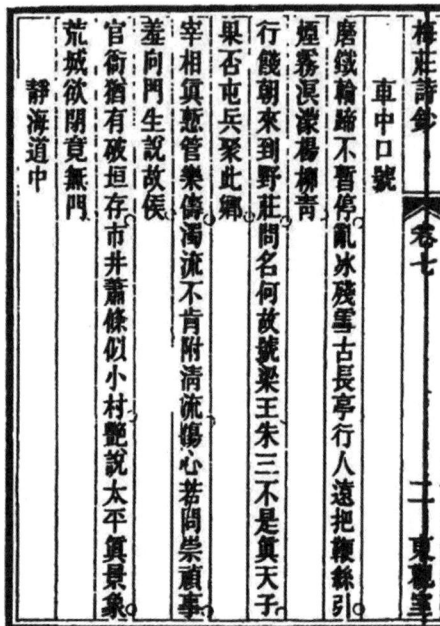

〔**发现过程**〕笔者考证《津沽竹枝词》时发现。诗有四首,这是其中一首。诗为路中景象,后一首为《静海道中》,再后为《过沧州抵泊镇作》。

〔**作者简介**〕《津门杂感》诗后已有介绍,不赘。

杨柳青

(清)华长卿

仍是依依柳,

经霜眼不青。

春光枉摇曳,

秋意更飘零。

泡影风前絮,

行踪水上萍。

忽逢佳客到，

谓殷两帆明府嘉树。

疏雨对床听。

〔**出处**〕《梅庄诗钞》(卷十二《借帆集》)

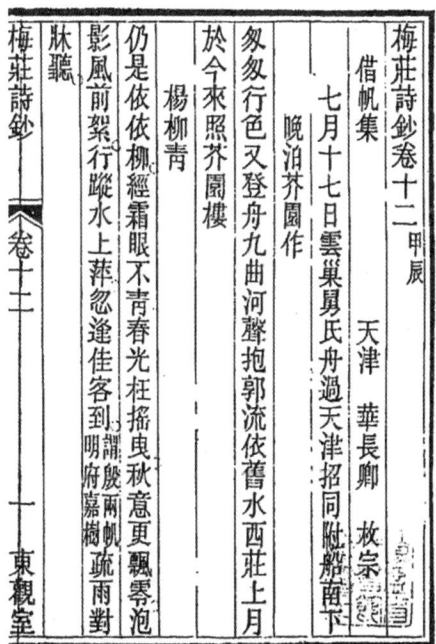

梅莊詩鈔卷十二　甲辰

借帆集　　　　天津　華長卿　妝宗□

七月十七日雲巢舅氏舟過天津招同附船南下
晚泊芥園作

匆匆行色又登舟九曲河聲抱郭流依舊水西莊上月
於今來照芥園樓

楊柳青

仍是依依柳經霜眼不青春光枉搖曳秋意更飄零泡
影風前絮行蹤水上萍忽逢佳客到謂殷兩帆明府嘉樹疏雨對
床聽

梅莊詩鈔　《卷十二》　一　東觀室

〔**发现过程**〕笔者考证《津沽竹枝词》时发现。这是华长卿《借帆集》中的一首,卷首称:"七月十七日,云巢舅氏过天津,招同附船南下。"诗皆途中所作,前一首为《夜泊芥园作》,后一首为《吕官屯阻风遇雨》。

〔**作者简介**〕《津门杂感》诗后已有介绍,不赘。

津门健令行有序

(清)史梦兰

《津门健令行》为谢明府作也。明府讳子澄①,字云航,四川人。以孝廉宰天津,廉明慈惠,才武过人。津之士庶咸爱戴之。咸丰癸丑初冬,粤匪扰及津门,畿辅震动。公率乡勇御贼于城西黄家坟,斩获千余级。贼前队歼除几尽。既而贼众大至,公又设计诱之,屡挫其锋。贼遂退保独流,为自守计。公之战也,每出必身先士卒。士气踊跃,莫不一以当百。以故屡战屡胜。十一月二十四日与贼战,贼已却矣,因主帅鸣金太早,贼复反追。公徒步殿后,身被数创,力竭无援,遂自沉于河。逾日有冰类床,载尸浮水上。军民环视痛哭,如丧所亲。通邑皆缟素焉。噫! 自贼犯顺以来,所过城邑,往往望风而靡。向使守土者尽得如公,贼安能飞至于此? 而公亦何至捐躯锋镝也? 余曾识公于卢龙,因感赋此什。

> 贼氛未至令先来,
>
> 危城得保真幸哉。
>
> 贼氛未灭令先死,
>
> 未烬余灰复炽矣。
>
> 当今谁是真将军,
>
> 烟阁云台望策勋。
>
> 帐下貔貅三百万,
>
> 丧师失地何纷纷。
>
> 谢公作宰津门下,

---

① 子澄,即谢子澄(? —1852),字云航(《清史稿》),一字云舫(《晚晴簃诗汇》等)。四川新都人。清道光举人,授知县。咸丰中,先后任直隶无极、天津二县。其任天津知县时,正当太平天国北伐军进击天津,率团练抵抗。在小稍直口(今属西青区西营门街)击败太平军,逆转了形势。

太平军败退杨柳青。农历十月初十,谢子澄带兵攻剿,趁太平军措手不及将其树立的木垒拆毁,让太平军失去了屏障。此时胜保和僧格林沁的大军都到了附近,对杨柳青形成威胁。于是,太平军将他们曾驻扎的报恩寺、山西会馆、玉皇庙、文昌阁等处庙宇用火引着,退向独流。此时,胜保要用巨炮轰击杨柳青镇市。谢子澄奋而力争说:"贼去矣,彼皆良民,何忍击之?!"杨柳青得以保全。后升知府。咸丰二年(1852),战死于独流镇之役。加布政使衔,谥忠愍。

本是西川一儒者。

杜母仁能遍邑间，

冯鲂武更娴弓马。

夜半妖星照郭门，

满城鼙鼓惊心魂。

谢公闻之奋袖起，

一麾义勇如云屯。

呜呼乡勇胡能此？

下之好义上所使。

负担争先运糗粮，

称戈誓欲同生死。

手提短刃入贼垒，

贼骑当之皆披靡。

幺麽相戒避其锋，

共称南八真男子。

国中漫道虚无人，

忠勇从兹让小臣。

壮士方期张赤帜，

孤军讵料没黄巾。

身先士卒还奔殿，

创血淋漓犹步战。

铁骑哀嘶失主归，

河冰乍拆天飞霰。

军民痛哭风云愁，

一时妇孺服皆变。

逾日尸浮水上来,

英灵未改生时面。

立祠赠爵国恩优,

杀贼犹为厉鬼不。

梦醒黄粱刚一瞬,

公有所辑《黄粱梦诗钞》数卷。

名垂青史已千秋。

健哉公止一县令,

竟能奋勇捐躯命。

若假斧钺使专征,

贼氛安得猖獗如枭獍?

吁嗟公止一县令!

〔出处〕《尔尔书屋诗草》(卷二)

航四川人以孝廉宰天津廉明慈惠才武過人
津之士庶咸愛戴之咸豐癸丑初冬粤匪擾及
津門畿輔震動公率鄉勇禦賊於城西黃家墳
斬馘千餘級賊前隊殲除幾盡既而賊流爲自
公又設計誘之屢挫其鋒賊遂退保獨流爲自
守計公之戰也每出必身先士卒士氣踴躍莫
不一以當百以故歷戰屢勝十一月二十四日
與賊戰賊已卻矣因主帥鳴金太早賊復反追
公徒步殿後身被數刺力竭無援遂自沈於河

津門健令行爲謝明府作也明府諱子澄字雲
津門健令行有序
是真獸賈獸賣獸還我獸來
口祝十手指君不來有獸不買自謂不獸有獸必賣亦
有人三隻眼見人不見巳不知巳一身常有十目視十
澆花澆根交人交心吁何爲乎世人結交須黃金
拆橋如兒戲閒時棄忙時忙臨渴掘井徒張皇
阿睹輩忙時用未雨微桑須鄭重忙時用閒時棄過河

夜半妖星照郭門滿城鼙鼓驚心魂謝公聞之奮袖起
一麾義勇如雲屯嗚呼鄉勇胡能此下之好義上所使
貧擴爭先遲煤煌稱戈誓欲同生死手提短刃入賊壘
賊騎當之皆披靡么麼相戒避其鋒共稱前八真男子
國中漫道盧無人忠勇從茲讓小臣壯士方期張赤幟
孤軍渾料汲黃巾身先士卒選奔殿釰血淋漓猶步戰
一時姱服皆踊目失主歸河冰乍拆天飛骸軍民痛哭風雲愁
屍浮水上來英靈未改生時面
立祠照俗　國恩優殺賊猶爲厲鬼不夢醒黃粱剛一

本是西川一儒者杜母仁能福邑閭爲勵武更殊己馬
帳下巍然三百萬哉師失地何紛紛謝公作宰津門下
未燼徐灰復熾矣常令誰是真將軍煙閣雲臺望莫勤
賊氛未至令先來危城得保真幸哉賊氛未滅令先死
識公於盧龍因鳳賦此什
安能飛至於此而公亦何至捐軀鋒鏑也余曾
城邑往往望風而靡向使守土者盡得如公賊
喪所親遍邑皆縞素爲噫自賊犯順以來所過
踰日有水類淋載屍浮水上軍民環視痛哭如

爾爾清屋詩草　卷二　　　七

驕公有勇所轄黃粱　名垂青史已千秋健哉公止一縣令
驕公詩鈔數卷
沅陵烈婦行弁序
梟獍呼嗟公止一縣令
竟能有勇捐軀命若假斧鉞使專征賊氛安得猖獗如
烈婦姓羅名兆淌辰州沅陵人湘南顧復齋繼
室也幼靜敏密頻蒈見辰志有杜氏絕命詩三
章每咎嘆諷誦母詢其不祥年二十八歸復齋
咸豐壬子粵匪擾湘楚合省戒嚴復齋攜家避
於鄂婦之母亦隨居爲是年冬賊陷岳州婦謀

〔发现过程〕在"寻根大运河"活动中，笔者查阅谢子澄相关资料时发现。
本长诗记述了谢子澄在稍直口击败太平天国北伐军，及谢子澄在独流阵亡

的情形。史梦兰作此诗后,多位诗人和之。

〔**作者简介**〕史梦兰(1813—1898),字香崖,直隶乐亭人。梦兰半岁时丧父,于母亲教养下成长,性情孝顺,自幼好学,无书不通。清道光二十年(1840)中举人,派任山东朝城知县,以母亲年迈为由,未去赴任。咸丰十年(1860),英法联军入侵,史梦兰遵僧格林沁嘱招募乡勇团练,保卫家乡。事平之后,朝廷奖五品衔。曾国藩为直隶总督时,招请史梦兰,对其很器重。后又受聘于李鸿章,修《畿辅通志》。光绪十七年(1891),加四品卿衔。在碣石山筑有"止园",奉母教子,以经史、著述自娱。交往多名士。

史梦兰无书不读,尤长于历史、地理、诗词。曾著《舆地韵编》《全史宫词》,出版后,朝鲜、越南的使臣争相购买,送回其国。还著有《尔尔书屋诗草》等。

《清史列传》称其"诗文书写性灵,不拘格调"。

谢子澄胜太平军收复杨柳青

(清)马 恂

癸丑九月二十八日,天津谢大令子澄,字云舫,率乡勇击南贼于黄家坟,大败之。天津遂安。贼窜据杨柳青。十月初五,胜将军至,授谢大令官军二千。同击贼,复败之。围诸静海收复杨柳青镇。

> 霜风迅扫渤海清,
>
> 琅琅草木摇天声。
>
> 天声振厉天威畅,
>
> 狼星匿影威弧①明。
>
> 保障畿东尊县令,
>
> 陷坚摧锐提民兵。

----

① 弧,古代指弓箭。

已闻残寇困静海，

指日郊甸皆安平。

忆昔九月哉生魄①，

武安间道贼纵横。

蹂躏临洺径北窜，

三百余里无坚城。

胜将军出土门口，

金戈铁马驰兼程。

藁城驱兽已入阱，

惜哉定见无韩宏。

旁走忽惊兕出柙，

晋州骤覆深州倾。

深州防陆未防水，

突出诡道群妖行。

是时将军向无棣，

景沧扼要方连营。

贼智鬼蜮乍返走，

鸱张势逞津门惊。

津门富盛舟车辏，

北辰拱卫依神京。

盐官禺荚重钦使，

总戎观察罗旗旌。

①生魄，指月末。

筑室道谋事匪易，

万人待命心怦怦。

县令谢公官七品，

奋起简练呼编氓。

民之戴公如父母，

输资输力廷为盈。

拔才先释越石父，

使人不让淮阴精。

翦除间谍弭内患，

更擒伪使穷贼情。

先擒奸细三十余名，女贼一人。贼伪为差官，诈取火药。总镇欲与之，谢公讯诘奸状，穷其情，立斩之。奸细谋纵火，亦擒之。

黄家坟头妖伏匿，

鹈鹕夜半军牙鸣。

贼至天津，炊食黄家坟。有乞人见之，走报谢公击贼。

谢公独出土团集，

身先士卒锋敢撄。

一战再战贼摧折，

虑周未肯归闲闳。

一军驻野壶浆馈，

大饼争擗肥牛烹。

战胜。谢公虑回军贼必扰关厢，遂驻营于野。民争以饼粥烹牛送供军食。

指挥行阵壮貔虎，

有嘉折首功先成。

骁贼飞斗有髽①首，

百战不惧火炮镧。

公遣猎舟发连铳，

一击坠地兔鹜轻。

贼渠号秃子三王，踊跃，炮不能伤。谢公募猎兔舟人，以排枪击毙。秃自言经一百七十战。

大头羊自粤西起，

奔突直进如狂酲。

公麾健军擒之到，

系颈不异牵牺牲。

贼渠人头羊为刘继德②冒火炮生擒，并夺其大司马大旗。

县令战胜将军至，

合军急击消欃枪③。

四张天网靖余孽，

蔓草岂复留枝茎。

胜将军至，谢公从之，击贼于杨柳青。贼窜入静海城，遂围之。谢公言乘胜急击，贼可悉殄，而胜将军不从，休军数日。贼遂得于静海作冰城、泥垒，猝不易攻。

贼自江皖走豫晋，

狂势黑海翻鲵鲸。

高牙大纛几偃仆，

县令岳立功峥嵘。

---

①髽，(鬓发)脱落。

②刘继德，天津人。太平军进攻天津时，盐商张锦文建议，从监狱罪犯中挑选罪不至死者，激令杀敌赎罪。征得天津各官同意后，由张锦文做保。刘继德在其中。出狱后振臂一呼，聚集千余人，由其率领赴教场听用。后于战斗中擒杀太平军首领。

③欃枪，指彗星。古人认为彗星是凶星，主不吉。比喻邪恶势力。

使得如公十余辈，

早奠皇路歌由庚。

上功幕府奏天子，

九重申命须殊荣。

冠飘孔翠阶第四，

闻谢公赏戴花翎，加四品衔。

勋爵遍及酬民诚。

赏乡勇四百六十人，顶戴有差。

远谋恢洪见崇让，

谢公辞赏，请俟藏事。赏刘继德六品顶戴，亦辞，谓已邀免罪恩。

丰功肇建闻从征。

太常纪绩铭钟鼎，

自任固应师阿衡。

涨平邻壤亦欢颂，

荷公陈力遏乱萌。

淮云慈闻浙水被，

黄河润真九里并。

我昔摄铎向古赵，

获从公游联诗盟。

大雅扶轮士宗仰，

长材小试民歌赓。

已颂循良明镜朗，

今闻功烈青天擎。

风流丞相仰安石，

苍生倚重垂高名。

后先辉映定齐躅，

岂如介甫徒墩争。

车骑才徵使履屦，

八千淝水摧敌勋。

今之战多亦卓越，

乌衣旧望瞻豪英。

谢公蜀贤字云舫，

大功竟出一儒生。

〔出处〕《此中语集》，引自史梦兰《永平诗存》（卷十四）

永平詩存 《卷十四》

匿影威弧明保障畿東尊縣令陷堅摧銳提民兵已聞殘寇
因靜海指日郊甸苟安平憶昨九月哉生魄武安間道賊縱
橫蹂躪臨洺徑北冀三百餘里無堅城勝將軍出土門口金
戈錢馬馳兼程纂城驅獸已入穽情哉定見無韓蟻乍返走
驚兒出柙晉州驟覆深州傾深州防陸未防水突出詭道羣
妖行是時將軍向無棣景滄扼要方連營賊智鬼蟻乍返走
鳴張勢逼津門驚津門宣蜀盛舟車轔北辰拱衛依 神京鹽
官閭英軍　欽使總戎觀察羅旗旌旋策室道謀事匪易萬
人待命心怦怦縣令謝公官七品奮起簡嶺呼編氓民之戴

施阜獮禽

癸丑九月二十八日天津謝大令子澄字華卿勇擊南
賊於黃家墳大敗之天津遂安賊竄揚柳青十月
初五勝將軍至授謝大令官二千同擊賊復敗之
圍諸靜海收復楊柳青鎮
霜風迅掃渤海清環環草木搖天聲天聲振厲天威暢狼星

旌生花刻舟悔失臨淵計權幣空添爭界誰爭界應化
石片石孤懸海天矍矍五技一時窮虎皮羊質空遭射射
石飲羽亦快心朱符夜動威弧臨一日縱敵數世患羅網嚴

173

府奏　天子　九重申命須殊榮冠飄孔翠隋第四期
崇議六品戴亦辭謂已逮免罪墨　豐功肇建罌從征太常
公賞咸花綸　勳爵褒及酬民誠賞卿廁四百六　十八頂戴有差　遠謀恢潛昆
加四品　公辭賞矯侯藏事賞勳褸薇

自江皖走豫晉狂勢黑海翻鯢鯨高牙大纛幾偃仆縣令獄
立功嶄嶸使得如公十餘輩早奠　皇路歌由庚上功幕

槍四張天綱靖徐葷葛草豈復留枝幹擊勝将軍至合軍急擊消槐賊
大頭羊為劉繼德冒火藏生擒連奔其大旗縣令戰勝留柳青賊宜之謝公從之
不従休軍敷日賊於靜海作水成泥壘焠不易攻攻賊
入靜海城遇圍之謝公言乘勝急擊賊可卷珍而勝珍而勝守珍
起弇突直進如狂醒健軍擒之到繫頸不異牽犧牲渠賊

公如父母輸賞輸力廷為盈拨才先釋越石父父使人不讓進
臨稍籌萬除閒諜弭凶患更擒偽使弱賊情名女賊　先擒奸細三十餘人賊偽一人賊僞
為差臣詐取火藥鉛彈欲犯之謝公訊結奸狀賊羊情立斬之斬與謝公擒火賊
軍差天津欽食黃家墳有謝家墳有謝公獨出土圍　乞人見之走報謝公擊賊
鵾鶡夜半軍牙鳴乞人見之走報謝公擊賊

集身先士卒鋒敢援一戰再戰賊擁折虞周未肯歸閩一
軍駐野壺漿餼大餉一　戰勝謝公虛同軍賊必獲
稍籌烹牛指揮行陣壯犸虎有嘉折首功先成驍賊飛翮有
送供軍食　關廂遂雉營於野民步以
稍首百戰不懼火礮釣公遺獺舟發連統一擊座地皂驚輕
滅乗虓禿子三王翮躍薇公不能傷謝公募編一百七十賊大頭羊自奧西
危烏人以排揮薇禿有言誣一百七十賊大頭羊自奧西

永平詩存
第十四卷

紀績銘鐘鼎自任固應師阿衡濼平隣璽亦歡頌荷公力
過亂萌淮雲慈陽浙水祓黃河涸真九里並我昔攝鐔向古
趙矍從公遊聯詩盟大雅扶輪士宗仰長材小試民歌廣已
頌猶艮明鏡頭今聞功烈青天擎風流丞相仰仰名蒼生荷
重垂高名俊先輝映定齊蹰登如介甫徒墩爭車騎才微使
屢屢八千淝水摧敵劫今之戰多亦卓越烏衣舊壟聖膽豪英

謝公蜀賢孚雲筋大功竟出一儒生
十一月二十七謝公雲筋擊賊於靜海已戰勝副都統
佟鑑急進折賊浮橋賊從西門突出馬隊佟都統被

永平詩存
第十四卷

〔**发现过程**〕在"寻根大运河"活动中，笔者查阅谢子澄相关资料时发现。本长诗记述了谢子澄在稍直口击败太平天国北伐军的情形。《永平诗存》中，本诗后面有马恂的另一首长诗，记述谢子澄在独流战死的情形，因与西青无

关,不录。原诗题过长,收入本书时题目为编者所加,原题作为题注。

〔**作者简介**〕马恂(1793—1865),字瑟臣,号半士,直隶迁安人。清代诗人。小时候学作诗,就有古人争席之志。十四岁丧父,奉母读书。与邑中文士结社,很有名声。道光二年(1822)、十二年(1832)两中副榜,选柏乡教谕。但仍有志于科考,曾经说:"有母在,欲博一第耳。"后母卒,遂绝意仕途,专心于学问经典,主讲锦州凌川书院。曾经参与纂修《昌黎县志》《永平府志》。著有《此中语集》五十六卷,书已散佚不存。只有史梦兰编辑的《永平诗存》(卷十四)(卷十五)收录了《此中语集》中的两卷诗歌。

过天津吊谢云航

(清)臧维城

狡兔爰爰雄雉罹罗,

吊贤良兮惊逝波,

望津门兮发哀歌。

忆昔粤匪肆抢攘,

专阃将军策独长。

大兵南下惟防堵,

如川隫壅已多伤。

鸟乌声乐贼势张,

破竹而下谁扼吭。

朝奏升平夕失陷,

皖湖翻覆似簸扬。

大江南北任跳梁,

金陵窃据蚁蜂王。

呜呼！

将兵者谁稚且狂，

养痈成患乃竟波及于吾乡。

蓦地江河忽飞渡。

势如云屯与水注，

兵卒弃伍将弃关。

贼营兔窟期负固，

闻道谢公秉孤忠。

数年声绩震畿东，

卷地贼氛谁捍御？

中流砥柱惟此公。

地本咽喉天咫尺，

忍教丑虏逞蛇豕。

屠儿市贾尽貔貅，

云集一呼真臂指。

誓期旦夕靖烽烟，

著鞭肯让祖生先。

义勇欢呼动天地，

惟公督率往无前。

将真如龙士如虎，

炮声雷轰贼失伍。

何期顽庶竟鸣金，

嗟哉，此时英雄难用武！

众情阻兮臣心寒，

贼锋炽兮臣心丹。

拼将一死障狂澜，

身被重创赴急湍。

吁嗟乎！功成忽殒兮恨漫漫，

握节死战兮气桓桓。

水呜咽兮风悲酸，

吊公忠魂毅魄之不没兮长留于津滩。

〔出处〕史梦兰《永平诗存》（卷十九）

粤匪犀撠專閫將軍策長大兵南下惟防堵如川隄壑
已多傷鳥鳥群樂賊勢張破竹而下誰扼吭朝奏昇平夕失
陷皖湖翻覆似簸揚大江南北住跳梁金陵竊據蟻蜂王鳴
呼將兵者誰稱且狂養癰成患乃竟波及於吾鄉羨地江河
忽飛渡勢如雲屯與水注兵卒秉伍將帥頷賊氛震撼東卷地
固閭道謝公秉孤忠數年聲鎭東卷地賊氛誰捍禦中
流砥柱惟此公地本咽喉天咫尺忍教醜虜遙著硬肯讓絕
賈盡猰狐雲集一呼貞誓指期旦夕靖烽煙著真如龍士如虎
生先義勇謹呼動天地惟公督率往無前將真如龍士如虎

擬唱驪歌

過天津吊謝雲航

狡兔爰爰雉羅羅吊賢良兮鶩逝至津門兮發憤歌憶昔
園秋色更如何過眼年華等逝波一卷河梁重展讀燈前仍
藝軍薪杯木終何濟登山西望總傷神迴首束閭愁失計故
勉唱酬展蹣跚殘過塞路花族起客心慈愧我年年賖
春鶯恐笑人戀物駑馬慚無狀一笼遙遞正深秋兩地關情
白雲壑遠秋旻高興言及此空惆悵爭奈天遙與地曠作繭
菓草經年廛鞍總勞勞旅邸頻驚歲月悁班管揮殘遊子淚

永平詩存　卷十九

三

硼聲雷轟賊失伍何期頑壓竟嗚金嗟哉此時英雄難用武
眾情阻兮臣心寒賊鋒熾兮臣心丹拚將一死障狂瀾身被
重創赴滴兮塞乎功成怨顒兮恨漫漫揮節死戰兮氣桓
桓水鳴咽兮風悲酸吊公忠魂毅魄之不沒兮長酹於津灘

途次
何日征軍駐終朝馬首瞻巔冰拈欲斷爨垢沐仍添伴擬蓬
人結途常暴客嚴旅懷堪慰處前路漾青𥱸

寄懷陰雨村
數載同塵輞今年我獨行夜寒偏聽鴈春晚不聞鶯入世功

〔**发现过程**〕在"寻根大运河"活动中,笔者查阅谢子澄相关资料时发现此诗。本诗记述了天津知县谢子澄在小稍直口击败太平军及后来在独流阵亡的情形,并凭吊之。

〔**作者简介**〕臧维成(生卒年不详),字友山,直隶乐亭人。清道光八年(1828)戊子科举人。大挑一等任山东济南府新城县知县,后因清查案件事罢官回籍。

史梦兰称其"诗笔清健,不染尘嚣"。

挽谢云航明府

(清)张　堂

妖风谁使逼神京,

慷慨登坛宝剑鸣。

七尺躯甘捐卞壶,

九重面未识真卿。

锦袍染血朝临阵，

铁骑嘶风夜斫营。

一片忠魂销不得，

怒涛犹作战场声。

公尸得于水中。

〔**出处**〕史梦兰《永平诗存》（卷二十一）

> 感成一律寄鲁田心斋
>
> 小桥流水镇孤村野店重过认爪痕苦恨飘零仍作客飞经
>
> 离聚欲销魂破窗风入灯难定断壁尘埋字半存惘恨佳人
>
> 渺天未凉宵谁与共开樽
>
> 鞁谢云航明府
>
> 妖风谁使逼　神京慷慨登坛赋翎鸣七尺躯甘捐卜壹
>
> 九重面未识真卿锦袍染血朝临阵铁骑嘶风夜斫营公尸得于水中
>
> 一片忠魂销不得怒涛犹作战场声
>
> 客邸中秋正苦岑寂适杨誉田有京师之行便道过访

〔**发现过程**〕在"寻根大运河"活动中，笔者查阅谢子澄相关资料时发现此诗。

〔**作者简介**〕张堂（生卒年不详），字肃亭，直隶滦州人。清道光甲辰（1844）举人，咸丰癸丑（1853）大挑一等，需次陕西知县，未补缺卒。好藏书。诗以格调为主。诗集未有完书，所存数首。

史梦兰称其"五七言近体饶有唐音"。

津门邑侯

(清)王 朴

癸丑岁,邑侯却贼于津门,远近闻风忭颂。余思歌下里以纪其事,会郭怪琴孝廉、蔺一泉茂才各出所作长篇,并以史孝廉香崖原唱相示,遂为七古以和之。邑侯姓谢,讳子澄。

粤西俶扰封狼奔,

衡湘九郡悲声吞。

大江南北失防守,

妖旗迤逦窥津门。

津门谢侯本儒吏,

约束群材如指臂。

椎牛歃血誓同仇,

敢为朝廷激忠义。

义军初战芥园西,

在稍直口。

小舟雁户藏河堤。

雁户常以连珠小铳取水禽,今令伏于河之南岸以伺贼。

连珠铳发无虚发,

贼军错愕心魂迷。

小却未却不肯却,

彻夜雷声相激薄。

残星未灭晨光熹,

林中瞥见蚩尤旗。

霹雳一声崩对岸，

贼渠堕地鸮音乱。

伏兵突出刀光明，

盐政练长芦乡勇数百，先伏于稍直口之北岸。

此际杀伤殆将半。

义军不欲赌穷追，

权息民劳抒急难。

贼艘载宝委中流，

分赏战士当干糇。

大军尾贼来飘忽，

贼去津门已三日。

破败黄巾心胆寒，

再战三战形雕残。

退据独流无斗志，

畿辅甫觉人心安。

三载军兴糜国饷，

于今始一挫凶顽。

无边浩泽来天地，

纶诏煌煌奖冯异。

超迁五马卸花封，

暂统民兵附官骑。

谁识身提常胜军，

先时已触监军忌。

元戎六幕展霓旌，

会期剿贼雷鼓鸣。

叠山志在歼群丑,

但励前茅不防后。

眼见豺狼溃且奔,

须臾反噬如鲸吼。

方识诸军马首东,

不及鸣金先退守。

官兵本为乡勇后继,将胜之时,后军遽退,邑侯遂受重伤。

北风惨咽阵云摧,

啮血河津冻忽开。

臣心本似冰心结,

誓死清流不复回。

楼船明日巡河口,

冰载侯尸去船右。

十三伤丽胸腹间,

始信偏师非怯走。

大帅谓邑侯怯战逃逸,冰陷溺水,会勘七伤在前,众议始定。

满城缟素哭睢阳,

帝恩叠沛褒忠良。

保障全燕功已赫,

虽骑箕尾有余光。

君不见崇祠新启天章焕,

一代英名汗简香。

〔出处〕史梦兰《永平诗存续编》(卷一)

津门邑侯

癸丑歲，邑侯卻賊於津門，遠近聞風忭頌。余思歌下里以紀其事，會郭悻琴孝廉、蘭一泉茂才各出所作長篇，並以史孝廉香匲原唱相示，遂爲七古以和之。邑僑姓謝，諱子澄。

粵西假援封狼奔，衡湘九郡悲聲吞。大江南北失防守，妖旗邐迤寇津門。椎牛歃血誓同仇，皦日朝廷激忠義。義軍初戰芥園西，<small>在稍直口</small>小舟雁户藏河隈。<small>順户各</small>群材如指臂。疊山志在殲群醜，<small>今令伏紈河之南岸以伺城</small>連珠銃發激忠義。津門謝侯本儒生，<small>約束</small>激薄。殘星未滅晨光熹，林中瞥見蚩尤旗。<small>先伏於稍直口之北岸</small>此際殺傷殆將半，賊軍錯愕心魂迷。小卻未卻不肯卻，徹夜雷聲相激流。分賞戰士當乾餱。大軍尾賊來飄忽，賊去津門已三日。霹靂崩對岸，義軍不欲賒寇追，一聲崩對岸。破敵黃巾心膽寒，再戰三戰形彫殘。無邊浩澤來天地，檣息民勞抒急難。編詔煌煌奠馮異，退據獨流無鬬志，幾輔甫覺人心安。三載軍興糜國帑，於今始一挫兇頑。先時已觸監軍忌，元戎六幕展霓旌。會期超邏五馬卸花封，暫統民兵附官騎。誰識身提常勝軍，眼見豺狼潰且奔。須臾反噬如鯨吼，方讖諸軍馬首剿賊雷鼓鳴。但勵前茅不防後，官兵本爲脚房掩，將勝之時邑侯遂受事。東不及鳴金先退守，北風慘咽陣雲摧，冰載侯尸去船右。十三傷麗胸腹間，噀血河津凍忽開。臣心本似冰心結，樓船明日巡河口，冰陽溯水不復回。大帥謂邑侯法戰逃退，會易七傷在前，袁誌始定。偏霑雨露，滿城縞素哭睢陽。全燕功已赫，帝恩謦沛褒忠良。雖騎箕尾有餘光，保障。君不見崇祠新啓天章煥，一代革名汗簡香。

<small>永平詩存續編 卷一</small>

<small>五三三</small>

〔**发现过程**〕在"寻根大运河"活动中，笔者查阅谢子澄相关资料时发现于天津古籍出版社 2015 年出版，史梦兰原著，石向骞主编的《史梦兰集·永平诗存》。

〔**作者简介**〕王朴（生卒年不详），字守愚，直隶临渝人。清道光己亥科（1839）副榜，著有《知白斋诗草》。

王朴非常孝顺。其母曾经病危，王朴上疏文昌宫，愿以自己的命数延长母寿，后来果符其数。晚年掌教榆关书院，培养了很多人才。

史梦兰称其诗"志和音雅，俱得弦外余音"。

天津谢明府挽歌

(清)郭长清

勇哉谢公,力捍津门。

匪独津门,畿甸沾恩。

呜呼!

天生谢公作屏翰,

胡为乎顿为仗节授命之忠魂?

魂兮缥缈归帝乡,

天地变色风沙黄。

甘棠遗爱在孤竹,

众闻军报佥悲伤。

忆昔卢龙作宰时,

但为保障不茧丝。

丁字沽头须抚字,

夺我召父往使治。

无端警报弃临洺,

妖旗横扫赵连城。

潜入沧瀛陷静海,

志图燕蓟兼平营。

天津水陆襟吭地,

谢公先事多筹备。

组甲三百被练千,

脱囚辈沐皆知义。

义勇真成鹅鹳军,

出城亲战黄家坟。
义旗一埽士气奋，
叱咤顷刻摧妖氛。
闻公帅师酣战日，
雁户雷车鬼神泣。
猛士超跃气无前，
利刃生风当之殪。
手中倒提血骷髅，
云是逆贼将军头。
擒贼擒王贼胆破，
从此欃枪暗欲收。
败残贼退独流镇，
谢公惟绾天津印。
命吏守土限封隅，
况复兵单敢轻进？
郊原十里望尘埃，
焦盼大师提兵来。
醾府飞章奏公捷，
诏书褒美称公才。
越级超升二千石，
冠飘雀尾长一尺。
八千子弟任自随，
十万貔貅俾参策。
谁知勇爵初分荣，

天意不欲荣公生。

庙堂懋赏激肝胆，

誓以死报输丹诚。

层冰在河阵云黑，

入帷请战期朝食。

有令诸军勿轻举，

惟公寝兴思灭贼。

阴风惨淡画角悲，

报到敌人乘隙窥。

公闻军令奋臂起，

五百壮士相追随。

首先拔帜渡河去，

却舍征驹踏长步。

短兵相接战血腥，

杀人如草不知数。

忽闻后队纷鸣金，

顿乱前队征人心。

炮台守旗羽林卒，

一时溃散无处寻。

都统头颅入贼手，

贼之别队塞河口。

公已深入后无援，

誓死阵前不返走。

面伤数处不知痛，

血染征袍雪花冻。

亲兵只余三两人，

恸哭五百同心众。

贼众大呼生致公，

丈夫不辱贼营中。

河冰窖处跃身入，

蛟龙喷血波流红。

波流红，贼不知，

军中明日求公尸。

忠骸挺然在河曲，

翎冠甲裳冱流澌。

十三伤在胸腹上，

知非却步与贼抗。

三军罗拜舁公还，

万众观之皆感怆。

津门道上招魂归，

三十里路纸钱飞。

旧时部曲皆缟素，

居者罢市泪交挥。

哀动舆情众所见，

军报已上通明殿。

赏延后嗣恤典隆，

嘉予文臣尚敢战。

大河以北论战功，

守卫孰与天津同？

天津无虞畿辅定，

公虽已死勋则隆。

愿公精诚常不泯，

在地河岳上列星。

或为万里之长城，

使彼敌锋不得乘。

〔出处〕史梦兰《永平诗存续编》（卷一）

天津谢明府挽歌

勇哉谢公力捍津门匪独津门义旬霈恩呜呼天生谢公
作屏翰胡为乎顿为伏节援命之忠魂魂分标部归帝乡
天地变色风沙黄甘棠遗爱在孤竹限间军报敘悲伤忆
昔卢龙作宰时但为保障不尔丝丁字沽头须抚宇夺我
召父往使治无端警报弃临洺妖旗横埽趋迸逃塚潜入沧
瀛陷静海志图燕蓟兼平萦天津水陆漾吭地谢公先事
多礱备组甲三百被拣千腕四夔沐皆知义义勇页成为
哉　祖宗圣武慑中外当年高挂扶桑弧

鹳军出城亲战黄家填义旗一堆士气齐叱咤头刻摧妖
氛闻公帅师酣战日鹰户雷车鬼神泣猛士超踢气无前
利刃生风菁之蝁手中倒提血骷髅云是逆败将军头搗
贼搞王贼胆欲从此榄枪暗收败残贼退独流镇谢公
惟縋天津印命吏守土限封隅况复兵单敢轻进郊原十
里荖尘埃焦盼大师提兵来齷府飞章蔡公揵　诏书襄
美称公才越级超升二千石冠飘雀尾长一尺八千子弟
任自随十万貔豼傔参策谁知勇爵初分荣天意不欲荣
公生　庙堂懋赏激策以死输开诚厉冰在河阵
云黑入帷请战期朝食有令诸军勿轻举惟公瘵与思灭

之皆感憶津門道上招魂歸三十里路紙錢飛舊時部曲
皆縞素居者罷市淚交揮哀勸輿情眾所見軍報已上
通明殿　賞延後嗣　郵典隆　嘉子文臣何敢戰大河
以北論戰功守衞就此與天津同天津無虞微輔定公雖已
死勸則隆顧公精誠常不泯在地河嶽上列星或爲萬里
之長城使彼敢鋒不得乘

閏七夕

支棧石上又停梭一月星橋兩渡河天上莫言離別少江
南征戍別時多

范家店闖賊斬先襲史建棄開圖方暑哭三桂乞
王師入山海關敗賊於石河西李自成斬哭

貼陰風慘淡盡角悲報到敵人乘陳窺公閫軍令舊臂起
五百壯士相追隨首先挍幟渡河去御舍征駒踏長步短
兵相接戰血腥殺人如草不知數忽聞後隊紛鳴金頓亂
前隊征人心碳臺守旗羽林卒一時潰散無處尋都統頭
顧入賊手賊之別隊塞河口公已深入後無援誓死陣前
不返走面傷敷處不知痛血染袍雪花凍親兵只餘三
兩人慟哭五百同心盡賊眾大呼生致公丈夫不辱賊嘗
中河冰窖處躍身入蛟龍噴血波流紅波凍冱紅賊不知軍
中明日求公屍忠骸挺然在河曲翎冠甲裳洇流漸十三
傷在胃腹上知非卻步與賊抗三軍羅拜昇公還萬眾觀

〔发现过程〕在"寻根大运河"活动中，笔者查阅谢子澄相关资料时发现于天津古籍出版社2015年出版，史梦兰原著，石向骞主编的《史梦兰集·永平诗存》；考之于郭长清《种树轩诗草》。

〔作者简介〕郭长清（生卒年不详），字廉夫，一字怿琴，直隶临渝人。清咸丰丙辰（1856）进士，官刑部郎中。著有《种树轩诗文集》。《永平诗存》中"凡山海之诗，多其采访"。

史梦兰称其诗"有晚唐风味"。

健令行吊谢云舫子澄明府

（清）张　山

櫲枪倒射丁沽水，
水卷浮尸战士死。

死而不死乃有人，
碧血斑斓照青史。
健哉谢公孰与俦，
少年意气轻公侯。
论文雨夕诗人血，
击剑晴窗壮士头。
雷封久困风尘吏，
一官移牧天津地。
绶带犹存羊祜风，
请缨常抱终军志。
烽火连天惊贼来，
孤城守御何危哉。
誓师遍酌白徒酒，
大呼杀贼营门开。
弓矢居前矛戟后，
数十健儿相左右。
短后之衣刀在手，
十步以内人无首。
纷纷争避白马威，
自相践踏弃甲走。
是时麟阁已书勋，
方期刻日灭妖氛。
岂料黄巾合未殄，
将星偏易落前军。

城南再战援兵绝，

力尽仰天喷热血。

手拔靴刀故鬼号，

魂埋水国秋涛咽。

萧萧战马嘶悲风，

缟素三军一日中，

沈光身死齐垂泪，

张顺尸浮尚执弓。

公投河后，有冰如床，载尸浮出。

吁嗟乎！

耿耿丹心死亦安，

英气上拂星芒寒。

我作歌诗聊纪实，

何人史笔垂琅玕？

〔**出处**〕史梦兰《永平诗存续编》（卷三）

史夢蘭集㊹

題香厓先生松陰讀史圖

先生作詩如作史，才學識能兼史美。先生讀史如讀詩，興觀群怨通詩旨。圖書插架羅古今，手未開函心早喜。擾擾塵事俱不知，一編日坐松陰裏。偶然感觸發長吟，詩即是史無二理。先生之才乃如此，先生之高亦至矣。求之當世人有幾。披圖真氣何浩然，濤聲恍惚搖寒煙。

及詠史詩百餘首　先生有《全史宫詞》

五八四

健令行弔謝雲舫 子澄 明府

槐檀初射丁沽水，水捲浮尸戰士死。死而不死乃有人，碧血斑斕照青史。健哉謝公孰與儔，少年意氣輕公侯。論文雨夕詩人血，擊劍晴窗壯士頭。雷封久困風塵吏，一官移牧天津地。緩帶猶存羊祜風，請纓常抱終軍志。烽火連天驚賊來，孤城守禦何危哉。誓師徧酌白徒酒，大呼殺賊營門開。弓矢居前矛戟後，數十健兒相左右。豈料黄巾合未珍，十步以內人無首。走是時麟閣已書勳。方期刻日滅妖氛。魂埋水國秋濤咽。蕭蕭戰馬嘶悲風。仰天噴熱血。手拔靴刀故鬼號，將星偏易落前軍，城南再戰援兵絕，力盡淚。張順屍浮尚執弓。公投河襖，有冰如床，戴屍浮出。吁嗟乎！耿耿丹心死亦安。英氣上拂星芒寒。我作歌，詩聊紀實，何人史筆垂琅玕？

六謡 並序

民間疾苦，政治攸關。因即一時之聞見，著爲歌謡。言者無罪，聞者足戒。輶軒之使庶有取焉。

〔**发现过程**〕在"寻根大运河"活动中，笔者查阅谢子澄相关资料时发现于天津古籍出版社2015年出版，史梦兰原著，石向骞主编的《史梦兰集·永平诗存》。

〔**作者简介**〕张山(生卒年不详)，字亦仙，一字景君，直隶乐亭人。清岁贡生。著有《退学斋诗文集》。《永平诗存》中"凡山海之诗，多其采访"。

史梦兰称其"工吟咏。而性灵发越，不名一家；领异标新，往往突过前人"，"吾党不乏韵士，而景君称最，自景君没而吾道孤矣"，认为张山的一些

诗句"置之唐宋名家集中,几无可辨"。

津门健令行

(清)倪　垣

　　吊谢云航也。公讳子澄,四川成都府新都县人。道光壬辰孝廉,甲辰大挑一等,任直隶青、静、邯、卢、沭、极等州县。咸丰三年癸丑四月,知天津县事。九月,粤匪犯津门,以战死,年四十六。赠布政使衔,世袭骑都尉职,准请立祠。迁安马瑟臣学博赋诗详纪其事。香崖师首倡《津门健令行》,一时和者十余人,垣随声焉。

奔兕开匣突百粤,

鸱鸣狸啸难数发。

斗米作贼溯厥初,

羽翼养成任出没。

忆当小丑始蜂屯,

孰为国家酿祸根?

藤峡桂林遥万里,

跳刀走戟入津门。

津门要辖三畿赖,

一卒渡河成疥癞。

谢公家邻八阵图,

华胄遥遥接谢艾。

贼蹢晋晋州深深州来骄横,

津兵被调时无劲。

慷慨誓师虞允文,

振袂一呼民用命。

奇哉义气感何同,

墙间狴口尽英雄。

谈笑谋成伏雁户,

秃鹙毛脱堕秋风。

贼渠薙首为王,中雁枪毙。

一鼓擒贼主,

狱囚刘继德生擒伪大司马大头羊。

再战退贼伍。

贼退杨柳青镇,并据静海县。

每战公必先,

每先贼失武。

公气行如虹,

贼头落如雨。

屡挫猬锋胆已丧,

忽报将军天上降。

将军智勇笔难形,

六日贼筑两土城。

我公用兵贵神速,

国计民生为急务。

乘胜一挥本易除,

不教穷寇藩篱固。

恨杀苍苍亦嫉功,

忍听我公无归路。

我公无路入津门,

贼人有路出津户。

嗟乎！

我公一身从此已，

我公大名从此起。

天子褒忠青史垂，

惟有我公独不死。

〔出处〕《永平诗存续编》（卷四）

津門健令行

弔謝震航也。

公諱子澄，四川成都府新都縣人。道光壬辰孝廉，甲辰大挑一等，任直隸青、靜、邯、盧、灤、極等州縣。咸豐三年癸丑四月，知天津縣事。九月，粵匪犯津門，以戰死，年四十六。贈布政使銜，世襲騎都尉職，準請立祠。遵安馬悲臣學博賦詩詳紀其事。香垕師首倡《津門健令行》，一時和者十餘人，垣隨聲焉。

斗米作賊溯厥初，羽翼養成任出没，憶當小醜始蜂屯，孰爲奔兒開匣突百尊，鴝鳴狸嘯雜數髮。國家釀禍根？藤峽桂林遙萬里，跳刀走戟入津門。津門要轄三畿賴，一卒渡河成疥癩。謝公家鄰八陣圖，華胄遙遙接謝艾。賊颿晉州深冀州來驕橫。津兵被調時無勁，慷慨誓師虞允文，振袂一呼民用命。

先有我，後有卿，非同伯楷，仲楷生同庚。既有我，後仍我，我非卿，往日之橘化爲橙。卿笑我，我笑卿，誰出豐獄人延平？如以今日論，卿大有爲焉之英，我已不足齒之倫。欲呼卿出肝膽傾，詎因挾長不答更，忽聞怒嗚，怫然曰：休示爾聾盲。襌褶錦繡，璞閟瓊瑛。水不川足，茶不蕊呈。繪蘇狀島，黃孫竭誠。豈無面目？山重羽輕。茲爾瓦缶，破釜折鐺。普天雨露，誰蒿誰菁？洒庭掃室，養蕙成荆。滄浪取濁，人自藏纓。吾閒珠飛無翼，玉走不脛。傷哉劉子，名紙毛生。而爾則點謝鯤之青睛，置鮑魚於同罌。夜不見月白，晝不睹日晶。破屋聽鼠嘯，不知歲幾經。吁嗟乎！韋皋之照溫公名，千秋萬世與有榮。曹侯畫馬紙貴瓊，潘女曝像蝶來迎。今既見子心京京，反不我愧滕薛爭。嘲垢嘶醜，鷿嚜蛙寧。爾繞仍在，鬼魅恥並。向者罔兩問影如戲嬰，天下事無獨有偶，豈惟蛇蚹蜩翼堪傷情。

〔**发现过程**〕在"寻根大运河"活动中，笔者查阅谢子澄相关资料时发现此诗于天津古籍出版社 2015 年出版，史梦兰原著，石向骞主编的《史梦兰集·永平诗存》。本诗记述了天津知县谢子澄击败太平军及其阵亡的情形。

〔**作者简介**〕倪垣（生卒年不详），字启藩，直隶乐亭人。贡生，候选县丞。为史梦兰的妻侄，从史梦兰学诗。性好吟诗，尤工绘画。著有《轩轩草轩诗》。

史梦兰称其"下笔即迥不犹人，故所作多新奇之色"。

闰五上浣随潘琴轩观察督师航海赴直东应援三日抵大沽有作

（清）陈　锦

星邮传檄送行营，

杨柳青青第一程。

賊遍曹州荷鉏耰醜散龜蒙係農民多將軍百戰親袍鼓士牢

三年習火攻莫怪專車多重載礮輪新鑄首山銅

星郵傳檄送行營楊柳青青第一程潮落沙頭空燕壘

大沽篤僊王防夷駐兵月明橋畔度鷗聲還山猛虎鬭

風慄遍岸蛟龍望氣驚謂沽口愧我無端磨盾墨江湖

遷謫不勝情

過成山至之罘自海邊東出數百里橫直中流舟行每繞過山橫

銀濤無際露煙鬟掉尾神龍入海邊地脈橫空伸一臂

扶輿有柄指三山東來星斗手可摘南徙風雲路漸灣

晨氣高華鼇戴重樓臺金碧絕人寰

答趙桐孫

潮落沙头空燕垒,

大沽为僧王防夷驻兵处,炮台遗址至今尚存。

月明桥畔度鹃声。

还山猛虎闻风栗,

逼岸蛟龙望气惊。

谓沽口夷兵。

愧我无端磨盾墨,

江湖迁谪不胜情。

〔出处〕《补勤诗存》(卷之八)

〔发现过程〕在"寻根大运河"活动中,笔者在查阅古籍时发现此诗。诗共四首,这是其中一首。诗本写大沽炮台事,第二句却提及杨柳青为"星邮传檄"第一程,皆因杨柳青名声。

〔作者简介〕前文《过杨柳青》诗后有介绍,不赘。

书谢忠愍公①传后

(清)华光鼐

一

谢安经济竟通神,

百万苍生系此身。

屈指尽多敢死士,

伤心俱是再来人。

誓师慷慨筹先箸,

殉国凄凉愧后尘。

① 谢忠愍公,指清末天津县令谢子澄。前文《津门健令行有序》诗后有介绍,不赘。

一纸不堪重捡读，
天涯有客为沾巾。

二

一枝秃管几徘徊，
旧事重题绝可哀。
九月霜寒军报紧，
七星风动画旗开。
何期蛟舞鸿嗷际，
竟有狼奔豕突来。
咫尺天威资保障，
涓埃孰是不羁才。

三

黑夜喧传剧点兵，
至今念及尚心惊。
军无劲旅危如卵，
志切同袍固若城。
那有火攻纤上策，
全凭水勇振先声。
同僚讵乏匡时略，
鹤立鸡群自不平。

四

贼骑如云旌旆扬，
独流才破势披猖。
漫漫水国成戎国，

草草文场入战场。

鹅鹳迎风千里卷，

豺狼满道一身当。

剧怜旧日攀条处，

杨柳依依总断肠。

五

炮火连天兵气深，

仓皇携手共登临。

腐儒争献平戎策，

稚子都存荡寇心。

寒柝绕城秋瑟瑟，

疏镫夹巷夜沉沉。

英雄讵肯无功老，

一片风声雪满簪。

七星風動畫旗開何期蛟舟鴻戲除竟有狼奔豕突來

恐尺 天威資保障妬埃孰是不羈才

黑夜喧傳劇點兵至念及尚心驚軍無動旅危如卵

志切同袍固若城耶有火攻纡上策全憑水勇振先聲

同僚詎乏匡時畧鶴立雞羣自不平

賦騎如雲旌旆揚獨流縈綹披猖勢漫漫水國成戎國

草草文場入戰場鶴迎風千里捲狒狼滿道一身當

劇憶舊日攀條處楊柳依依總斷腸

噀火連天氣深倉皇攜手共登臨廟儒爭獻平戎策

雛子都存蕩冠心寒析縈城秋瑟瑟巷夜沈沈

西望也愚美人而不見待把袂于何年聊賦短
章耤申積懷云爾。

杜陵入蜀久無書彈指光陰十載餘落月幾回添我夢
浮雲何處駐君車憶從舊雨分襟後怕到清風拂面初
為報故人休繫念一罈仍戀病相如

○書謝忠懇公傳後

謝安經濟竟通神百萬蒼生繫此身屈指儘多敢死士
傷心俱是再來人誓師慷慨籌先籌殉 國淒涼愧後

塵一紙不堪重檢讀天涯有客為沾巾
一枝禿管幾徘徊舊事重題絕可哀九月霜寒軍報緊

英雄詎肯無功老一片風聲雪滿簪

清明微雨 杏花邨芳草平原
微風細雨正清明草色春嬌易斷魂楊柳依稀多近水
杏花雛落自成村紅邊旗引平橋路香裡僧歸古寺門
悵望欲尋沽酒處笛聲吹破晚烟痕

○桃花水

一艖新水漲桃花有客臨流望眺逝者如斯消歲月
仙人何處訪烟霞春潮拍岸飛紅雨柔艣橫波放釣槎
我本逢津正須門隔林應是阮劉家

○老將

〔**出处**〕《东观室诗遗稿》

〔**发现过程**〕在"寻根大运河"活动中,笔者查阅《天津图书馆珍藏清人别集善本丛刊》时发现。诗中所描写的是天津知县谢子澄带领团练在小稍直口村击败太平天国北伐军的历史。

〔**作者简介**〕前文《登舟早发》诗后有介绍,不赘。

杨柳青

(清)胡凤丹

昔日曾经杨柳青,

劳劳送客短长亭。

而今又向丁沽去,

过眼云山足不停。

〔**出处**〕《退补斋诗存二编》(卷五)

〔**发现过程**〕在"寻根大运河"活动中,此诗由武清区文史专家李汉东发现后提供给笔者。笔者考证于《退补斋诗存二编》。

〔**作者简介**〕胡凤丹(1828—1889),字月樵,初字枫江,别号桃溪渔隐。浙江永康人。入县学后连应乡试未中举,母命束装到北京,捐纳援例授光禄寺署正眼法。在京交游颇广,慷慨资助别人,声名达内廷,荐升兵部员外郎。清咸丰十年(1860)英法联军入侵北京,帝逃承德。凤丹留京襄助大臣奔走。擢简用道加盐运使衔,因丁母忧未就任。同治初年到湖北,以道员补用,综理厘局,并受委办崇文书局,搜求秘藏遗书,悉心校订。光绪元年(1875)任湖北督粮道。三年(1877),请假归里,筑"十万卷楼",杜门谢客,以著述自娱。撰《金华文萃书目提要》,并设退补斋分局于杭州,校订刻印共六十七种,名《金华丛书》,世称善本。著有《退补斋诗存》等。

清状元洪钧称胡凤丹在博闻与多读两方面"兼优之,为文之工宜矣"。诗人黄绍昌称其诗"敏且工"。

张抚军愚

(清)华鼎元

生平政绩著延绥,

应有羊公堕泪碑。

勋业文章鲜徵据,

楼东难访懋功祠。

张抚军愚

《卫志》:愚,军生,嘉靖辛卯科举人,壬辰科进士。除户部主事。赋性刚方,莅政明敏。巡抚延绥,严饬戎务。钦赐蟒玉。五十三岁卒于官,赐谕祭。父凤,官生,赠山西按察司,金事。荫子元性,官生。祀延绥名宦,祀天津乡贤。家有懋功祠,在天津鼓楼东大街南。

《县志》：愚，户部主事，历升都察院右副都御史,巡抚延绥。以劳瘵卒于官。

《畿辅通志》：愚，嘉靖进士,巡抚延绥,莅政明敏,边民辑服。

《延绥镇志》：巡抚延绥都御史之官,自有明始也。嘉靖时张愚任之。

《赤城县志》：分巡口北兵备道张愚,天津左卫籍,进士。嘉靖十六年以佥事任。

《太学题名碑录》：愚，天津左卫,军籍。嘉靖十一年壬辰科二甲第四十六名进士。

《津门诗钞》：愚，字若斋。著有《蕴古书屋诗文集》。《思归》诗云："投老惟耽物外情,青山原有旧时盟。才疏谋国无长策,学薄持身耻近名。贫剩蠹余诗百卷,家遥蝶梦月三更。水云何日梅花外,结个茅庵了一生。"

《缄斋杂识》：忆往时,天津北门内有黄甲联芳坊,为若斋抚军立者,今废。若斋仕宦在嘉靖年间。其文章勋业必有昭人耳目者。然代远年湮,实难徵采。崇祯时徐公光启重修《天津卫学记》所谓"津门先达策高第仕,为国华竖,为国桢如世庙时建。制府中丞之蠹者,勋名烂然史册",盖指若斋与刘仁甫耳。愚,《通志》作遇。

〔出处〕《津门征献诗》(卷三)

〔**发现过程**〕在"寻根大运河"活动中,笔者考证华鼎元相关诗作时发现

此诗。张愚生平,"杨柳存萃"部分《思归》诗后有介绍。张愚死后"葬于杨柳青之原",其后代定居杨柳青,人称"石马张家"。《津门征献诗》中,本诗小注所引为张愚《思归》诗第五句"贫剩蠹余诗百卷",与《津门诗钞》中"贫剩蠹余书百卷"不同,而"书"字更合诗意,应为误记。但作为小注,为保持资料原貌,本书不予改正。原诗无题,题目为编者根据《津门征献诗》目录所加。

〔作者简介〕华鼎元(1837—?),字问三,号文珊,天津人。为津门著名诗家、学者华长卿仲子。自幼随侍其父,深得家学,尤致力于搜讨津门乡土掌故。贡生,清同治年间曾在江苏任府同知。编辑有天津风俗诗集《梓里联珠集》等。

汪廉访①来

(清)华鼎元

越国公孙数代传,

庄前古碣洗云烟。

史才高洁汪君复,

北地修成宛委编。

汪副使来

《四库全书提要》:《北地纪》四卷,明汪来撰。来字君复,天津卫人,嘉靖辛丑进士。官庆阳府知府。庆阳为汉北地郡,故以名书;不分门目,惟以时代先后为序,采事迹诗文之有关庆阳者。得八十一人,以后稷居首,次以淳维,而自附其名于末;其前三卷题来名,而四卷独标北地举人孙倌撰,盖末卷皆来之文章,嫌于自炫,故托之倌云。

《卫志》:来,嘉靖甲午科举人,辛丑科进士。授刑部主事,历升山西兵备道副使、整饬

---

① 廉访,清代对按察使的尊称。元有肃政廉访使,掌监察官吏,明、清按察使亦有此职权,故用为尊称。《津门征献诗》目录中,本诗题目为《汪廉访来》,诗中小注题为《汪副使来》。收入本书时,从目录。

密云兵备、山东提刑按察副使，莅官正大，志在忧国抑豪，纵培善良。居家不发私书，不接冠盖，以诗文自娱。祀天津乡贤，祀密云名宦。

《县志》：来居官严毅，不避权贵，豪姓闻风敛迹，罢官日不妄通简牍。冠盖到门，键户不纳。日以诗文自娱。

《太学题名碑录》：来，直隶天津卫军籍。嘉靖二十年辛丑科三甲第一百九十七名进士。

《畿辅明诗存》：来，字北津，七律二首云："忆昔曾为北地守，边陲日日事干戈。黄羊岭暮草花尽，白马川寒烽燧多。月满关山悲戍笛，秋深瀚海听朝歌。只今卧病遥相忆，万里苍茫起夕波。""直沽日月坐烟霏，蓬荜门蓬生事微。万里江帆秋水阔，一声渔笛夕阳归。入云孤鹤上还下，出浪双凫鸣且飞。最是野人多逸兴，西风吹破芰荷衣。"

王士禛《新城县新志序》：以余所闻见，前明都邑之志不害充栋，而文简事核，训词尔雅无如康对山志武功，其他若王渼陂志鄠，吕泾野志高陵，韩五泉志朝邑，汪君复志北地。其地率秦地。皆比美于对山者。故余尝谓前明郡县之志无愈秦者，以其犹有黄图决录之遗焉。

董份《明故承德郎、刑部山西司主事乐庵汪翁配安人张氏合葬墓志铭》：汪故宁国人，其先越国公之裔；明兴有名仲者，戍天津，因家焉，遂为天津汪氏。名仲生礼，礼能力本，居业以财雄。而礼有六子，济、溶、瀛、淮、泽、澍，济仕为山西灵丘教谕，诸子皆善贾；而瀛以鹽盐①起，益赡其家，盖汪氏骎骎盛矣。瀛号仁斋，配赵硕人，是生乐庵翁；而乐庵以子来贵，封承德郎刑部山司主事，配张封安人云。封君少任侠，喜趋人之急。尝有客被盗发其箧千金，计无出欲死。封君则使人微知贼处，贼窘，遂夜还其金。客惊喜出望外，分其金，固谢却弗受。其阴脱人于厄，不自为功，多此类。然性忮，见里中豪睚眦好为气者，必痛折之；尤不喜权利人，见权利人必以气凌焉。故诸豪皆侧目，而里中人称封君不畏强御。封君已乃悔悟，屈节为礼让，悛悛自持，里中则又喜更称封君长者。封君亦承其先业，行贾善任时，而不责于人，往往能积纤至赡。初，诸贾好游宴，饰冠剑，连车骑，驰逐夸美，多纵歌伎，

---

① 鹽盐，鹽，盐池；鹽盐，指在盐池造盐。

弹筝吹竽,纠呼为乐,以为贾不余力而争财务此耳。独封君雍容不喜争,以不与诸贾同好,屏绝声玩,意恬如也,唯善棋,常闭关与客棋,因俯仰啸咏终日,虽在贾中有物外之志焉。及受封,益绝意兴著,不复问作业,自以荷明天子推恩,幸被冠裳,婴荣宠,而身在闾阎,不当与缙绅往来相报,虽尊贵人至,辄谨谢之。尝有人暮持重金以事请者,谢绝尤力。门无杂客,惟日召囊所与棋者,益欢,因曰:"古神仙多喜棋,以其足忘世也。"盖其志如此。张安人,家世王市集人,能攻苦力勤,事封君父母惟谨。封君父殁,母赵尝课孙读过夜半,安人亦恃立过夜半,兢兢左右,甚得其欢心,远近称孝。性俭约,不喜簪珥琦绣之饰,及贵,虽强之,弗自得也。善治醢酱,调膳饮,至老犹躬亲按视,即弗亲尝,觖觖焉。封君日夜教子来,绩学为文词,安人数从中趣之,及来学成登进士,为尚书郎守环庆,备兵宁武关,封君数贻书责以持身爱民之道,而安人亦教以守俸如泉,言当惧其流也。来所至多治迹,有贤声,盖奉其父母教云。初,安人壮时疾剧,召诸医视之,皆曰弗治。有老妪从海上来,投之药立愈。问其姓,弗言;问其年,百八十岁矣。已而忽弗见,皆奇之。然安人竟先封君九年殁。封君生弘治四年二月二十日,殁嘉靖三十六年七月二十八日,寿六十有七。安人生弘治三年二月二十二日,殁嘉靖二十七年十月十三日,寿五十有九。封君讳宜,字世卿,别号乐庵。子二:长即来,山西按察司兵备副使,娶王氏,封安人;次耒,娶孙氏。女一,适刘佃。孙女一,适天津右卫指挥使应袭季春芳。先是封君尝病痁,予闻副使君已有归志矣,封君亟止之,既乃复苦痁。副使君方在宁武,旁皇不能已,遂称疾乞骸骨驰归。仅阅岁而封君遂殁。予与副使君同举进士,交善,尝哀其志焉。兹将以三十七年夏四月初八日,合葬其父母稍直口,以书乞铭。予发其书,重哀之,乃为铭。铭曰:

始而为侠,终则秉礼。其身在市,其心如水。谁能涉矣,泥而不滓。展如之人,宜显厥世。惟其后矣,其德之似。克昌厥问,以事天子。亲则弗待,瘗此双美。大海之区,其流有砥。璧玉其埋,弗震弗圮。我勒兹铭,千载所视。

《缄斋杂识》:北津先生居城西十二里之汪家庄。余家先垅在焉。咸丰壬子二月赴庄修墓。访得先生之父乐庵墓铭于村人家。三月,家大人展墓之顷手拓二纸以归。文内叙汪氏先世特详。家大人为作跋语,议于纸尾。今汪氏子孙式微,仅名富者一人耳。先生诗文亦不多见。《卫志》内载先生所撰《毛公德政碑记》一篇。余既采入文钞,复读《四库全书提

要》，知先生所撰《北地纪》之末卷皆先生所作诗文，恨未能购而读之也。

〔出处〕《津门征献诗》（卷三）

〔发现过程〕在"寻根大运河"活动中，笔者在考证华鼎元相关诗作时发现。汪来，"杨柳存萃"部分《失题》诗后有介绍，天津城西汪家庄（今西青区中北镇汪庄子）人。原诗无题，题目为编者根据《津门征献诗》目录所加。

〔作者简介〕前文《张抚军愚》诗后有介绍，不赘。

津沽秋兴

（清）李庆辰

诗人曾说小扬州，

风景凄凉已到秋。

杨柳驿边黄叶落，

桃花市口白云浮。

寒波渐入杨汾港,

晚色遥侵篆水楼。

纵少渔人歌夜月,

是谁沽酒古堤头。

〔**出处**〕《醉茶诗草》(卷一)

〔**发现过程**〕在"寻根大运河"活动中,笔者在查阅古籍时发现于天津市文史研究馆 1985 年出版,缪志明编注的天津文史丛刊第五期《天津风物诗选》专辑。后考之于高凌雯编辑,天津志局 1936 年出版的《天津诗人小集十二种》,其中收有李庆辰的《醉茶诗草》。《津沽秋兴》诗共四首,这是其中涉及杨柳青的一首。

〔**作者简介**〕李庆辰(约 1838—1897),字筱筠,别号醉茶子,天津人。清

代文人、诸生。著有著名的志怪传奇小说集《醉茶志怪》和诗集《醉茶诗草》。杨光仪所辑的《津门诗续钞》收入其诗一百四十六首。

《天津县新志》称其"襟怀旷逸，力学安贫，以盛唐为宗，五律尤近老杜"。

晚渡西河

(清)李庆辰

隔溪时听野乌啼，

芦淑沙滩路向西。

一个瓜皮轻荡处，

小桥流水暮云低。

〔**出处**〕《醉茶诗草》(卷一)

浩渺水夯流飘飖一叶舟逞高雙棗重風緊片帆兜草
色青無地蘆花白滿洲煙波四五里墾眼不勝秋

村墟

村墟如太古迢遰起鴉羣竹影山楮秀苔痕隔圃分狂
風喧亂水落日逆流雲大野何空關鐘聲沙渺聞

行路吟

春色上征鞭行行大道前紅升郊外日藍灔水中天鳳
勁鳥飛疾沙深馬步驟細看濃樹裏村屋遠相連

晚渡西河

小橋流水暮雲低
隔溪時聽野烏啼蘆荻沙灘路向西一箇瓜皮輕荡處

西沽散步有感

緩步西沽酒力微大田麥浪捲晴暉雲收遠浦天光浄
雨過平原草色肥蛙躍池中魚忽散蟬鳴葉底鳥驚飛

有感

有情最是忘機客滿院桃花畫掩扉

蓬窗一面向東開静坐茅廬句自裁最可結交是明月
不嫌巷陋卻常來

〔**发现过程**〕在"寻根大运河"活动中，笔者在考证李庆辰《津沽秋兴》诗时发现于高凌雯编辑、天津志局 1936 年出版的《天津诗人小集十二种》。

〔**作者简介**〕前文《津沽秋兴》诗后有介绍，不赘。

西郊即景

(清)李庆辰

三月冷于秋，

西风吹不休。

车行飞野马，

舟动起闲鸥。

碧塔云中寺，

青帘水上楼。

可怜堤畔草，

依旧屈金钩。

情容碧薜無縛著紅塵高處挺然立蕭疏花外身

西郊即景

三月冷於秋西風吹不休車行飛野馬舟動起閒鷗碧塔雲中寺青帘水上樓可憐隄畔草依舊屈金鈎

古寺

古寺太寥落丹青何日新破龕蟠蔓草老樹立靈椿殘

病中懷友

日淡無色濃花香媚人最憐梁上燕細語若相瞋

未著游山屐兼盧曲水杯興多因病減詩每自愁來屋

天津志局彙刊

〔**出处**〕《醉茶诗草》(卷一)

〔**发现过程**〕在"寻根大运河"活动中,笔者在考证李庆辰《津沽秋兴》诗时发现此诗于高凌雯编辑、天津志局 1936 年出版的《天津诗人小集十二种》。

〔**作者简介**〕前文《津沽秋兴》诗后有介绍,不赘。

春日自北斜庄①归

(清)李庆辰

大地春风动,

村村农事忙。

我家在城郭,

屋老白云藏。

贫觉妻孥累,

愁添岁月长。

相如空有赋,

谁为达椒房?

〔**出处**〕《醉茶诗草》(卷一)

---

① 指今西青区中北镇北斜诸村。相传明代永乐年间,山东移民到天津城西开荒,逐渐成村。村地处南运河河湾地带,河道在此斜向东北方向,沿河的三个村以此斜分别得名东北斜、中北斜、西北斜。

崖墮石枯樹倒一車兩馬憚夜行飢羸步蹩嚼荒草胡

不歸歸去好丈夫莫莫在他鄉老

哭黃獻臣

破曉悲風吼文星落大荒日大風獻臣死浮生真幻夢抵死競

名場科考復勞成疾魂斷魚傳信心酸鴈失行堪嘆逝

獻臣病將愈因

巷裏藤影月渡涼藤蘿一架

其庭中有

大地春風動村村農事忙我家在城郭屋老白雲藏貧

春日自北斜莊歸

覺妻孥影愁添歲月長相如空有賦誰爲達椒房

〔**发现过程**〕在"寻根大运河"活动中，笔者在考证李庆辰《津沽秋兴》诗时发现此诗于高凌雯编辑，天津志局1936年出版的《天津诗人小集十二种》。

〔**作者简介**〕前文《津沽秋兴》诗后有介绍，不赘。

游西郊菜园

（清）李庆辰

一

焦藤垂蔓汲古井，

绿阴匝地日无影。

颓垣久雨苔色深，

墙隙老蛙双目炯。

二

辘轳寂寞风清凉，

隔畦泥湿菘花香。

破篱眼疏豆苗补，

离离叶底瓜垂黄。

三

茅屋半间苇帘短，

门前藋靡蓬蒿满。

老圃抱瓮浇薯根，

坐对游人意疏懒。

〔出处〕《醉茶诗草》（卷一）

焦藤垂蔓汲古井綠陰市地日無影頹垣久雨苔色深
牆隙老蛙雙目炯轆轤寂寞風清涼隔畦泥溼菘花香
破籬眼疏豆苗補離離葉底瓜垂黃茅屋半間葦簾短
門前藋靡蓬蒿滿老圃抱甕澣薯根坐對游人意疏懶

狠患

憶吁嚱危哉貪狠貪爾胡為乎來哉我邑地濱海問
無痕與豺蛟遯踐鼉或肆虐揚鼙鼓蜃滇開不然祝
融怒策火龍走樓閣臺榭片刻成塵埃此外災患不常
有城市廬舍如鱗排並無重檣絕巘之嶮峻又無巘叢

袍重如鐵古道直於龜爲問臨津路關山隔幾層

酒醒有感

酒醒真無賴心清百感生秋風入茅屋烽火隔荒城世
亂功名賤家貧奴僕輕何妨學仙李濃醉卧前楹

經涿郡謁桓侯祠

地本因人重專祠建道邊至今留古井猶是漢時泉

和盧紹棠元韻

雨浸碧苔滋日煉碧苔老院靜四無人蟲吟落秋草

游西郊茶園

〔**发现过程**〕在"寻根大运河"活动中,笔者在考证李庆辰《津沽秋兴》诗时发现于高凌雯编辑,天津志局 1936 年出版的《天津诗人小集十二种》。

〔**作者简介**〕前文《津沽秋兴》诗后有介绍,不赘。

题香吟先生小照

(清)李庆辰

海上有诗人,

其貌清而瘦。

海上有奇石,

其骨古而秀。

诗人高坐奇石巅,

笑指痴云出岩岫。

云自无心水自流,

忘机独爱波中鸥。

洪涛深处不可测,

鲸鱼跋浪乖龙游。

呼童洗砚掬清水,

风波如此姑停舟。

〔**出处**〕《醉茶诗草》(卷二)

疊菌生木涓涓地出泉他鄉猶帶甲微邑寬凶年

出南郭作

嚴城霜雪裹村舍水雲端落日無餘燈狂風起蒂寒凶

荒逵歲苦飢餓迫人難自顧羲羞澀明霞能可餐

題香吟先生小照

海上有詩人其貌清而瘦海上有奇石其骨古而秀詩

人高坐奇石巔笑指癡雲出巖岫雲自無心水自流忘

機獨愛波中鷗洪濤深處不可測鯨魚跋浪乖籠游呼

童洗硯掬清水風如此姑停舟

〔**发现过程**〕在"寻根大运河"活动中,笔者在考证李庆辰《津沽秋兴》诗时发现于高凌雯编辑,天津志局1936年出版的《天津诗人小集十二种》。

〔**作者简介**〕前文《津沽秋兴》诗后有介绍,不赘。

津门曲

(清)易顺鼎

阑干画出销魂色,

明波不动楼阴直。

鸳瓦千家月似铅,

羊车几队人皆璧。

何须落魄怨天涯,

五月津门风景佳。

西青古诗词集萃

杨柳青边杨柳青地名多画舫，

樱桃红处似斜街。

竹栅荷厅碧云里，

凉风一道笙歌起。

丝管宵宵倦剪灯，

帘栊面面贪临水。

鱼盐十里带沙汀，

衔尾帆从树杪停。

人气欲蒸空雾湿，

市声全卷水风腥。

传烽曩日惊歌舞，

金碧亭台纷易主。

化蜃偏多海上楼，

射蛟讵少江边弩。

连天雪浪拥千樯，

满眼秋波望转伤。

阵血只今无处碧，

海云依旧向人黄。

城阴晓露寒侵袂，

酒榭呼筝聊一醉。

虾菜秋风又潞河，

莺花春梦仍燕市。

二分烟月小扬州，

扇影衫痕写俊游。

却向天津桥畔立，

夷花细雨不胜愁。

〔**出处**〕《琴志楼丛书》（《丁戊之间行卷》）

盐十里带沙汀衔尾帆从树杪停人气欲蒸空霁压市声
全捲水风腥腥传烽曩日惊歌金碧亭台纷易王化蠡偏
多海上楼船蛟距少江邊驾连天雪浪摧千橹满眼秋波
孳转伤阵血祇今无处碧云海云依旧拥人黄城阴晓露寒
侵袂酒榭呼筝聊一醉蝦菜秋风又潞河莺花春梦仍燕
市二分烟月小扬州屑影衫痕写俊遊却向天津桥畔立
夷花细雨不胜愁
由津门附轮舶渡海过黑水洋得千三百字纪之
海天一镜悬鲛宫云霞摺叠倒景重方壶仙人正招手残
照碧入三神峰屏楼堞瞬失所惟见白鸟飞长空元气
流残太古雪颓心一髪黏园穹度阖浩功潮来沙
去眞怱怱直疑无路到人世峭波如壁遮天東未知几千

此去奉蘿好發女生涯倦倚妝
旗亭話別對殘鶯翻悔年時載酒行墮地風花紅有劫極
天煙草碧無情才歸幻境如雲退愁向懽場似水生劘斷
燕南行馬路一程程遠是離程
春樹華年踏踏歌嶺絲風裹盡銷塵燕鶼鶼覥長如此鳳
泊鸞飄奈爾何酒夢醒時寒特甚禪心定後熱無多問他
連夜花問月忍送行人到潞河
津門曲
闌干畫出銷魂色明波不動樓陰逗鴛瓦千家月似鉛字
車幾隊人皆轡何須落魄怨天涯五月津門風景佳楊柳
青邊楊柳青多畫舫櫻桃紅處似斜街竹栅荷廳碧雲裹
涼風一道笙歌起絲管宵宵偍翖鐙簾櫳面面貪臨水魚

〔**发现过程**〕在"寻根大运河"活动中，笔者查阅资料时发现此诗。

〔**作者简介**〕易顺鼎（1858—1920），字实甫、实父、中硕，晚号哭庵，湖南龙阳（今湖南汉寿）人。清光绪元年（1875）举人。三十岁时，以同知候补河南，不久捐道员，总厘税、赈抚、水利三局，并督修贾鲁河工程，任三省河图局总办。光绪十四（1888）年以进呈三省河图，授按察使衔，赏二品顶戴。《马关条约》签订后，上书请罢和议。曾被张之洞聘主两湖书院经史讲席。甲午后，力主保住台湾，两次去台，帮助刘永福抗战。庚子事变时，督

江楚转运，此后在广西、云南、广东等地任道台。辛亥革命后去北京，与袁世凯之子袁克文交游。袁世凯称帝后，任印铸局长。帝制失败后，纵情于歌楼妓馆。

易顺鼎幼年时随父居官汉中，同治二年（1863）八月，汉中为太平军所破，顺鼎乱中误入太平军启王梁成富大营，留滞半年，众待之如"小王子"。至僧格林沁阻截启王部，顺鼎为清军所获、献于僧麾下。僧不懂其口音，顺鼎遂唾指画字于掌中，又取笔砚书父亲及自己姓名。僧大奇之，称为"奇儿"，抱之置膝上，命人送还其父。于是神童之名，播于众口。稍长有才子之名。工诗，讲究属对工巧，用意新颖，著有《琴志楼编年诗集》《琴志楼丛书》等。

著名的教育家、文学家、史学家、艺术家王森然称其为"天才卓荦，横绝一世"。钱基博《现代中国文学史》称其诗"变动不居，学大小谢、学杜、学元白、学皮陆、学李贺卢全，无所不学，无所不似，而风流自赏，以学晚唐温李者为最佳"。

菩萨蛮·忆杨翠喜
（清末到民国）李叔同

燕支山上花如雪，燕支山下人如月；额发翠云铺，眉湾淡欲无。夕阳微雨后，叶底秋痕瘦；生小怕言愁，言愁不耐羞。

晚风无力垂杨嫩，情长忘却游丝短；酒醒月痕低，江南杜宇啼。痴魂销一捻，愿化穿花蝶；帘外隔花荫，朝朝香梦沉。

詩詞

金縷曲 贈歌郎金娃娃

金縷曲 留別祖國

五絕

人病

乙亥四月，余居淨峯，植菊盈畦。秋晚將歸去，猶復含蕊未吐。口占一絕，聊以誌別。
我到為植種，我行花未開。豈無佳色在，留待後人來。
辛巳初冬。積陰凝寒。亭亭菊一枝。高標勁節。云何色庵紅。殉教歷清曲。

詞

菩薩蠻 憶楊翠喜
燕支山上花如雪。燕支山下人如月。額鬢畫雙蛾。眉彎淡欲波。夕陽微照後。幾度秋痕瘦。

弘一大師文鈔

一一

〔出处〕《弘一大师文钞》

〔发现过程〕在"寻根大运河"活动中，笔者在查找杨翠喜相关资料时发现其与李叔同交往的记载，进而发现该词。后考之于北风书屋1946年12月出版，李芳远编选的《弘一大师文钞》，以及1944年版、林子青编辑的《弘一大师年谱》等书。

（二）�忆杨翠喜　菩萨蛮①

燕支山上花如雪，燕支山下人如月，
瘦，生小怕害羞，害愁不耐羞。

鬓凤无力垂杨燗，惜长忘却遊赫短。
酒醒月痕低，江南杜宇啼。

蝶外隔花陰，朝朝香梦沈。

（三）为老妓高翠娥作：

陵山瞒水可憐宵，傻把罗襦慰寂寥，
顿老琵琶父焕曲，红楼暮雨梦南朝。

（青案：以上诗词见小说世界所刊李叔同未出家时所写诗词手卷。）

（四）滑稽传题词四绝：

斗酒东醉石亦醉，到心唯作平等观。
中原一士多奇袅，癫横宇合卑莎维。

母氏工人工趣语，杜陵望帝凄春心。
嬰武倜人工趣语，杜陵望帝凄春心。

（见民国十五年小说世界第十五卷第九、十期）

光绪三十一年乙巳（一九〇五）大师二十六岁

（词作背景）杨翠喜，清末名伶，多种资料称其出生于杨柳青镇姚家店胡同。幼年因家贫被卖给放高利贷的杨益明，取名杨翠喜。后被杨益明转卖给陈黯子，在其剧团学习河北梆子。她十四五岁时已出落得丰容盛鬓，圆姿如月，且歌喉极其动人，并学会了很多戏出。最初在天津侯家后小戏园"协盛园"登场献艺，一炮打响，并渐渐地红了起来。后在天津各大戏院如"下天仙""会芳园"等处演出时场场爆满、座无虚席。地方官僚中对其最着迷的是天津巡警道段芝贵。光绪三十二年（1906），御前大臣、农工商部尚书、庆亲王奕劻的儿子——贝子衔载振赴奉天、吉林督办学务，路过天津。直隶总督袁世凯令段芝贵负责安排公馆，陪伴招待。段筵宴载振时，召杨翠喜做堂会演出。段芝贵见载振对杨翠喜有意，就命杨留下来服侍载振。段芝贵因此官运亨通，

升任黑龙江巡抚。后段芝贵献美得官,被人告发,参奏的折子经过慈禧太后批示,段芝贵撤职,派醇亲王载沣,大学士孙家鼐详细查办。奕劻主动请求慈禧裁撤载振职务。杨翠喜也被送回天津,归盐商王益孙。杨翠喜虽然身世坎坷,但却是惊艳一时的红伶,引无数名仕追捧。当时,著名的津门才子李叔同就曾痴情于她。他每天晚上都到"天仙园"为杨翠喜捧场。光绪三十一年(1905),即杨翠喜案发生前一年,李叔同写了该词。最早发表在《南社丛刊》第八集中。由于这段交往,甚至后来有人附会李叔同出家与其和杨翠喜的爱情无果有关。

〔作者简介〕李叔同(1880—1942),又名李息霜、李岸、李良,谱名文涛。出家后法号演音,号弘一。祖父李锐,原籍浙江平湖,寄籍天津,经营盐业与银钱业。父李世珍,字筱楼,清同治四年(1865)进士,曾官吏部主事,后辞官承父业而为津门巨富。六岁启蒙,十六岁考入城西北文昌宫旁边的辅仁书院。十八岁时,李叔同奉母亲之命,娶茶商之女俞氏为妻。后迁居上海,与沪上名流交往,期间经常回天津。1905年,其生母王氏病逝,携眷护柩回津。后把妻子和两个孩子留在天津,东渡日本留学。1906年9月29日,考入东京美术学校油画科。与同学组织"春柳社"。这是中国第一个话剧团体。1910年李叔同回国,任天津北洋高等工业专门学校图案科主任教员。翌年任上海城东女学音乐教员。1912年应聘赴杭州,在浙江两级师范学校(翌年改名为浙江省立第一师范学校)任音乐、图画课教师。1918年春节期间在虎跑定慧寺拜了悟和尚为其在家弟子,取名演音,号弘一。农历七月十三日,入虎跑定慧寺,正式出家。九月,入灵隐寺受比丘戒。1920年6月,赴浙江新登贝山闭关,研究律学。1924年5月,至南普陀寺,参礼其最膺服的印光大师,并拜其为师。1931年,发愿弃舍有部律,专学南山律宗。1941年4月,赴晋江福林寺结夏安居,并讲《律钞宗要》,编《律钞宗要随讲别录》。1942年10月13日圆

寂于泉州不二祠温陵养老院晚晴室，其以重振南山律宗的成就被佛教界尊
为律宗第十一代祖师。

乡贤遗音

　　自古西青人才辈出。"寻根大运河"活动发现的不只是各地诗人在西青的遗迹，还发现本地就有多位诗人为我们留下诗篇。这里有入祀天津乡贤祠的汪来，有一门三进士的牛天宿、牛思任、牛思凝，有津门诗坛领袖杨光仪……他们是西青的骄傲！他们留给我们的诗篇是西青历史文化的珍宝。

失 题

(明) 汪 来

忆昔曾为北地守，

边陲日日事干戈。

黄羊岭暮草花尽，

白马川寒烽燧多。

月满关山悲戍笛，

秋深瀚海听朝歌。

只今卧病遥相忆，

万里苍茫起夕波。

〔**出处**〕《畿辅明诗存》

西青古诗词集萃

XIQING GUSHICI JICUI

〔**发现过程**〕在"寻根大运河"活动中，笔者考证西青原有文献中汪来的另一首诗(录于"杨柳存萃"部分"水乡剪影")时，发现此诗于《津门征献诗》卷三。该诗的最原始出处估计为汪来的《北地纪》第四卷，但该书已经失传。而《畿辅明诗存》，虽经过多方查找，亦未能见。故出处只能暂据《津门征献诗》卷三《王廉访来》诗后小注定为《畿辅明诗存》。

〔**作者简介**〕汪来(生卒年不详)，字君复，又字伯阳，号北津，明嘉靖二十年(1541)辛丑科进士〔西青原有文献误将其嘉靖十三年(1534)中举人记作中进士〕。历任刑部山西司主事，出为陕西庆阳府知府，升任山西兵备副使。集有关庆阳的事迹诗文为《北地纪》四卷。《北地纪》入《四库全书提要》，但仅存目，书已失传。汪来去世后，入祀天津(府、县)乡贤祠、密云名宦祠。

汪来先祖为唐越国公汪华，至今南方广大地区仍有祭祀活动。明初汪华后人汪名仲因戍边落户天津城西汪庄子(今西青区中北镇汪庄子)。

汪来为官严毅,不避权贵,地方豪姓闻风敛迹,辞官归家后,"不妄通简牍。冠盖到门,键户不纳。日以诗文自娱"。

抵巩县寄里门亲友

(明)边维新

分袂南来感岁华,

风尘极目阻天涯。

故人寥落琴为友,

宦况萧条梦是家。

别绪漫随春草乱,

离怀时傍暮云斜。

鳞鸿两地传相忆,

何日门迎长者车?

〔出处〕《津门诗钞》(卷二十一)

村居即事

寒雲漠漠月初昇，村舍無人戶早關，十二樓中愁積雪，不知人在賀蘭山。

邊維新二首

維新字鉉鑑，靜海人，萬歷庚子舉人，鞏縣知縣。

無寃獄，縣志應每謂諸子曰，人欲致之介為聲援鄰州知縣延，痼疾獄時要呼撫公性之戴聯後節操……子孫用冰不……大用……

山東可配，輩平名，郎崇祀鞏縣名宦，林。

抵鞏縣寄里門親友

分袂南來感歲華，風塵極目阻天涯，宦況蕭條夢是家，別緒漫隨春草亂離懷時傍暮雲斜，鱗鴻兩地傳相憶，何日門迎長者車。

〔**发现过程**〕在"寻根大运河"活动中，笔者发现于梅成栋编纂，卞僧慧、濮文起校点，天津古籍出版社 1993 年出版的《津门诗钞》（中），考之于道光四年（1824）思成书屋版《津门诗钞》。

〔**作者简介**〕边维新（1574—1629），字铉鉴，静海（《南河镇志》称今西青区精武镇大南河村）人。明万历二十八年（1600）举人，授巩县知县，升郧州知州。因病告归，不肯依附权贵，告诫子孙："余欲使汝辈为清白吏子孙，冰山安可恃乎？"入祀巩县乡贤祠。

《静海县志》称"公性耿介，有节操。知巩县，廷无冤狱，野无追呼，巩人戴之"。

雪夜遣怀

(清)牛天宿

一

白发高堂正九旬，

犹能起拜不扶人。

一官蹭蹬怜儿老，

百口经营叹妇贫。

隔别云山悲往岁，

团圞籩豆爱良辰。

悬金如斗寻常事，

莱舞庭前富贵真。

二

爱文习气与年增，

团坐诸孙共一灯。

辨字老如知路马，

开宗仪比放参僧。

诗缘抱病闲三日，

酒为冲寒加半升。

自笑书痴痴到底，

百无求处百无能。

〔出处〕《津门诗钞》(卷二十一)

西青古诗词集萃

XIQING GUSHICI JICUI

赐进士广西柳州府融县知县吏部主事河南
同知著有谦受堂诗草

雪夜遣懷

善世奇方祇閉門無邊心事向誰論逢人競厭鬚眉古
到處推行輩尊送臘可無瓶內酒迎年自有柵中豚
老夫卒歲惟需此別樣經營任子孫
白髮高堂正九旬猶能起拜不扶人一官蹭蹬憐兒老
百口經營歎婦貧隔別雲山悲往歲團圞鶼豆愛良辰
懸金如斗尊常事萊舞庭前富貴真
愛文習氣與年增圖坐諸孫共一燈辨字老如知路馬
開宗儀此放參僧詩緣抱病開三日酒為衝寒加半升
自笑書癡癡到底百無求處百無能

〔**发现过程**〕天津市西青区地方志编修委员会编著,天津社会科学院出版社 2003 年出版的《西青区志》中第二十四编"艺文"第二章"著述经集"第一节"清代"中记有牛天宿《雪夜遣怀》诗一首。在"寻根大运河"活动中,笔者考之于梅成栋编纂,卞僧慧、濮文起校点,天津古籍出版社 1993 年出版的《津门诗钞》(中),又考之于清道光四年(1824)思成书屋版《津门诗钞》,发现该题下还有两首,今录于此。第一首收入"杨柳存萃"部分之"方志留馨"。

〔**作者简介**〕牛天宿(1664—1736),字戴薇,号青延。静海(《西青区志》称今西青区精武镇牛坨子村)人。康熙二十六年(1687)举人,康熙四十二年(1703)进士。广西柳州府融县知县,吏部主事,河南同知。著有《谦受堂诗草》。

《静海县志(同治版)》称其"读书过目不忘,年十二下笔有奇气","所作诗、古文、词、杂作,积而成卷,具精卓可传"。

蕭巡撫番泉畏服部落帖然署內建水鑒亭以明志又建
臯蘭書院課士甘省人文因之蔚起撫署內室屋粱生芝
人以為德化所致雍正末年

投贊政六夫

牛天宿字戴薇讀書過目不忘年十二下筆有奇氣康熙
丁卯舉人屢躓禮闈因倡立文社獎引後學門下多登甲
科者詩古文詞雜作積數百卷俱精卨可傳癸未登進士
補粵西融縣知縣撫苗民有惠政所晴雨輒應融民爲作

和高毅斋重阳后十日同元允修游西山喜遇阿云举作

(清)牛思任

官散多暇日，

秋光牵我情。

郁彼西山侧，

峰岚互纵横。

重阳去未远，

天地亦寥清。

折简招名流，

携壶出凤城。

杳杳翠微巅，

沈沈落雁声。

芸阁香案吏，

异境恰相逢。

把袂寻幽讨，

偏觉步履轻。

漱齿青石洞，

摩崖自记名。

登高乘酒兴，

一啸谷风生。

真源何处是？

为我问崆峒。

〔出处〕《津门诗钞》(卷二十一)

牛思任二首

思任字鉅膺號伊仲康熙甲午乙未聯捷進士
歷官江西南城縣河南尉氏縣知縣

和高毅齋重陽後十日同元允修遊西山喜遇阿
雲舉作

官散多暇日秋光牽我情鬱彼西山側峰嵐互縱橫重
陽去未遠天地亦寥清折簡招名流攜壺出鳳城杳杳
翠微巔沈沈落雁聲芸閣香案吏異境恰相逢把袂尋
幽討偏覺步履輕漱齒青石澗摩崖自記名登高乘酒
興一嘯谷風生真源何處是爲我問崆峒

恭賦御製岸柳溪聲月照階

簾鈎初捲御屏香水殿偏宜納晚涼樹影千層含雨露

〔**发现过程**〕在"寻根大运河"活动中,笔者考证牛天宿诗时发现于梅成栋编纂,卞僧慧、濮文起校点,天津古籍出版社 1993 年出版的《津门诗钞》(中),考之于清道光四年(1824)思成书屋版《津门诗钞》。

〔**作者简介**〕牛思任(1692—1782),字巨膺,号伊仲。牛天宿之子。康熙五十三年(1714)举人,同年联捷进士。历官江西南城县、河南尉氏县知县。

《静海县志(同治版)》称其"性敏达,喜读书"。在南城任知县时"视事明察,公务旁午,理之裕如,曾检旧卷,脱一人于大辟。邑中巨奸敛迹,士民感颂"。在尉氏县任知县时"下车既兴工挑筑水利,瘠田饶沃,一邑赖之"。"性廉静,俸外毫无所取,邑人馈遗皆不受。告归后,两袖清风,依然寒素焉"。

恭赋御制岸柳溪声月照阶

(清)牛思任

帘钩初卷御屏香,
水殿偏宜纳晚凉。
树影千层含雨露,
泉声十里奏笙簧。
华檐高并银蟾冷,
素魄斜生玉陛光。
遥忆宸襟欣对景,
挥毫酬月五云章。

〔出处〕《津门诗钞》(卷二十一)

牛思任二首

思任字矩膺號伊仲康熙甲午乙未聯捷進士

歷官江西南城縣河南尉氏縣知縣

和高毅齋重陽後十日同元允修遊西山喜遇阿
雲舉作

官散多暇日秋光牽我情鬱彼西山側峰嵐互縱橫

陽去未遠天地亦寥廓清折簡招名流攜壺出鳳城

翠微巔沈沈落雁聲芸閣香案吏異境恰相逢把袂

幽討偏覺步履輕淑齒青石潤摩崖自記名登高乘酒

與一嘯谷風生真源何處是我問崆峒

恭賦御製柳溪聲月照階

簾鈎初捲御屏香水殿偏宜納晚涼樹影千層含雨露

牛思凝十首

思凝字方嚴乾隆丙辰舉人乙丑進士出山東

知縣任貴州正安州晉安州知州黎平府同知

太定府知府著有謙受堂詩草

仲夏堂四更得月

每逢月望不見月屈指朦朧十二旬

自分此生與月別況值共夏氣炎蒸

遙憶

宸襟欣對景揮毫酬月五雲章

〔**发现过程**〕在"寻根大运河"活动中，笔者考证牛天宿诗时发现于梅成栋编纂，卞僧慧、濮文起校点，天津古籍出版社1993年出版的《津门诗钞》(中)，考之于清道光四年(1824)思成书屋版《津门诗钞》。

〔**作者简介**〕前文《和高毅斋重阳后十日，同元允修游西山，喜遇阿云举作》诗后有介绍，不赘。

清河迎驾

(清)牛思任

阳春初应律，

圣主豫游回。

日暖沙堤净，

风微彩仗开。

鸾旗翻树影，

豹尾映河隈。

东顾瑶台近，

西瞻碧岫来。

卿云叶凤管，

紫陌驯龙媒。

大化征民俗，

讦谟①重睿裁。

八方歌乐只，

多士庆康哉。

虎拜千官肃，

南山献寿杯。

〔出处〕同治版《静海县志》（卷八）

〔**发现过程**〕在"寻根大运河"活动中,笔者查找牛天宿资料时发现于同治版《静海县志》(卷八)《诗》中。

〔**作者简介**〕前文《和高毅斋重阳后十日同元允修游西山喜遇阿云举作》诗后有介绍,不赘。

刻石经于辟雍①颂

(清)牛思凝

圣人御寓,寿考作人。

昭回垂象,惇叙明伦。

导以学海,汲绠文津。

烝②我髦士,观光用宾。

辟雍讲学,泮璧垂型。

既崇石鼓,爰刻石经。

笃宗古策,锋发新硎。

鲁鱼正谬,科斗传形。

粤稽在昔,汉京有闻。

熹平创绩,鸿都垂勋。

一字三字,今文古文。

议郎书丹,群儒赞勤。

亦越有唐,诏徙洛阳。

经文刊定,字样审详。

---

①辟雍本为周天子所设大学,校址圆形,围以水池,前门外有便桥。东汉以后,历代皆有辟雍,作为尊儒学、行典礼的场所,除北宋末年为太学之预备学校外,均为行乡饮、大射或祭祀之礼的地方。

②烝,本意是指火气上行,引申义是指古代冬天祭祀。

邯郸旧迹，辨异补亡。

九经斯定，学校重光。

缉熙圣学，嘉惠儒林。

经藏四库，石立千寻。

日星并灿，渊岳同钦。

多文为富，昭示来今。

〔出处〕同治版《静海县志》（卷八）

辨異補亡九經斯定學校重光

亦越有唐詔徙洛陽經文刊定字樣詔詳邯鄲舊蹤

今考古文議郎書丹聿篆儒贊勤

塿碣在昔漢京有闕熹平不創鐫鴻都垂勳一字三字

策鋒發新錫譽焄正謬科斗傳形

辟雍 講學泮壁垂型既崇石鼓爰刻石經箋崇古

汲綆文津丞我髦士觀光用賓

聖人御撰濤考作人昭回垂象惇叙明倫尊以學海

南榮施翠簷北戶展書林一卷真消受備然六月涼

清河迎　駕

陽春初應律　聖主豫遊回日暖沙隄淨風微紙仗

愷鷥旗翻樹影豹尾映河隈東顧瑤臺近西瞻碧峭

來禽雲叶管紫陌駟龍媒大化徵民俗訏謨臺

府裁八方歌樂只多士廱康裁虎拜于官肅南山獻

壽杯

刻石經於辟雍頌

邑人牛思任　進士

邑人牛思疑　進士

235

雜興

聖學嘉惠儒林縡藏四庫石立千尋日星垂

燦淵獄同欲多文爲富照示來今

釣臺懷古　　　　　　　　邑人牛元靖　舉人

商周大老一漁臺震世經綸此地開東海煙霞聊借

隱西岐風雨闇相催潮生斷碣侵丹宇雲度荒祠蔭

綠苦景物已隨人事改磯前惟有月明來

置館教習新進紀恩　　　邑人高澤泓　進士

曉望龍城秋氣清新開詞館儼蓬瀛共知　聖主培

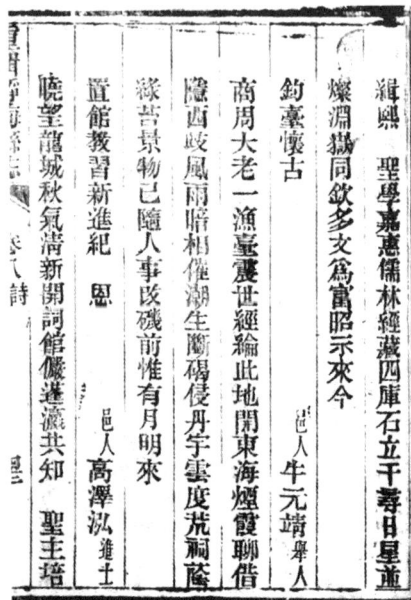

〔**发现过程**〕在"寻根大运河"活动中，笔者查找牛天凝资料时发现于同治版《静海县志》（卷八）《诗》中。

〔**作者简介**〕牛思凝（1702—1755），字方岩，牛天宿之子。清乾隆元年（1736）举人，乾隆十年（1745）进士。先后任山东肥城知县、诸城知县，贵州正安州、普安州知州，黎平府同知，太定府知府。著有《谦受堂诗草》。因病卒于故乡。

传说他在诸城任上曾得罪权臣刘墉，被明升暗降。有根据此传说创作的新编戏剧《三升官》。

《静海县志（同治版）》称其"文名重……时以大才未展惜之"。

仲夏望四更得月

(清)牛思凝

每逢月望望月出，

但见蛮烟不见月。

屈指朦胧十二旬，

自分此生与月别。

况值长夏气炎蒸，

仰见彤云如积雪。

夜深无语坐阑干，

不若梦中游广寒。

欹枕翩然来赤壁，

携酒与鱼上激湍。

扁舟一叶十三人，

仿佛东武坐团圞①。

正欲举筯滩声急，

醒闻鼠啮坡仙集。

卧呼家僮速驱之，

明月随人排闼入。

满室清辉喜欲狂，

倒履出户插不及。

梧枝怪有影横斜，

萤火惊无光耀熠。

---

① 团圞，即团聚；团圆。

是谁扫尽万层云？

揭得夜珠碧空立。

半载郁思今顿开，

细窥皓魄复徘徊。

人道婵娟千里共，

不知曾照故乡来。

故乡见月只寻常，

谁解更阑看月光？

晓得黔中今夜月，

也应见月九回肠。

〔出处〕《津门诗钞》（卷二十一）

明月隨人排闥入滿室清輝喜欲狂倒屣出戶扱不及
梧枝怪有影橫斜螢火驚無光耀熠是誰掃盡萬層雲
揭得夜珠碧空立半載鬱思今頓開細窺皓魄復徘徊
人道嬋娟千里共不知曾照故鄉來見月祇尋常
誰解更闌看月光曉得黔中今夜月也應見月九迴腸

楠木行
離宮方興作穹棟恣採伐天使揮汗走蜀山條已兀巨
木塞江行斧斤猶未歇菁搜不足西入夜郎寫我來
鶴州岑閒此正疑猗忽見大楠木乃在黄連臺匠者去
不顧再空徘徊鳥道一線通天際鏬崖鬼以兹轉輸
難抛荒埒棒材箴久根已圮仆于谿之隈璁碪人行
蕉萃相折攉老幹四十圍霜皮還不頼時嗟予天家待

遙憶宸欣對景揮毫酬月五雲章
牛思凝 十首
思凝字方嚴乾隆丙辰舉人乙丑進士山東
知縣任貴州正安州普安州知州黎平府同知
大定府知府著有謙受堂詩草

仲夏堂更得月
每逢月望月出但見彎娥不見月屈指朦朧十二旬
自分此生與月別兄姪長夏氣炎蒸仰見彤雲如積雪
夜深無語半簾開十不若夢中遊廣寒歘然來赤壁
攜酒與魚上絨滿扁舟一葉十三人仿佛東武坐園圃
正欲舉觴酣醉怱醒間鼠囓坡仙集臥呼家僮速驅之

238

〔**发现过程**〕在"寻根大运河"活动中,笔者发现于梅成栋编纂,卞僧慧、濮文起校点,天津古籍出版社 1993 年出版的《津门诗钞》(中),考之于清道光四年(1824)思成书屋版《津门诗钞》。

〔**作者简介**〕前文《刻石经于辟雍颂》诗后有介绍,不赘。

楠木行

(清)牛思凝

离宫方兴作,

穹栋恣采伐。

天使挥汗走,

蜀山倏已兀。

巨木塞江行,

斧斤犹未歇。

深箐搜不足,

西入夜郎窟。

我来鹤州岑,

闻此正疑猜。

忽见大楠木,

乃在黄连台。

匠者去不顾,

再至空徘徊。

鸟道一线通,

天际竞崔嵬。

以兹转输难,

抛荒圬樗材。

岁久根已圮，

仆于溪之隈。

琅玙碍人行，

樵竖相折摧。

老干四十围，

霜皮还不颓。

吁嗟乎！

天家待尔供御庐，

尔岂辞荣爱僻居。

相须胡为相遇疏，

谁颠倒之长唏嘘？

翘首问天天无言，

茫茫烟雾眇愁余。

〔出处〕《津门诗钞》（卷二十一）

〔发现过程〕在"寻根大运河"活动中,笔者发现于梅成栋编纂,卜僧慧、濮文起校点,天津古籍出版社 1993 年出版的《津门诗钞》(中),考之于清道光四年(1824)思成书屋版《津门诗钞》。

〔作者简介〕前文《刻石经于辟雍颂》诗后有介绍,不赘。

仲冬山行纪事

(清)牛思凝

一

凌晨驱马过西枫,

四面岚光积翠中。

蛮鸟不知冬过半,

尚依黄叶叫秋风。

二

峻岭寒烟三两家，

天风吹动草堂斜。

行人正苦重裘薄，

袒臂苗娘汲水花。

三

遥望平冈一抹红，

天余秋色向寒风。

谁将万颗珊瑚豆，

抛在深深碧绿中？

四

老树凌霜叶未凋，

俨如松柏励清标。

争知蛮女怀春约，

解向山间赠翠翘。

〔出处〕《津门诗钞》（卷二十一）

之長唫嘘翹首問天天無言茫茫煙霧眇愁余

仲冬山行紀事
凌晨驅馬過西楓四面嵐光積翠中嶺鳥不知冬過牛
倘依黃葉叫秋風
峻嶺寒烟三雨家天風吹動草堂斜行人正苦重裘薄
祖瑩苗孃汲水花
遙望平岡一抹紅天餘秋色向寒風誰將萬顆珊瑚豆
地在深深翠綠中
老樹凌霄葉未凋儼如松柏勵清標不知鶯女懷春約
解向山間贈翠翹
者那山行從普安赴鄉

〔**发现过程**〕在"寻根大运河"活动中,笔者发现于梅成栋编纂,卜僧慧、濮文起校点,天津古籍出版社1993年出版的《津门诗钞》(中)。

〔**作者简介**〕前文《刻石经于辟雍颂》诗后有介绍,不赘。

者那山行 从普安赴乡

(清)牛思凝

暮起炊烟一缕斜,

万重深树有人家。

崎岖拨草寻荒径,

踏遍山山黄玉花。

〔**出处**〕《津门诗钞》(卷二十一)

〔**发现过程**〕在"寻根大运河"活动中，笔者发现于梅成栋编纂，卞僧慧、濮文起校点，天津古籍出版社 1993 年出版的《津门诗钞》（中），考之于清道光四年（1824）思成书屋版《津门诗钞》。

〔**作者简介**〕前文《刻石经于辟雍颂》诗后有介绍，不赘。

古栎歌

(清)牛思凝

序：擢白山中有栎树，一干甚古，出枝倒垂入地，又生根株，望之若瓜瓣然，奇而歌之。

水西接大荒，

曩为安氏窟。

一自苗疆开，

率酋依化日。

童妇入编户，

草木皆含苗。

独有箐之栎，

恣态近狂猘①。

霜皮五十围，

高与丈咫匹。

秃颓不起干，

而非经斧锧。

凌顶抽嫩条，

垂垂皆下出。

排列若鬼造，

均不毫厘失。

入地复生根，

根株结为一。

异哉瓜萎形，

撼之声瑟瑟。

古有向南枝，

誓不北屈膝。

尔意何所嫉？

羞与天日昵。

首尾自团聚，

成此混沌质。

---

① 狂猘,精神失常。

〔出处〕《津门诗钞》(卷二十一)

蟠條垂下出排列若鬼造均不毫聲失人地復
生根根株結為一異哉瓜蔓形撼之聲瑟瑟古有向南
枝皆不北屈膝爾意何所嫉羞與天日暝首尾自團聚
成此混沌質

送李云卜同門
十年蘭譜秘魚箋東武初攀翰墨仙國手醫余張仲景
醇醪醉汝李青蓮夾香書舍酉詩草半月山房刻綺筵
回首祇令成往事當時同在大羅天
杜依中

暮起炊烟一縷斜萬重深樹有人家崎嶇襍草尋荒徑
踏遍山山黃玉花

昭通道中
三年踏遍夜郎溪又向滇南聽曉雞秋水生漂紅葉冷
寒山自繞白雲低人逢曠野初開眼馬到平沙欲放蹄
萬里飄蓬燕市客故鄉風景動樓迷

古櫟歌 序 擢白山中有櫟樹一株甚古出枝倒垂
入地又生根株望之若瓜瓣然奇而歌之
水西接大荒暑為安氏窟一自苗疆開率酋依化日
童婦入編戶草木皆含出獨有菁之檪恣態近往猵霜
皮五十圍高與丈氙匹禿頹不起幹而非經斧鑕麦頂

〔发现过程〕在"寻根大运河"活动中，笔者发现于梅成栋编纂，卞僧慧、濮文起校点，天津古籍出版社1993年出版的《津门诗钞》(中)，考之于清道光四年(1824)思成书屋版《津门诗钞》。

〔作者简介〕前文《刻石经于辟雍颂》诗后有介绍，不赘。

送李云卜同门

(清)牛思凝

十年兰谱秘鱼笺，

东武初攀翰墨仙。

国手医余张仲景，

醇醪醉汝李青莲。

夹香书舍留诗草，

半月山房列绮筵。

回首只今成往事，

当时同在大罗天。

〔**出处**〕《津门诗钞》（卷二十一）

〔**发现过程**〕在"寻根大运河"活动中，笔者发现于梅成栋编纂，卞僧慧、濮文起校点，天津古籍出版社1993年出版的《津门诗钞》（中），考之于清道光四年（1824）思成书屋版《津门诗钞》。

〔**作者简介**〕前文《刻石经于辟雍颂》诗后有介绍，不赘。

酬赠慈珍上人

(清)眼　觉

彼来非妄动，

为道访名师。

性地果无垢，

心花并有时。

断常见俱泯，

动静总相宜。

惜我荒文业，

难酬君赋诗。

〔出处〕《津门诗钞》(卷三十)

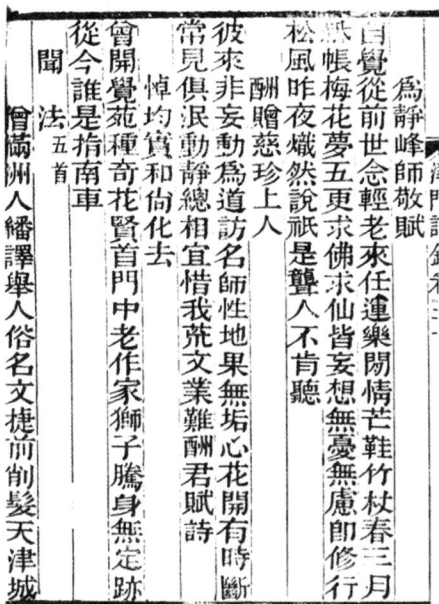

〔发现过程〕此诗由沧州市地方志办公室孙建先生发现，并提供给"寻根

大运河"活动采访团。笔者考之于梅成栋编纂的《津门诗钞》(卷三十)。《津门诗钞》中包括眼觉的《酬赠慈珍上人》《悼均实和尚化去》和《为静峰师敬赋》等。《为静峰师敬赋》经考证并非眼觉诗作,故不录。

> 眼觉 三首
>
> 题某寺壁
> 一身卧起住烟霞，天地无情那是家，流水闲云云外路，
> 乱山何处不梅花。
>
> 眼觉
> 卷三十
> 觉字大空俗姓杨青县人住锡杨柳青之白衣
> 按大空髫年落发性明慧日读百行遍阅梵典学以文翰为僧家馀事不肯
> 无炫饰梵日参禅理之贫人钦重之

〔作者简介〕眼觉,生卒年不详,字大空,俗姓杨,青县人。住锡杨柳青白衣庵,与梅成栋交好。

《津门诗钞》按语说:大空髫年落发。性明慧,日读百行,通儒书,遍阅梵典,学为吟咏。自以文翰为僧家余事,不肯炫饰。日参禅理,贫无妄求,人钦重之。

悼均实和尚化去

(清)眼　觉

曾开觉苑种奇花,

贤首门中老作家。

　　狮子腾身无定迹，

　　从今谁是指南车。

〔**出处**〕《津门诗钞》（卷三十）

〔**发现过程**〕此诗由沧州市地方志办公室孙建先生发现，并提供给"寻根大运河"活动采访团。笔者考之于梅成栋编纂的《津门诗钞》（卷三十）。

〔**作者简介**〕前文《酬赠慈珍上人》诗后有介绍，不赘。

避兵木厂庄①

（清）杨光仪

行年未四十，

---
① 木厂庄，即今天津市西青区辛口镇木厂村。

两作乱离人。

留去无全策，

艰难集此身。

暂逃今日劫，

更受异乡贫。

落拓干戈际，

空余满面尘。

〔出处〕《碧琅玕馆诗钞》(卷一)

碧琅玕館詩鈔　卷一

河樓題壁

逃今日劫更受異鄉貧落拓干戈際空餘滿塵

西來萬里海波揚飛檄驚傳驛使忙絡繹艟艦頻入寇

倉皇將帥又登場營屯萬馬師甯老煙障三山賊益狂

卻喜有人能緩敵軍前幾度饋牛羊

海濤騰更填河倉猝謀成混鶴鵝頑石無功沈碧浪

火輪逐隊礟寒波分團多士空投筆移帳三軍已止戈

終是　京師門戶地孤城樓堞尚巍巍

得于筼菴安州來書賦此卻寄

滿紙牢愁訴不休幾時更作故鄉游長年客館青鐙冷

千里親闈白髮秋詩酒須除名士習文章好與古人謀

不才

賣漿屠狗英雄事慎勿頹唐學楚囚

誰爲蒼生策太平嘯歌局外一身輕閒居聊可追潘令

痛哭何堪效賈生津樹蒼涼兵甲氣海門迢遞鼓鼙聲

不才似我休饒舌獨抱愚忱祝　聖明

避兵木厰莊

〔发现过程〕在"寻根大运河"活动中，笔者以《晚晴簃诗汇》所载杨光仪诗为线索，发现于《碧琅玕馆诗钞》。

〔作者简介〕杨光仪(1822—1900)，字香吟、杏农、庸叟。据《上辛口乡志》记载："杨光仪祖籍浙江金华府义乌县减村，其先祖杨发时于清康熙年间率子北迁，留籍直隶天津府静海县木厂庄(今西青区上辛口镇木厂村)。太祖杨

世安于清乾隆初年办理长芦盐务,颇得皇帝垂青。从此之后,杨氏后裔散居于木厂、天津、北京等地。杨氏家谱现存于木厂村杨门后裔,诗人病殁葬于木厂村杨氏祖茔。"

杨光仪为清咸丰二年(1852)举人。光绪九年(1883),授河间府东光县教谕(未赴任),后会试不第,遂绝意仕途。曾为拣选知县,敕授文林郎,以子署衔候选训导加二级,诰封奉政大夫。著有《碧琅玕馆诗钞》《碧琅玕馆诗续钞》《碧琅玕馆文钞》《髦学斋啐语》《消寒集》《晚晴轩诗钞》《留有余斋诗钞》等。《碧琅玕馆诗钞》为其代表作品。

杨光仪在津门诗坛享有盛名。他曾应天津著名诗人梅成栋之邀,就任梅成栋创建的天津辅仁书院(位于天津西北角文昌宫)山长。晚年组织"九老会""消寒社"等诗社,成为津门诗坛领袖。其门下才俊辈出,吴昌硕、华世奎皆随其学诗,时人称为"南吴北华"。

《晚晴簃诗汇》编者徐世昌①称"香吟先生诗,绰有风调,是袭崔念堂、梅树君之余韵者"。

咏田家

(清)杨光仪

炊烟结暝痕,

---

① 徐世昌(1855—1939),字卜五,号菊人,又号弢斋、东海、涛斋,晚号水竹村人、石门山人、东海居士。祖籍浙江省宁波府鄞县,其祖清初落籍天津,出生于河南省卫辉府。光绪十二年(1886)中进士,授翰林院庶吉士,光绪十五年(1889)授编修。小站练兵时为袁世凯幕僚,并为盟友。光绪三十一年(1905)任军机大臣。徐世昌颇得袁世凯的器重,但在袁称帝时以沉默远离之。1916年3月袁世凯被迫取消帝制,起用他为国务卿。1918年10月,徐世昌被国会选为民国大总统。1922年6月,因直系军阀所逼通通电辞职,隐居天津租界以书画自娱。一生编书、刻书30余种,如《清儒学案》《退耕堂集》《水竹村人集》等。

《晚晴簃诗汇》,又名《清诗汇》,是一部由徐世昌主编,其门客、幕僚协助编成,1929年出版的清诗总集。

风笛响前村。

捕雀儿缘木，

骑驴客到门。

酒香桑子落，

钓浅水波浑。

吾爱襄阳叟，

开轩笑语温。

〔出处〕《碧琅玕馆诗钞》(卷一)

碧琅玕館詩鈔　卷一

炊煙結暝痕風笛響前村捕雀兒緣木騎驢客到門酒
香桑子落釣淺水波渾吾愛襄陽叟開軒笑語溫

已未春日北上
沙平草短不成春游子情懷古渡濱廢堡有時藏餓殍
荒祠無客謁窮神塵埋大野愁中路馬走長安夢襄身
卻喜晚來風色好斜陽影送荷鋤人

數家桑柘自成村一抹炊煙淡有痕不習閭旅人事少
但安眠食古風存雁棲野岸忘賓主狐據荒窯育子孫
此際海鷗真可狎幾人促膝話籬根

苦寒吟
地鑪不暖狐裘薄裘環對妻孥坐深閣筆僵試寫苦寒詩
硯瓦當窗冰凍坼風吹短晷懸冷光丹烏瑟縮海底藏
布衾如鐵耐清夜有客橋頭凌曉霜

金鼎調羹圖
猩屏翠箔圓春鳳銅花篆鼎填青紅幽閨滋味向誰說
恰在妝成不語中荳蔻香霏玉匙小轉念加餐愁遠道

詠田家
新占吉利鼎耳黃要他夫壻封侯早

〔发现过程〕在"寻根大运河"活动中，笔者以《晚晴簃诗汇》所载杨光仪诗为线索，发现于《碧琅玕馆诗钞》。

〔作者简介〕前文《避兵木厂庄》诗后有介绍，不赘。

和梅小树①宝璐海棠诗时小树客南乐

(清)杨光仪

一

寄到新诗第几章，

彩毫今又写红妆。

兰闺旧约春将老，

忍向天涯种海棠。

二

无赖春光动客思，

殷勤独伴好花枝。

夜深旅馆烧银烛，

茶熟香浓未睡时。

〔**出处**〕《碧琅玕馆诗钞》(卷一)

---

① 梅小树(1816—1891)，名宝璐，号罗浮梦隐。津门诗人梅成栋次子。与杨光仪交好。著有《闻妙香馆诗存》。

通州

兵車絡繹幾時休　古道風沙動客愁　廢壘無人煙草綠

模糊字迹認通州

和梅小樹賓瑚海棠詩　時小樹客南樂

寄到新詩第幾章　彩毫今又寫紅妝　蘭閨舊約春將老

忍向天涯種海棠

無賴春光動客思　殷勤獨伴好花枝　夜深旅館燒銀燭

茶熟香濃未睡時

送于筠菴之北平學署

〔**发现过程**〕在"寻根大运河"活动中，笔者以《晚晴簃诗汇》所载杨光仪诗为线索，发现此诗于《碧琅玕馆诗钞》。

〔**作者简介**〕前文《避兵木厂庄》诗后有介绍，不赘。

闲中偶题

(清)杨光仪

小园雨过嫩寒生，

买得春旗手自烹。

活火清泉谁品第，

半窗花影读茶经。

〔**出处**〕《碧琅玕馆诗钞》(卷一)

方今海上未休兵遥指龍倍愴情此去他鄉完骨肉

重來舊侶話春明 明年鄉試知交似我慚將伯坎坷如君更

遠行賸有青氈成故物衙齋添得讀書聲

閒中偶題

小園雨過嫩寒生買得春旗手自烹活火清泉誰品第

半窗花影讀茶經

話舊

小聚朋儕笑拍肩銅餅茶熟乳花圓座中歌笑無餘子

鏡裏鬚眉乾少年醉把酒籌悲阮籍 謂黃朗評琴譜哭 小林

碧琅玕館詩鈔 卷一 十一

〔**发现过程**〕在"寻根大运河"活动中,笔者以《晚晴簃诗汇》所载杨光仪诗为线索,发现此诗于《碧琅玕馆诗钞》。

〔**作者简介**〕前文《避兵木厂庄》诗后有介绍,不赘。

木厂庄扫墓

(清)杨光仪

驱车木厂庄,

下车日向午。

整衣入墓门,

欲拜泪如雨。

老大无一成,

赧颜对宗祖。

吾父昔见背，

吾乃隔乡土。

哀哀人子心，

到此空悲楚。

祭罢对群季，

哽咽不能语。

泉台咫尺间，

子职缺难补。

仰视苍天高，

斜阳迷别浦。

〔**出处**〕《碧琅玕馆诗钞》（卷二）

碧琅玕館詩鈔　卷二

題渝州烈女吟詩卷

尺間子職缺難補仰視蒼天高斜陽迷別浦

人子心到此空悲楚祭罷對羣季哽咽不能語泉臺咫

大無一成報顏對宗祖吾父昔見背吾乃隔鄉土哀哀

驅車木厰莊下車日向午整衣入墓門欲拜淚如雨老

木厰莊掃墓

一而途殊將來且勿問風日娛今吾

問訊如此闊阿誰集於菀復誰集於枯相看俱老大情

交闻此徒嘻吁昨日寄書去殷勤付雁魚翹首天一涯

五

〔**发现过程**〕在"寻根大运河"活动中，笔者以《晚晴簃诗汇》所载杨光仪

诗为线索,发现于《碧琅玕馆诗钞》。

〔**作者简介**〕前文《避兵木厂庄》诗后有介绍,不赘。

义丐并叙

(清)杨光仪

洋人时以钱物给丐者,义丐独不往。人问其故,则张目视之,卒不答。

> 人尽逐腥膻,
>
> 君何慕高洁?
>
> 风雨一杯羹,
>
> 千载西山蕨。
>
> 饿穷吾分耳,
>
> 肯为一餐误?
>
> 落落古人豪,
>
> 蒙袂而辑屦。

〔**出处**〕《碧琅玕馆诗钞》(卷二)

　　〔**发现过程**〕在"寻根大运河"活动中,笔者以《晚晴簃诗汇》所载杨光仪诗为线索,发现于《碧琅玕馆诗钞》。

　　〔**作者简介**〕前文《避兵木厂庄》诗后有介绍,不赘。

梁间燕

(清)杨光仪

梁间燕,

梁间燕,

春来将数子,

哺之不知倦。

风风雨雨几经时,

傍人门户空缱绻。

独不闻,

凤凰飞上梧桐枝。

鸿之羽兮用为仪,

尔胡为者成伏雌。

燕乃睨之刷其羽,

似嘲似讽呢喃语。

移时相对两无言,

帘幙沈沈月半吐。

月半吐,

酒一樽,

满地残红昼闭门。

闭门不觉时物变,

去来惟有梁间燕。

〔出处〕《碧琅玕馆诗钞》(卷二)

碧琅玕館詩鈔 卷二

有梁間燕

吐酒一樽滿地殘紅晝閉門閉門不覺時物變去來惟

病雙親在無愁穉子嬌謀生餘弱弟何日返衡茅

昔日留題處幽魂不可招虛名空爾誤熱任余抛多

乙丑春道出蒳村見鶴林亡弟遺筆感而賦此

捉車行

今捉車昔索租官差絡繹行人疏方春雨足待耕作

牛避匿田將蕪吏胥一何狡夜伏田間道鈴鐸聲何來

遽起肆牙爪叩頭哀訴不放還猶自按名責馬革責馬

梁間燕

梁間燕春來將數子哺之不知倦獨不聞鳳凰飛上梧桐枝鴻之

羽兮用為儀爾胡為者成伏雌燕乃睨之刷其羽似

諷呢喃語移時相對兩無言簾幙沈沈月半吐月半

人盡逐腥羶君何慕高潔風雨一杯羹千載西山蕨

餓窮吾分耳豈為一餐誒落落古人豪蒙袂而輯屨

則張目視之卒不答

洋人時以錢物給匄者義匄獨不往人間其故

〔发现过程〕在"寻根大运河"活动中,笔者以《晚晴簃诗汇》所载杨光仪

诗为线索,发现于《碧琅玕馆诗钞》。

〔**作者简介**〕前文《避兵木厂庄》诗后有介绍,不赘。

秋郊过野人花圃

(清)杨光仪

雁声落何处?

秋色接重城。

远树穿云断,

寒沙出水平。

叩门惊犬吠,

跂石愧花清。

更上堤边望,

荒烟壁垒横。

〔**出处**〕《碧琅玕馆诗钞》(卷二)

〔**发现过程**〕在"寻根大运河"活动中,笔者以《晚晴簃诗汇》所载杨光仪诗为线索,发现于《碧琅玕馆诗钞》。

〔**作者简介**〕前文《避兵木厂庄》诗后有介绍,不赘。

和沈云巢先生兆沄 ①重宴鹿鸣诗原韵

(清)杨光仪

一

坐揽蓬壶色不秋,

霓裳一曲话从头。

笙歌天上宾筵启,

甲子人间律琯周。

仕路经来平似砥,

国恩报后退如流。

杜门敢说无官好,

应笑居乡马少游。

二

穷经早年迈桓荣,

---

① 沈兆沄(1784—1877),字云巢,号拙安,谥文和,天津人。前文《卜葬先人于雷庄恭纪》诗作者沈峻之子。清嘉庆十五年(1810)中举;嘉庆二十二年(1817)进士,改翰林院庶吉士,次年授翰林院编修。后改任国史馆协修。道光十一年(1831),任日讲起居注官、江苏松江府知府。道光十三年(1833),任江苏苏州府知府。后任江苏江宁府知府等职。

咸丰三年(1853),太平军进攻开封,沈兆沄以署理藩司当巡抚之任,在非常困难的情况下固守开封。间或缒城击敌,挫其锋芒,使开封解围,使当时清廷应对太平军的情势为之一振。

致仕后数十年足迹不入公门,曾经主讲辅仁书院。著有《织帘书屋诗钞》。其祖父沈世华葬于雷庄子村(今属西青区中北镇)。同治十一年(1872),沈兆沄卒至故里,时年九十四岁,谥文和,入祀天津乡贤祠、河南名宦祠。

《晚晴簃诗汇》称其"诗特和平安雅,无噍杀之音"。

多士从游旧结盟。

起草词垣传蜡炬，

煎茶试院赋瓶笙。

分符化雨随车降，

转粟春潮拍岸生。

士女腾欢天作鉴，

熙熙万物畅由庚①。

三

化冶封圻播管弦，

圣朝恩宠更蝉联。

贫非矫俗真廉吏，

事可为经古大贤。

烽火惊传宵筑垒，

桑麻无恙士归田。

功成晚岁怀吾土，

遥指银潢析木躔。

四

衣披一品列仙班，

万里鹏飞息羽翰。

静乃寿征须养到，

人皆吾与得齐观。

即今史笔谁班马？

早见勋名媲范韩。

---

① 由庚，逸篇名。《诗·小雅·由庚序》："《由庚》，万物得由其道也。"后因以"由庚"为顺德应时之意。

屈指琼林添盛事，

醉看桃李艳春官。

〔出处〕《碧琅玕馆诗钞》(卷二)

碧琅玕館詩鈔　卷二

亦復曾經百鍊來

自笑

屈指瓊林添盛事醉看桃李豔春官

人皆吾與得齊觀卽今史筆誰班馬早見勳名媲范韓

衣袚一品列仙班萬里鵬飛息羽翰靜乃壽微須養到

田功成晚歲懷吾土遙指銀潢析木躔

吏事可爲經古大賢烽火驚傳宵篆墨桑麻無恙土歸

化冶十坼坼播管絃　聖朝恩寵更蟬聯貧非矯俗眞廉

洴屬爭看不世才干將飛去脫塵埃鉛刀自笑渾無用

士女騰歡　天作鑒熙熙萬物暢由庚

煎茶試院賦餅笙分符化雨隨車降粟春潮拍岸生

窮經早歲遊桓榮多士從遊舊結盟起草詞垣傳蠟炬

如流杜門敢說無官好應笑居鄉馬少游

敢甲子人間律琯周仕路經來平似砥　國恩報後退

坐擬遷壺色不秋寬裳一曲話從頭笙歌　天上賓筵

和沈雲巢先生　兆澐重宴鹿鳴詩原韻

洗盡鉛華仍故我空明悟到此身前

名高端不借人傳綺窗香孕三冬雪庾嶺春來萬里天

〔发现过程〕在"寻根大运河"活动中，笔者以《晚晴簃诗汇》所载杨光仪诗为线索，发现于《碧琅玕馆诗钞》。

〔作者简介〕前文《避兵木厂庄》诗后有介绍，不赘。

秋郊即目

(清)杨光仪

素秋淡无痕，

一水鳞鳞碧。

艇子去不归，

枯萍冷白石。

冥鸿叫天末，

不见泥中迹。

西风迎面来，

旋去入芦荻。

〔**出处**〕《碧琅玕馆诗钞》(卷三)

鴻叫天末不見泥中迹西風迎面來旋去入蘆荻

雨夕對菊口占

悵悵小雨灑疏櫺鐙影斜遮碧玉缾自寫新詩消永夜

含毫念與菊花聽

浮生

拋卻彈棋局平陂總莫論情多常近幻才拙轉宜貧苦

篆空階字花開陋室春浮生休攬鏡眼底歲華新

輓酒人王春山

霜風吹冷糟邱臺唼壺擊碎歌聲哀酒星墮地月魄死

碧琅玕館詩鈔　卷三

霧猿猱喘息愁攀援馬躑躅地火光迸鐵甲欲爍皮肉

䵷土蒸草溼宿車下何時一奏薰風弦妄意中原足清

爽甯知天道無輕軒西連雪山北冰海燭龍照耀摧其

堅恐是天地燒殘劫尺封寸垤如柴燔風輪怒轉銀河

翻雷車下礧雲波寒傾盆白雨止一霎太古清氣來無

邊嗟爾旱魃滅沒隨風煙悔不僵卧壚墓間東海太瘦

生睡起腹便便披襟長嘯仙乎仙封姨笑拈花枝偏

秋郊卽目

素秋淡無痕一水鱗鱗碧艇子去不歸枯萍冷白石冥

〔**发现过程**〕在"寻根大运河"活动中，笔者以《晚晴簃诗汇》所载杨光仪诗为线索，发现于《碧琅玕馆诗钞》。

〔**作者简介**〕前文《避兵木厂庄》诗后有介绍，不赘。

沽上棹歌

(清)杨光仪

莲花泊①里驾轻舟,

莲花卸瓣天欲秋。

挂帆估客胜芳去,

笑指汀芦初白头。

胜芳多以织芦席为业,津人时往贩之。

〔出处〕《碧琅玕馆诗钞》(卷四)

〔发现过程〕在"寻根大运河"活动中,笔者以《晚晴簃诗汇》所载杨光仪诗为线索,发现于《碧琅玕馆诗钞》。诗本有二首,前一首西青原有文献有记

---

① 莲花泊,即莲花淀,跨西青、静海两区地域,处在独流减河西段两侧,是子牙河与南运河之间的堤外洼地。旧称北淀,因淀内广植莲藕,故又名莲花淀,面积近39平方公里。

载,收于本书"杨柳存萃"部分。本诗为新发现,收于"古韵新彰"部分。

〔**作者简介**〕前文《避兵木厂庄》诗后有介绍,不赘。

小园即事

(清)杨光仪

云容欲变秋,

余热未全收。

一叶催诗早,

疏花为客留。

投壶原近戏,

看画记曾游。

时觉葛衣薄,

窗边暮霭浮。

〔**出处**〕《碧琅玕馆诗钞》(卷四)

階前化出枝幹長 還愁剝伐吳剛在 主人爲我酌大斗

好景今宵未曾有 百年幾度得高歌 四座相看成白首

可能醉向瓊樓高處 乞取蝦蟇丸大家 一駐衰顏否

落葉

落葉不到地隨風過短垣詩痕無覓處片月掛黃昏

小園即事

雲容欲變秋餘熱未全收一葉催詩早疏花爲客留投

壺原近戲看畫記曾遊時覺葛衣薄窗邊暮靄浮
過劉蓮圃茂才西郊別業賦此留贈

〔**发现过程**〕在"寻根大运河"活动中,笔者以《晚晴簃诗汇》所载杨光仪诗为线索,发现于《碧琅玕馆诗钞》。

〔**作者简介**〕前文《避兵木厂庄》诗后有介绍,不赘。

小 隐

(清)杨光仪

清溪回抱乱峰斜,

白板双扉处士家。

别馆轻阴迷柳絮,

小楼明月梦梨花。

村龙①不吠看云客,

①龙,《说文》:犬多毛者。

林鸟还惊问字车。

偶为探奇忘近远，

石梁尽处饭胡麻。

〔出处〕《碧琅玕馆诗钞》（卷四）

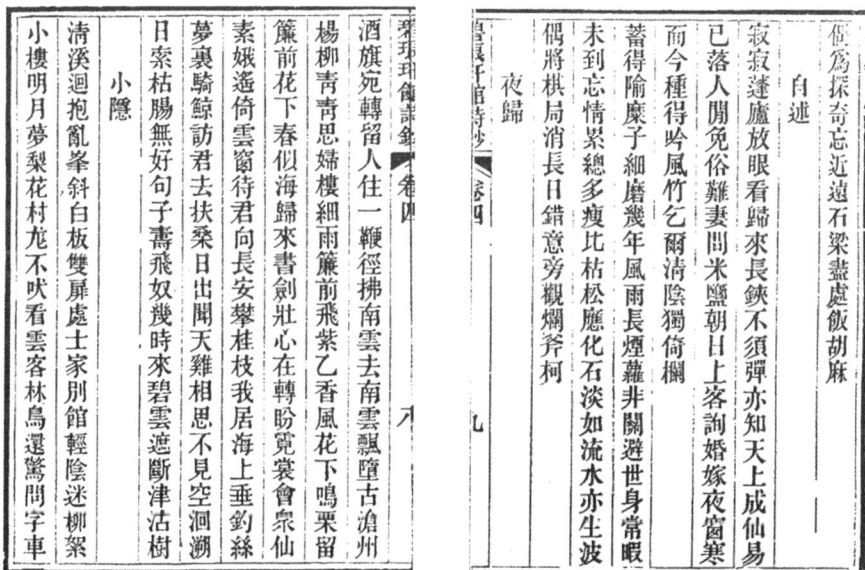

碧琅玕館詩鈔　卷四

偶為探奇忘近遠石梁盡虛飯胡麻

夜歸

自述

寂寂蓬廬放眼看長鋏來須彈亦知天上成仙易
已落人間免俗難妻問米鹽朝日上客詢婚嫁夜窗寒
而今種得吟風竹乞爾清陰獨倚欄
蓄得隃廉子細磨幾年風雨長煙蘿非關避世身常暇
未到忘情累總多瘦比枯松應化石淡如流水亦生波
偶將棋局消長日錯意旁觀爛斧柯

酒旗宛轉留人住一鞭徑拂南雲去南雲飄墮古滄州
楊柳青青思嫿樓細雨簾前飛紫乙香風花下鳴栗留
簾前花下春似海歸來書劍壯心在轉盼霓裳會眾仙
素娥遙倚雲窗待君向長安攀桂枝我居海上垂釣絲
夢裏騎鯨訪君去扶桑日出聞天難相思不見空洄溯
日索枯腸無好句子壽飛奴幾時來碧雲遮斷津沽樹

小隱

清溪迴抱亂峯斜白板雙扉處士家別館輕陰迷柳絮
小樓明月夢梨花村尨不吠看雲客林鳥還驚問字車

〔发现过程〕在"寻根大运河"活动中，笔者发现于中华书局1990年出版的《晚晴簃诗汇》，考之于《碧琅玕馆诗钞》（卷四）。

〔作者简介〕前文《避兵木厂庄》诗后有介绍，不赘。

题　画

(清)杨光仪

一篱秋色印寒沙，

风味柴桑处士家。

不耐骑驴城里去，

屋南山下踏槐花。

〔出处〕《碧琅玕馆诗钞》(卷四)

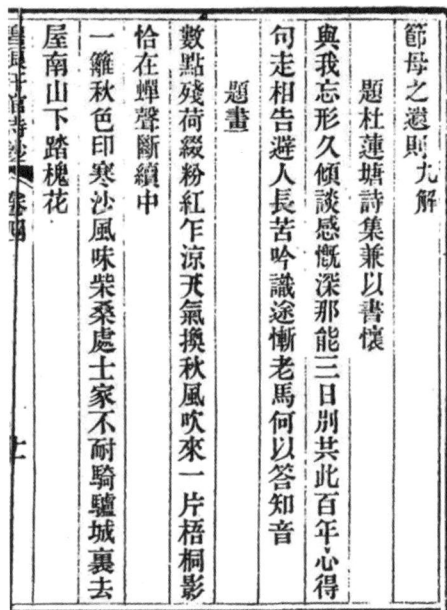

节母之遇则九解

题杜莲塘诗集兼以书怀

与我忘形久倾谈感慨深那能三日刖其此百年心得

句走相告避人长苦吟识途惭老马何以答知音

题画

数点残荷缀粉红乍凉天气换秋风吹来一片梧桐影

恰在蝉声断续中

一篱秋色印寒沙风味桑虞士家不耐骑驴城里去

屋南山下踏槐花

〔发现过程〕在"寻根大运河"活动中,笔者发现于中华书局1990年出版的《晚晴簃诗汇》,考之于《碧琅玕馆诗钞》(卷四)。此诗在《碧琅玕馆诗钞》原书中同题下有两首,《晚晴簃诗汇》只摘录了后一首。本书也只收录这一首。

〔作者简介〕前文《避兵木厂庄》诗后有介绍,不赘。

读史杂感

(清)杨光仪

一

生才大造果何因,

变相登场总绝伦。

谁道分香非韵事，

须知钻李亦传人。

山河不幸虚名世，

钟鼎无灵汗劫尘。

担粪著棋都弗解，

还从物外寄闲身。

二

勒石浯溪际中兴，

深宵不复感鸡鸣。

分符典郡皆能吏，

束带谈兵负盛名。

绝学宁无秦博士，

空交谁致鲁诸生。

有人更作生还望，

老去班超尚远征。

〔出处〕《碧琅玕馆诗续钞》(卷二)

碧琅玕館詩續鈔　卷二　二

雨思親淚滄桑閱世心往還幾同調沽上又題襟

讀史雜感

生才大造果何因變相登場總絕倫誰道分香非韻事
須知鑽李亦傳人山河不幸虛名世鐘鼎無靈汙劫塵
擔糞著碁都弗解還從物外寄開身
勒石浯溪際中興宵不復感雞鳴分符典郡皆能吏
束帶談兵負盛名絕學窮無秦博士空文誰致魯諸生
有人更作生還望老去班超尙遠征
何來祓廟徧中華重譯疑乘貫月槎信有下天開世界

〔发现过程〕在"寻根大运河"活动中,笔者发现此诗于中华书局1990年出版的《晚晴簃诗汇》,考之于《碧琅玕馆诗续钞》(卷二)。原诗有四首,本书选录其中两首。

〔作者简介〕前文《避兵木厂庄》诗后有介绍,不赘。

黄金台歌

(清)杨光仪

士为知己用,

岂为黄金来。

隗也自荐吾不取,

嗣王况复多疑猜。

　　黄金台，高崔巍，

毕竟豁达非庸才。

隗也一言动人主，

七十二城烟尘开。

吁嗟昭王安在哉，

驽马骄鸣骏马哀。

渥洼之产不复至，

天闲仗马皆良材。

细刍凿粟供饱食，

金羁玉勒生光辉。

伏枥老骥瘦且死，

骨朽不识黄金台。

　　黄金台，高崔巍，

夕阳凭吊谜蒿莱。

〔**出处**〕《碧琅玕馆诗续钞》（卷二）

碧琅玕館詩續鈔　卷二

未就斜陽漏清光

黃金臺歌

士為知己用豈為黃金來隗也自薦吾不取嗣王況復多疑猜黃金臺高崔巍畢竟豁達非庸才隗也一言動人主七十二城煙塵開吁嗟昭王安在哉駑馬驕駿馬衰跧洼之產不復至天閑仗馬皆凡材細芻鑿粟供飽食金羈玉勒生光輝伏櫪老驥瘦且死骨朽不識黃金臺黃金臺高崔巍夕陽憑弔迷蒿萊

柳隄

三

〔**发现过程**〕在"寻根大运河"活动中，笔者发现于徐世昌辑，中华书局1990年出版的《晚晴簃诗汇》，考之于《碧琅玕馆诗续钞》（卷二）。

〔**作者简介**〕前文《避兵木厂庄》诗后有介绍，不赘。

柳　堤

(清)杨光仪

海上逍遥罢远征，

长堤万柳绿云平。

地开图画容调马，

将有诗才好听莺。

烟雨寒生河伯庙，

风花春满亚夫营。

美人名酒军中乐，

忆否攀条赠别情？

〔出处〕《碧琅玕馆诗续钞》(卷二)

〔发现过程〕在"寻根大运河"活动中，笔者以《晚晴簃诗汇》所载杨光仪诗为线索，发现于《碧琅玕馆诗续钞》。

〔作者简介〕前文《避兵木厂庄》诗后有介绍，不赘。

舟行即目

(清)杨光仪

秋光泼眼十分清，

买得瓜皮自在行。

水底有天云不定，

篱根无地树还生。

美人楼圮荒园在，

　　水之东有佟氏艳雪楼①遗址。

大将营开驿路平。

　　时楚军驻扎天津。

搔首漫增今昔感，

归途风送一帆轻。

〔出处〕《碧琅玕馆诗续钞》（卷二）

---

　　① 艳雪楼，为诗人佟铉之产业。其妾赵艳雪，能诗，筑楼居之，故名。佟氏本为皇亲，但受佟氏隆科多家族牵连，佟铉遂无意仕途，醉心诗文，与孔尚任等交好。移居天津，建私家庄园浣花村，俗称佟家楼、佟楼。在运河北岸，与水西庄一水之隔。园中艳雪楼为津门文人雅士聚会之地。

276

〔**发现过程**〕在"寻根大运河"活动中,笔者以《晚晴簃诗汇》所载杨光仪诗为线索,发现于《碧琅玕馆诗续钞》。

〔**作者简介**〕前文《避兵木厂庄》诗后有介绍,不赘。

小园晚步

(清)杨光仪

近市耐嚣尘,

向晚人声绝。

暝色空际来,

瓦沟明积雪。

〔**出处**〕《碧琅玕馆诗续钞》(卷二)

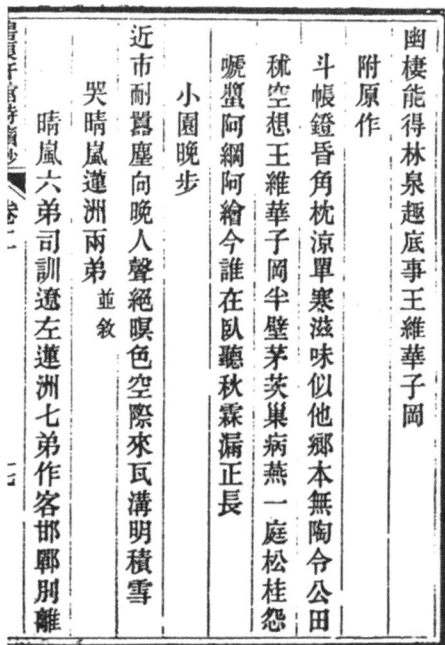

〔**发现过程**〕在"寻根大运河"活动中,笔者以《晚晴簃诗汇》所载杨光仪诗为线索,发现于《碧琅玕馆诗续钞》。

〔**作者简介**〕前文《避兵木厂庄》诗后有介绍,不赘。

秋郊寓目

(清)杨光仪

黄叶绚秋光,

西风驿路长。

暝烟沈远寺,

人影落寒塘。

故垒周遭在,

连村报赛忙。

林深无客到,

鸟语送斜阳。

〔**出处**〕《碧琅玕馆诗续钞》(卷三)

琴画五館詩初鈔　卷三

一禮所垂鄉里不出民熙熙縱有水旱無菜色生有所
養死有歸一壇頂禮諸菩提惟願時賜時雨無愆期
夜坐感舊
賭酒聯吟地年來太寂寥鐙昏人影淡巷僻漏聲遙故
舊嗟誰在蒼茫賦大招詩成還抱膝風雨正瀟瀟
秋郊寓目
黃葉絢秋光西風驛路長暝煙沈遠寺人影落寒塘故
壘周遭在連村報賽忙林深無客到鳥語送斜陽
琴上曲

〔**发现过程**〕在"寻根大运河"活动中，笔者以《晚晴簃诗汇》所载杨光仪诗为线索，发现于《碧琅玕馆诗续钞》。

〔**作者简介**〕前文《避兵木厂庄》诗后有介绍，不赘。

庚子支应

(清)柳溪子

前拳民滋扰，继而败兵退驻，联军经过，供应之繁多，何堪指数。于拮据异常之际，犹必议捐议赈，抚恤穷民，亦以安靖地面固结人心。惟此为当务之急，岂第泽及哀鸿云尔哉。恭维道宪首善倡办，现任候补诸君子协力赞成，并我同乡慷慨捐资助，加惠流亡，安抚乡里，洵近时至要善举也。为拟俚语以纪之。

我生嗟不辰，

世运逢板荡。

民教久抵牾，

演拳恣诬妄。

异端例禁严，

侧听发忠谠。

纵具耿耿心，

难祛非非想。

联军竞相侵，

畿辅遍扰攘。

天子且蒙尘，

斯民谁长养。

四围炽烽烟，

此境独清朗。

供应颇浩繁，

何从领国帑？

令尹昔毁家，

共切高山仰。

相勖法古人，

慨更常以慷。

源源接济难，

终窭愁负襁。

道宪代筹谋，

乡台恤里党。

款廉户口多，

推解讵能广。
电报从西来,
诸君何惆怅?
赶筹经费资,
白镪五千两。
外有八百奇,
续捐应比仿。
感吾保护艰,
词意洵英爽。
赈抚慰哀鸿,
嗷嗷不闻响。
义高人自钦,
岂必虑伏莽。
德厚福自延,
岂必邀上赏?
保全桑梓乡,
胜似青云上。
危局相国持,
有生同向往,
华夷望久孚,
可畏兼可象。
不日睹回銮,
太平幸重享。

〔**出处**〕《津西纪记》

西青古诗词集萃

XIQING GUSHICI JICUI

〔**发现过程**〕在"寻根大运河"活动中,笔者查阅义和团相关资料时发现于中国史学会主编,上海人民出版社 1957 年出版的《中国近代史资料丛刊·义和团》(二)中辑的《津西葸记》。原诗无题,题目为编者收入此书时所加。

〔**作者简介**〕柳溪子,杨柳青人,庚子之变时为杨柳青支应局局董。

《西青区志》第二十四编"艺文"第二章"著述经籍"中称《津西葸记》作者为刘文蔚,字霞轩。而著名历史学家翦伯赞则在其《义和团书目题解》中称"柳溪子似即刘恩厚之笔名"。

中国人民政治协商会议天津市西郊区委员会文史资料工作委员会 1990 年出版的《津西文史资料选编》第 4 辑中有许伯年、王鸿逵先生撰写的《义合拳在津西一带活动述闻》。该文记有庚子事变中杨柳青保甲局成立的情况,并记局董有石元士、刘恩晋、王炳奎、刘恩波、王兆泰、石作瑗、石作琚、周锦树、董汇藩等人,其中包括刘文蔚,并注明其为举人,曾任伏羌县令。而没有记录刘恩厚之名。

从对杨柳青旧闻的掌握来看,许伯年、王鸿逵所讲应该比较可信,由此推论,则作者柳溪子为刘文蔚笔名的可能性较大。但由于编者掌握资料有限,终究没有直接证据,所以此事存疑。

金声玉应

杨光仪是西青木厂村人,是清末津门诗坛领袖。《碧琅玕馆诗钞》及《碧琅玕馆诗续钞》是他主要诗作的集成,为其时诗坛之金声。诗钞出版,诗人们纷纷题词,梅宝璐、华鼎元、徐士銮等皆为领一时风骚的名家,其作堪称金声之玉应。

《碧琅玕馆诗钞》题词

(清)津门梅宝璐小树

鲈鲙动秋风,

催返津沽棹。

旧雨倍思君,

南窗仍寄傲。

十载转瞬间,

相顾异年少。

各诉境所遭,

可哭更可笑。

示我碧琅玕,

珍重窥全豹。

铿铿金石声,

短歌复长啸。

飘飘鸾鹤姿,

五色祥光耀。

慷慨出性真，

比喻能独造。

一片忠爱忱，

偏不位廊庙。

余事作诗人，

对之增感悼。

叹我走风尘，

苔岑隔同调。

孤客困烽烟，

愁听哀鸿叫。

每怀大雅音，

为我涤烦躁。

红蓴念故乡，

风味寻佳妙。

一卷性灵存，

投我心所好。

宇宙任低昂，

精神易消耗。

无计逐世波，

何处可高蹈。

勘羡瀛海滨，

常把巨鳌钓。

〔**出处**〕《碧琅玕馆诗钞》

〔**发现过程**〕在"寻根大运河"活动中，笔者在查得《碧琅玕馆诗钞》时

发现。

〔**作者简介**〕梅宝璐(1816—1891),字小树,号罗浮梦隐。清代诗人。梅成栋次子。梅宝璐秉承家学,早有诗名,少时随在当地为官的父亲到永平,后来在畿辅为幕僚。与诗人杨光仪交好。《碧琅玕馆诗钞》亦为其编订。天津知县宫昱闻名拜谒。梅宝璐诗作很多,部分被集结刻印成《闻妙香馆诗存》。该书存诗不过其诗作的十之二三。

《碧琅玕馆诗钞》题词

(清)昌黎崔树宝子玉

人事有迁变,

性真无古今。

直将燕赵气,

并作凤鸾吟。

浩浩忧时泪,

茫茫远别心。

他年约偕隐,

不为爱山深。

〔**出处**〕《碧琅玕馆诗钞》

碧琅玕館詩鈔　題詞

心所好宇宙任低昂精神易消耗無計逐世波何處可

高蹈堪羨瀛海濱常把巨鰲釣
昌黎崔樹寳子玉

人事有遷變性真無古今直將燕趙氣併作鳳鸞吟浩

浩憂時淚茫茫遠別心他年約偕隱不爲愛山深
任邱邊守元質民

高歌一曲海天驚此是燕南舊筑聲讀到會心頻擊節

直忘愁苦況浮名

蒿目瘡痍切杞憂鴻篇慷慨勒河樓當途費盡和戎策

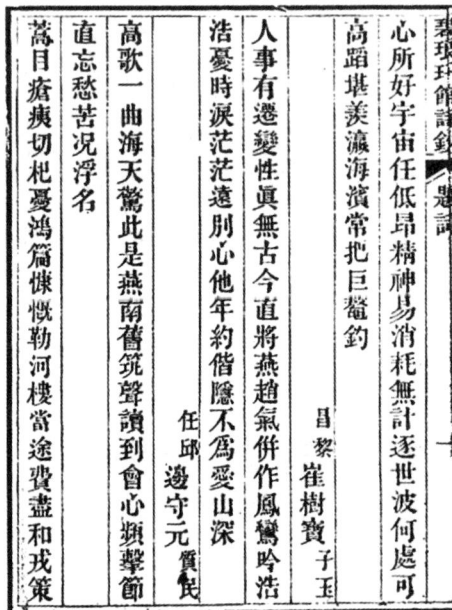

〔**发现过程**〕在"寻根大运河"活动中,笔者在查得《碧琅玕馆诗钞》时发现。

〔**作者简介**〕崔树宝(生卒年不详),字子玉,河北昌黎县城关人,在昌黎城北桃源山西坡筑有别墅。为清代咸丰、同治年间著名文人。咸丰九年(1859)举人,授四川知县,未到任,仍回辽阳设馆于城东蒋家湾。工书法。著有《北桃源诗集》。

《碧琅玕馆诗钞》题词

(清)任丘边守元质民

一

高歌一曲海天惊,

此是燕南旧筑声。

读到会心频击节，

直忘愁苦况浮名。

二

蒿目疮痍切杞忧，

鸿篇慷慨勒河楼。

当途费尽和戎策，

只益骚人一段愁。

三

旧读襄阳绝妙词，

谁知德祖益瑰奇。

丁沽幸未徒留滞，

敝箧曾收两卷诗。

四

康乐延年各出奇，

文章如面倍难移。

但平意气求真相，

始识江瑶胜荔枝。

五

年来踪迹涸屠沽，

久戒论文谢九儒。

忽下雌黄干吏部，

半生智慧笑全输。

〔出处〕《碧琅玕馆诗钞》

只益騷人一段愁
舊讀襄陽絕妙詞誰知德祖益瑰奇丁沽幸未徒留滯
敝篋會收兩卷詩
康樂延年各出奇文章如面倍難移但平意氣求眞相
始識江瑤勝荔枝
年來蹤跡涸屠沽久戒論文謝九儒忽下雌黃干吏部
半生智慧笑全輸
我來沽水上鳳慕巨源名著述追前哲風騷起正聲感
滄州 于光襃 阿璞

碧琅玕館詩鈔 題詞
心所好宇宙任低昂精神易消耗無計逐世波何處可
高蹈堪羨瀛海濱常把巨鰲釣　昌黎崔樹寶子玉
人事有遷變性真無古今直將燕趙氣併作鳳鸞吟浩
浩憂時淚茫茫遠別心他年約偕隱不爲愛山深
高歌一曲海天驚此是燕南舊筑聲讀到會心頻擊節　任邱邊守元質民
直忘愁苦況浮名
蒿目瘡痍切憂鴻篇慷慨勒河樓當途費盡和戎策

〔发现过程〕在"寻根大运河"活动中，笔者在查得《碧琅玕馆诗钞》时发现。

〔作者简介〕边守元(生卒年不详)，字质民，任丘人。清末诗人。具体事迹待进一步发掘。

《碧琅玕馆诗钞》题词

(清)沧州于光襃阿璞

我来沽水上，

夙慕巨源名。

著述追前哲，

风骚起正声。

感时诗笔键，

披卷道心生。

转瞬津云隔,

扁舟一棹横。

〔出处〕《碧琅玕馆诗钞》

時詩筆健披卷道心生轉瞬津雲隔扁舟一棹横
　　　　　　　　　津門　華鼎元　文珽

沽上談風雅知交有幾人工艮心獨苦語拈意彌花

絮圉成雪珠璣碾作塵開編懷庾鮑俊逸更清新

尺五城南路飛來一卷詩儘多長慶體無限杜陵舊

雨懷前夢春風感故知抱才仍不遇惆悵落花時
　　　　　　　　　津門　梅寶熊　瀛山

五嶽蟠胷鬱不平雲開霧合筆縱横身居白屋存忠愛

意感黄壚見性情橫內璠瑜原待價門前桃李早知名

只益騷人一段愁

舊讀襄陽絕妙詞誰知德祖益瑰奇丁沽幸未徒留滯

敝篋曾收兩卷詩

康樂延年各出奇文章如而倍難移但平意氣求眞相

始識江瑤勝荔枝

年來蹤跡涸屠沽久戒論文謝九儒忽下雌黄千吏部

半生智慧笑全輸
　　　　　　滄州　于光襃　阿璞

我來沽水上鳳綦巨源名著述迫前哲風騷起正聲感

〔**发现过程**〕在"寻根大运河"活动中,笔者在查得《碧琅玕馆诗钞》时发现。

〔**作者简介**〕于光襃(生卒年不详),字阿璞,沧州人。生活于清同治、光绪年间。贡生。同治十三年(1874)重修《沧州志》。著有《翠芝山房诗草》《兵燹录》《绣余课读》等。

《晚晴簃诗汇》称其"刻意为诗,摹温李①,酷似"。

---

① 温李,晚唐诗人温庭筠和李商隐的并称。

《碧琅玕馆诗钞》题词

（清）津门华鼎元文珊

一

沽上谈风雅，

知交有几人。

工良心独苦，

语拙意弥真。

花絮团成雪，

珠玑碾作尘。

开编怀庾鲍，

俊逸更清新。

二

尺五城南路，

飞来一卷诗。

尽多长庆体，

无限杜陵思。

旧雨怀前梦，

春风感故知。

抱才仍不遇，

惆怅落花时。

〔出处〕《碧琅玕馆诗钞》

時詩筆健披豁道心生轉瞬津雲隔扁舟一棹橫　津門華鼎元文玾

沽上談風雅知交有幾人工良心獨苦語抅意彌眞花

絮團成雪珠璣碾作塵開編懷庾鮑俊逸更清新

尺五城南路飛來一卷詩儘多長慶體無限杜陵思舊

雨懷前夢春風感故知抱才仍不遇惆悵落花時　津門梅寶熊瀛山

五嶽蟠胸欝不平雲開霧合筆縱橫身居白屋存忠愛

意感黃壚見性情檳內璠璵原待償門前桃李早知名

〔发现过程〕在"寻根大运河"活动中,笔者在查得《碧琅玕馆诗钞》时发现。

〔作者简介〕前文《张抚军愚》诗后有介绍,不赘。

《碧琅玕馆诗钞》题词

(清)津门梅宝熊瀛山

五岳蟠胸欝①不平,

云开雾合笔纵横。

身居白屋存忠爱,

意感黄垆见性情。

椟内璠玙②原待价,

---

① 欝,古同"郁"。欝,即欝鱼,人鱼。

② 璠玙,美玉名,比喻泛指珠宝美德贤才。

门前桃李早知名。

于今衡鉴逢公道,

华国文章要老成。

〔出处〕《碧琅玕馆诗钞》

時詩筆健披卷道心生轉瞬津雲隔扁舟一棹橫
　　　　　　　　　　　　　津門華鼎元文瓏
沽上談風雅知交有幾人工巧心獨苦語拗意彌真花
絮團成雪珠瓛砡作塵開緗懷庾鮑俊逸更清新
尺五城南路飛來一卷詩儻多長慶體無限杜陵思舊
雨懷前夢春風感故知抱才仍不遇惆悵落花時
　　　　　　　　　　　　　津門梅寶熊瀛山
五嶽蟠胷鬱不平雲開霧合筆縱橫身居白屋存忠愛
意感黃爐見性情橫內璠璵原待價門前桃李早知名

於今衡鑑逢公道華　國文章要老成
　　　　　　　　　　　　　津門王定中耘梅
飽嘗世味感難禁雪案風窗耐苦吟未必詩人終落拓
從知名士有胃襟當門桃李開偏早絕俗梅花契最深
謂小樹我有一言向君訴可容小草附長林
　　　　　　　　　　　　　津門于士祜篤巷
昆仲
君詩若醴酒珍珠碎滴光玉斗君詩若奇花繽紛五色
走相尋萷燭西窗弄柔翰鄰架書堆萬卷多開居所事
攢仙詎憶昔訂交方弱冠把臂同游恣泮奐風晨露夕

〔发现过程〕在"寻根大运河"活动中,笔者在查得《碧琅玕馆诗钞》时发现。

〔作者简介〕梅宝熊(生卒年不详),梅成栋三子。作品有《祭天津县谢忠愍公文》,与梅宝辰合著有《烈女梅涵贞女史傅孝女石寄梅女史傅合集》。

《碧琅玕馆诗钞》题词

(清)津门王定中耘梅

饱尝世味感难禁,

雪案风窗耐苦吟。

未必诗人终落拓，

从知名士有胸襟。

当门桃李开偏早，

绝俗梅花契最深。

　　谓小树昆仲。

我有一言向君诉，

可容小草附长林。

〔**出处**〕《碧琅玕馆诗钞》

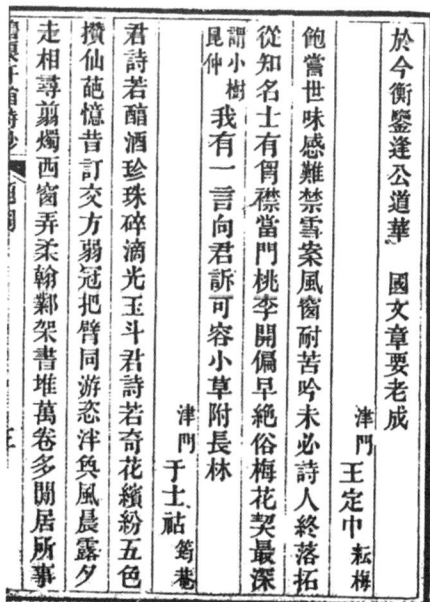

　　〔**发现过程**〕在"寻根大运河"活动中，笔者在查得《碧琅玕馆诗钞》时发现。

　　〔**作者简介**〕王定中（生卒年不详），天津晚清文人，具体事迹不详。

《碧琅玕馆诗钞》题词

(清)津门于士祜筠庵

君诗若醇酒，

珍珠碎滴光玉斗。

君诗若奇花，

缤纷五色攒仙葩。

忆昔订交方弱冠，

把臂同游恣泮奂。

风晨露夕走相寻，

剪烛西窗弄柔翰①。

邺架②书堆万卷多，

闲居所事惟吟哦。

性情涵泳得古趣，

愿以风雅招天和。

夜半欂枪射光采，

拉杂烽烟二十载。

杜陵忧国有同心，

留得千秋诗史在。

一编投我辉琳琅，

令予展诵炫目光。

属词比事言有物，

吟风啸月情何长。

---

① 柔翰，指毛笔。
② 邺架，指藏书多的地方。唐代李泌家藏书丰富，泌封邺侯，后人称人藏书的地方为"邺架"。

吁嗟乎，吾乡老崔梅，

谓崔念堂、梅树君两先生。

诗名噪齐鲁。

此后茫茫谁接武？

大雅扶轮幸赖君，

我以一军为之辅。

会看晴空万里焕卿云，

卧酒吞花共作骚坛主。

〔出处〕《碧琅玕馆诗钞》

碧琅玕館詩鈔　思詩

惟吟哦性情涵泳得古趣願以風雅招天和夜半檠槍
射光采拉雜烽煙二十載杜陵憂國有同心留得予秋
詩史在一編投我輝琳瑯令予展誦炫目光屬詞比事
言有物吟風嘯月情何長吁嗟乎吾鄉老崔梅謂崔念
君兩詩名噪齊魯此後茫茫誰接武大雅扶輪幸賴君
先生
我以一軍爲之輔會看晴空萬里煥卿雲臥酒吞花共
作騷壇主
今古千年事包羅一卷中好問人不俗埋首士何窮予
　　　　　　　　　津門李慶辰筱筠

於今衡鑒逢公道　國文章要老成
飽嘗世味感難禁霙案風窗耐苦吟未必詩人終落拓
從知名士有胃襟當門桃李開偏早絕俗梅花契最深
謂小樹　我有一言向君訴可容小草附長林
昆仲
　　　　　　　　　津門王定中耘梅

君詩若醨酒珍珠碎滴光玉斗君詩若奇花繽紛五色
攢仙葩憶昔訂交方翁冠把臂同游恣泮輿風晨露夕
走相尋翦燭西窗弄柔翰鄴架書堆萬卷多開居所事
　　　　　　　　　津門于士祜筱巷

〔发现过程〕在"寻根大运河"活动中，笔者在查得《碧琅玕馆诗钞》时发现。

〔作者简介〕于士祜（1825—1879），字筠庵，天津人。清代诗人。副榜贡

生,候选教谕,工诗。身后其诗友杨光仪为其编定《南有吟亭诗草》,由其弟子严修选辑刊行。

《碧琅玕馆诗钞》题词

(清)津门李庆辰筱筠

今古千年事,

包罗一卷中。

好闲人不俗,

埋首士何穷?

予亦悲歌者,

君真避世翁。

披吟春夜短,

篝尽烛花红。

〔出处〕《碧琅玕馆诗钞》

〔**发现过程**〕在"寻根大运河"活动中,笔者在查得《碧琅玕馆诗钞》时发现。

〔**作者简介**〕前文《津沽秋兴》诗后有介绍,不赘。

《碧琅玕馆诗钞》题词

(清)津门王樾云清

清光满纸戛琳琅,

收拾闲情付锦囊。

环堵有书敦夙好,

匡床无梦到黄粱。

廿年风月饶悲慨,

六代山河问渺茫。

击缺唾壶①君莫笑,

相逢原不讳疏狂。

〔**出处**〕《碧琅玕馆诗钞》

---

① 击缺唾壶,作者为押韵而把成语唾壶击缺作的倒装。唾壶击缺,形容心情忧愤或感情激昂。语出南朝刘义庆《世说新语·豪爽》:"王处仲(王敦)每酒后辄咏'老骥伏枥,志在千里。烈士暮年,壮心不已'。以如意打唾壶,壶口尽缺。"

亦悲歌者君真避世翁披吟春夜短篝盡燭花紅
津門 王樾 雲清

清光滿紙戛琳琅收拾閒情付錦囊環堵有書敦夙好

匡牀無夢到黃粱廿年風月饒悲慨六代山河間渺茫

擊缺唾壺君莫笑相逢原不諱疏狂
津門 孟繼坤 筱藩

梅花社冷詞壇空米齋近又居遼東沽上何人嗣風雅

海天搔首青濛濛君繼起奮雄藻筆陣千人态橫埽

小隱能輕世上名閒吟忽向樽前老卓卓鐵崖此後身

碧琅玕館詩鈔 題詞

〔发现过程〕在"寻根大运河"活动中,笔者在查得《碧琅玕馆诗钞》时发现。

〔作者简介〕王樾(1843—1897),字荫侯,号云清,直隶天津人。清代诗人。岁贡。光绪五年(1879)举人。曾任开原县训导。著有《双清书屋吟草》稿本,李庆辰、杨光仪等人作跋。

《碧琅玕馆诗钞》题词

(清)津门孟继坤筱藩

梅花社冷词坛空,

米斋近又居辽东。

沽上何人嗣风雅,

海天搔首青蒙蒙。

多君继起奋雄藻，

笔阵千人恣横埽。

小隐能轻世上名，

闲吟忽向樽前老。

卓卓铁崖此后身，

放眼快睹嵚崎人。

寒毡一坐三十载，

菜根咀嚼甘清贫。

与我结交不妨淡，

暇日袖诗呼我览。

春官十上空归来，

依旧蓬门昼长掩。

奇哉高士生南州，

昔依绛帐今宦游。

一卷知君足千古，

为市梨枣供雕镂。

感君师弟情缱绻，

会向天台传万本。

襄阳清发愧无闻，

独立苍茫寸心远。

〔出处〕《碧琅玕馆诗钞》

亦悲歌者君真避世翁披吟春夜短篝盞燭花紅
清光滿紙戞琳琅收拾閒情付錦囊環堵有書敦鳳好
匡壯無夢到黃粱廿年風月饒悲慨六代山河問渺茫
擊缺唾壺君莫笑相逢原不諱疏狂
津門王樾雲清

梅花社冷詞壇空米齋近又居遂東沽上何人嗣風雅
海天搔首青濛濛多君繼起奮雄藻筆陣千人恣橫攊
小隱能輕世上名關吟忽向樽前老卓卓鐵崖此後身
津門孟繼坤筱藩

放眼快覩嶔崎人寒氈一坐三十載菜根咀嚼甘清貧
與我結交不妨淡嘏日袖呼我賞春官十上空歸來
依舊蓬門晝長掩奇哉高士生南州昔依絳帳今室游
一卷知君足千古為市梨棗供雕鏤感君師弟情縷縷
會向天台傳萬本襄陽清發愧無閒獨立蒼茫寸心違
碧琅玕下低頭拜一瓣心香許共拈

屈指名流沽水上如君品學有誰兼
病不嫌多任酒添鳳好幾人稱弟子笑談隨意寓詩繪
津門杜官雲蓮塘

〔**发现过程**〕在"寻根大运河"活动中,笔者在查得《碧琅玕馆诗钞》时发现。

〔**作者简介**〕孟继坤(1837—1896),字筱藩,天津人。善书行楷。清同治元年(1862)举人,官抚宁县教谕。李庆辰的老师。著有《清发草堂诗文集》。

《天津县新志》记载其"孝友励学,受业于郝缙荣,擅长词赋,风华典赡,士多执贽其门"。

《碧琅玕馆诗钞》题词

(清)津门杜官云莲塘

屈指名流沽水上,

如君品学有谁兼。

愁原无迹凭诗绘,

病不嫌多任酒添。

凤好几人称弟子,

笑谈随意寓针砭。

碧琅玕下低头拜,

一瓣心香许共拈。

〔**出处**〕《碧琅玕馆诗钞》

放眼快視嶽人寒甊一坐三十載菜根咀嚼甘清實
與我結交不妨淡暇日袖詩呼我覽春官十上空歸來
依舊蓬門晝長掩奇哉高士生南州昔依絳帳今宦游
一卷知君足千古爲市梨棗供雕鏤感君師弟情繾綣
會向天台傳萬本襄陽清發愧無聞獨立蒼茫寸心違
屈指名流沾沾水上如君品學有誰兼愁原無迹憑詩繪
病不嫌多任酒添鳳好幾人稱弟子笑談隨意寓鍼砭
碧琅玕下低頭拜一瓣心香許共拈　津門杜官雲蓮塘

〔**发现过程**〕在"寻根大运河"活动中,笔者在查得《碧琅玕馆诗钞》时发现。

〔**作者简介**〕杜官云(生卒年不详),字莲塘,天津人。清国子监生。著有《哂斋诗稿》。

《碧琅玕馆诗钞》题词

(清)津门孟继埙志青

凌云健笔横秋气，

消磨壮心无限。

绿酒浇胸，

红笺写闷，

富贵何欣何羡？

流年暗转。

有几卷新诗，

自家排遣。

廿载浮名，

误人今昔甚非浅。

才华清似水洗，

尽风流意绪，

依旧难减。

咒笋情痴，

拈花笑解，

付与毫端装点。

茶香梦短，

抵多少推敲，

顿抛寒暖。

一字吟成，

耐人寻味远。

调寄齐天乐。

〔**出处**〕《碧琅玕馆诗钞》

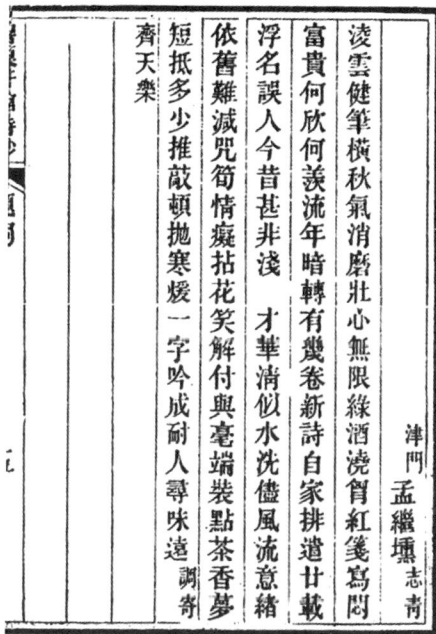

齐天乐　　　　　　　　　　　　　　　　　　　　津門孟繼壎志青

淩雲健筆橫秋氣消磨壯心無限綠酒澆胷紅箋寫悶　富貴何欣何羨流年暗轉有幾卷新詩自家排遣廿載　浮名誤人今昔甚非淺　才華清似水洗儘風流意緒　依舊難減咒筍情癡拈花笑解付與毫端裝點茶香夢　短抵多少推敲頓抛寒煖一字吟成耐人尋味遠　調寄齊天樂

〔**发现过程**〕在"寻根大运河"活动中，笔者在查得《碧琅玕馆诗钞》时发现。

〔**作者简介**〕孟继壎（1841—？），字志清、字治卿，一字志青，天津人。清同治十二年（1873）举人，任内阁中书，后出守贵州石阡府，历官湖北盐法道。与朝鲜使者唱酬。著有《绿庄严馆诗存》《夜郎吟》《试茗吟庐诗稿》《黔行水程记》等。

《碧琅玕馆诗续钞》题词

(清)无锡秦德懋彦华

碧琅玕下住诗人，

却恨年来未问津。

时世艰难歌易放，

友朋赠答意何亲。

羲皇气象陶潜近，

稷契心肠杜甫真。

我是天涯倦游客，

草元阁外几逡巡。

〔出处〕《碧琅玕馆诗续钞》

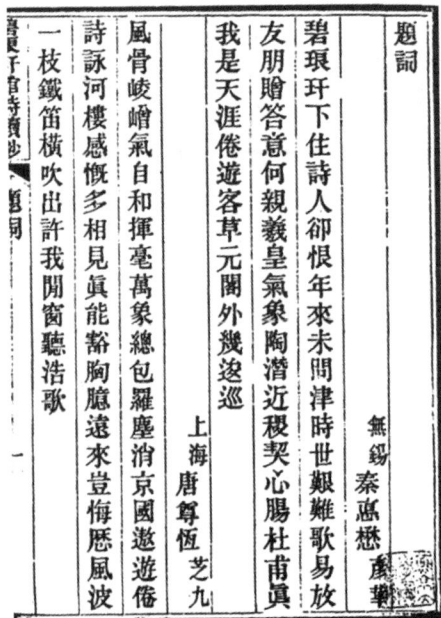

〔发现过程〕在"寻根大运河"活动中,笔者在查得《碧琅玕馆诗续钞》时

发现。

〔作者简介〕秦德懋(生卒年不详),字彦华。生平事迹不详。

《碧琅玕馆诗续钞》题词

(清)上海唐尊恒芝九

风骨峻嶒气自和,

挥毫万象总包罗。

尘消京国遨游倦,

诗咏河楼感慨多。

相见真能豁胸臆,

远来岂悔历风波。

一枝铁笛横吹出,

许我闲窗听浩歌。

〔出处〕《碧琅玕馆诗续钞》

〔发现过程〕在"寻根大运河"活动中,笔者在查得《碧琅玕馆诗续钞》时发现。

〔作者简介〕唐尊恒(生卒年不详),字芝九,一作子久,上海人。清末文人。博学能诗,善墨兰,工书,精金石考据。著有《晚香书屋诗草》。

《碧琅玕馆诗续钞》题词

(清)安吉吴俊仓石

一

风雨数椽尘不到,

琅玕一片手亲锄。

先生长物钱难买，

海色天光照读书。

二

古城隔绕三津水，

问字云亭数往还。

观海此行真不负，

瀛洲以外几名山。

〔出处〕《碧琅玕馆诗续钞》

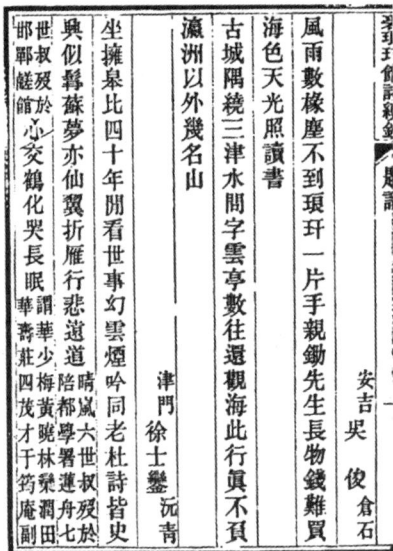

〔发现过程〕在"寻根大运河"活动中，笔者在查阅《碧琅玕馆诗续钞》时发现。在作者诗集《缶庐诗》中收有此诗，题为《赠杨香吟先生光仪》。题下注有"香吟，天津人。著有《碧琅玕馆诗集》"。本书题从《碧琅玕馆诗续钞》。

〔作者简介〕吴俊即吴昌硕，前文《得天津杨香吟孝廉书却寄》诗后有介绍，不赘。

《碧琅玕馆诗续钞》题词

(清)津门徐士銮沅青

一

坐拥皋比^①四十年，

闲看世事幻云烟。

吟同老杜诗皆史，

兴似髯苏^②梦亦仙。

翼折雁行悲远道，

晴岚六世叔殁于陪都学署，莲舟七世叔殁于邯郸醮馆。

心交鹤化哭长眠。

谓华少梅、黄晓林、乐润田、华寿庄四茂才，于筠庵副贡，郭星严布衣，郭琴舫大令。

频教桃李添新荫，

菽水欢承^③藉砚田。

二

清阴又展碧琅玕，

放眼蓬庐天地宽。

受业有人游阆苑，

闻名几辈谒骚坛。

登科未兆芙蓉镜^④，

① 皋比，虎皮。古人坐虎皮讲学，后借指讲席。
② 髯苏，指苏轼。
③ 菽水欢承，本作菽水承欢，指身虽贫寒而尽心孝养父母。典出《礼记注疏》卷十《檀弓》，孔子曰："啜菽饮水，尽其欢，斯之谓孝。"
④ 登科未兆芙蓉镜，典出唐段成式《酉阳杂俎续集·支诺皋中》："相国李公固言元和六年下第游蜀，遇一老姥，言：'郎君明年芙蓉镜下及第，后二纪拜相，当镇蜀土，某此时不复见郎君出将之荣也。'明年，果然状头及第，诗赋题有《人镜芙蓉》之目。后二十年，李公登庸……"

养志还辞首蓿盘。

艺院深沈开讲幄,

时吾师主讲辅仁书院。

一堂风月不知寒。

三

瑶编流播浙西东,

碧琅玕馆诗钞刻于浙杭,时銮守台州,寅僚士绅索者甚夥。

绛帐传经汉马融。

岂待登堂沾化雨,

应教开卷见光风。

吟坛逸品侪林魏,

陆游诗"诗在林逋魏野间"。

乐府新声叶羽宫。

沽上题襟谁嗣响,

查莲坡有《沽上题襟集》。

二分烟月一诗翁。

张船山咏津门诗有"二分烟月小扬州"句。

四

海天坐啸老烟萝,

笔底乾坤清气多。

每以感时纤伟论,

更从怀古发高歌。

沿流我未窥涯岸,

銮《蝶访居诗钞》蒙吾师题词,奖许期望甚厚。

寻味人谁耐咏哦。

重付雕锼留万本，

深藏风雨护严阿。

续钞刻成合前钞为一集。

〔出处〕《碧琅玕馆诗续钞》

碧琅玕館詩續鈔　題詞

頁郭星駿布衣　頻教桃李添新蔭菽水歎承藉硯田
郭琴筋大令

清陰又展碧琅玕　放眼遙天地寬受業有人遊閬苑

閒名幾輩謁騷壇登科未兆芙蓉鏡養志還辭苜蓿盤

藝院深沈開講幄　講輔仁書院主一堂風月不知寒

瑤編流播浙西東　碧琅玕館詩鈔刻於杭時鑒絲帳

傳經漢馬融豈待登堂沾化雨應敎開卷見光風吟壇

逸品僑林魏陸游詩在樂府新聲叶羽宮沾上題襟

萑蓮坡有沾　查津門詩有一

誰嗣響上題襟集　二分煙月二分煙月小揚州句有一

寺翁

風雨數椽塵不到琅玕一片手親鋤先生長物錢難買
安吉吳俊卿石

海色天光照讀書

古城隔繞三津水閒字雲亭數往還觀海此行真不負

瀛洲以外幾名山
津門徐士鑾沅青

坐擁皋比四十年開看世事幻雲煙吟同老杜詩皆史

興似聾蘇夢亦仙翼折雁行悲遒道　晴嵐六世叔歿於七

世叔歿於心交鶴化哭長眠　謂華壽莊四茂才干筠庵副

邨鄆艖館

309

海天坐嘯老煙霞筆底乾坤清氣多每以感時紆偉論
更從懷古發高歌沿流我未窺涯岸吾鑾蝶訪居詩鈔蒙
期望尋味人誰耐詠哦重付雕鏤留萬本深藏風雨護
慈厚
嚴阿顧鈔刻成合為一集

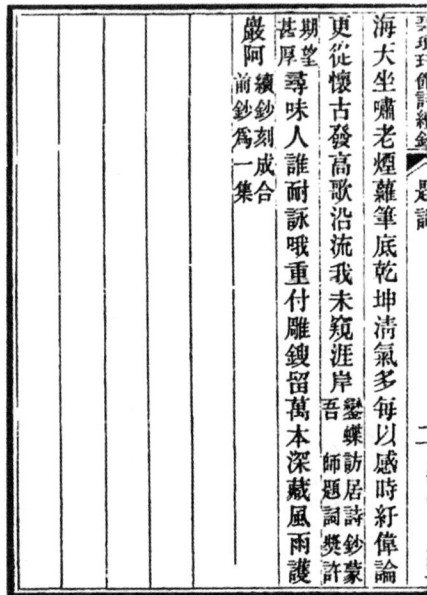

〔**发现过程**〕在"寻根大运河"活动中，笔者在查得《碧琅玕馆诗续钞》时发现。

〔**作者简介**〕徐士銮（1833—1915），字苑卿，号沅青，天津人，民国总统徐世昌的曾叔祖，杨光仪的学生。清咸丰八年（1858）中举人，后任内阁中书、内阁典籍、文渊阁检阅、内阁侍读等职，并记名御史。同治十二年（1873）选授浙江台州知府，但四十九岁便托病辞官。此后三十余年，他一直赋闲津门，专心著书。著有《敬乡笔述》《古泉丛考》《宋绝》《医方丛话》《蝶坊居诗文钞》等。

徐士銮做台州知府时刊印了杨光仪的《碧琅玕馆诗钞》，回津后又刊印了《碧琅玕馆诗续钞》。

梁间燕和香吟先生

(清)李庆辰

梁间燕衔泥，

飞舞梨花院。

蓬茅逼侧尔不来，

岂知沧海桑田变？

昨日珠帘玉钩响，

今日画梁结蛛网。

王谢华堂已作灰，

荒台岑寂樵来往。

不见闲鸥水上飞，

翩翩毛羽何丰肥。

天空地阔迥无碍，

一枝不借谁云非？

燕子闻言浑不省，

帘外无人春昼永。

落红满地焉支香，

呢喃对语傍花影。

〔出处〕《醉茶诗草》(卷一)

梁間燕銜泥飛舞黏花院蓬茅偏側爾不來豈知滄海

桑田變昨日珠簾玉鈎礜今日畫梁結篚網王謝華堂

已作灰荒臺岑寂樵來往不見閒鷗水上飛翮翮毛羽

何豐肥天空地闊迥無礙一枝不借誰云非燕子閒言

渾不省簾外無人春畫永落紅滿地焉支香呢喃對語

傍花影

奉題盧母姜太安人傳後

盧母眞賢淑誥書醞釀深事夫明大義教于勵官箴勠

苦生前事堂皇死後心吳山千仞伽高節共欽盗

天津志局彙刊

萬里江湖遽不盡天光雲影雨悠悠

小隱誰家傍水隈綠陰低鎖釣魚臺斜陽滅艇舟下

暮雨蒼茫短笛哀春去更妍花弄色秋深何故雪飛來

莫言枯槁無生氣菰管年來又勁灰

寄友客中山

老樹半影寒萊肥燕雲西向恒山飛客子不來已秋末

鴻鴈一去何時歸古石鱗峋起雪漲壯懷飆爽凌霜威

嶺梅發後會須返莫愁前路塵緇衣

梁間燕和香吟先生

〔**发现过程**〕在"寻根大运河"活动中，笔者在考证李庆辰《津沽秋兴》诗时发现于高凌雯编辑，天津志局1936年出版的《天津诗人小集十二种》。此诗为李庆辰对杨光仪《梁间燕》（见"乡贤遗音"章）一诗之和，故收录于此章。

〔**作者简介**〕前文《津沽秋兴》诗后有介绍，不赘。

312

2010 年，《西青报》编辑部集结历代歌咏杨柳青的诗篇，请语文教研名家李中立先生做点评，出版了《杨柳青古诗萃》。津门诗词名家王焕庸先生称其"非有功于社会，亦有功于词林乎！"天津著名学者谭汝为称其"对于弘扬西青文化，具有填补空白和开拓弘扬的双重功效"。可以说《杨柳青古诗萃》是一部有关西青历史文化的重要文献。但过去获取资料渠道少，查阅典籍困难，所以多年来西青文史工作者所积累的古诗词文献并不是很多，同时难免有传抄错误，编辑《杨柳青古诗萃》时也难一一校正。"寻根大运河"活动对西青此前积累的古诗词进行了考证和校对。我们现按照《杨柳青古诗萃》的篇目，加上该书未收入的《西青区志》中的一些诗篇，汇集为本部分。本部分沿用《杨柳青古诗萃》的分章，就不再于各章对分类、内容加以说明，只对新加的"方志留馨"部分加以说明。

杨柳存萃

大河礼赞

杨柳青舟中

(清)查　曦

青青杨柳色，

十里大河边。

岸岸鱼虾市，

帆帆米豆船。

潮回残照外，

雁度晚风前。

南望沧州曲，

浮云淡远天。

〔**出处**〕《珠风阁诗草》(卷二)

〔**考证**〕在西青文献中,此诗最早见于中国人民政治协商会议天津市西郊区委员会文史资料工作委员会 1990 年 12 月出版的《津西文史资料选编》第 4 辑中缪志明的文章《杨柳青题咏录》。文中注释说,此诗录自雍正刊本《珠风阁诗草》(卷二)。此后西青各种文献均沿袭此说。笔者在考证过程中,始终没有找到《珠凤阁诗草》原版文字,考之《天津县新志》《津门诗钞》等均称该诗集为《珠凤阁诗草》,"凤"字为误。

〔**作者简介**〕查曦(1674—1738),清代天津诗人。《天津县新志》称"查曦,字汉客,本歙人,自其祖北迁,遂隶籍焉。工诗善医",是天津著名诗人于张霔的弟子,水西庄查氏族人。著有《珠凤阁诗草》六卷、《续集》一卷。

《晚晴簃诗汇》称:"赵秋谷、吴天章并以诗名,当康熙戊寅、己卯间,先后

至津,称诗者翕然从之。汉客与游,其诗日进,足迹半天下,多历奇伟之境,胸次益广,诗益工。"

晚行杨柳青道中

(清)查 彬

一水苍茫汇众流,

畿南回望使人愁。

遥看杨柳疑为岸,

行到芦花不见洲。

孤艇稳如天上坐,

千村低在浪中浮。

渔歌唱晚蝉声沸,

落日飞霞万顷秋。

〔出处〕《小息舫诗草》(卷一)

秋夜

西風瑟瑟雁聲遲葦折荷枯秋帅萎七十二沽殘月夜荳花離落獨吟詩

晚行楊柳青道中

一水蒼茫槖流幾南回柴使人愁遙看楊柳疑岸行到蘆花不見洲孤艇

穩如天上坐千郵低在浪中浮漁歌唱晚蟬聲沸落日飛霞萬頃秋

殘菊

傷籬尋晚節秋煮菊初殘唯酒誰相资其英我履餐霜天三徑瘦風夜一枝寒

莫受愁蟬蟀猶能耐久看

五雜組

五雜組鼓鷛爐往復還飛來蚨不得巳甘守株

五雜組降霙旗往復還賽神祠不得巳寸心知

五雜組蓮之沚往復還池中鯉不得巳游泳耳

校刊小息舫詩草 卷一　　三

〔**考证**〕在西青文献中,此诗最早见于中国人民政治协商会议天津市西郊区委员会文史资料工作委员会 1990 年 12 月出版的《津西文史资料选编》第 4 辑中缪志明的文章《杨柳青题咏录》。笔者考之于民国时上海群益印刷编译局承印的《小息舫诗草》(卷一)。

〔**作者简介**〕查彬(1763—1821)[①],又名曾印,字伯野,号憩亭,又号湘芗。水西庄查为义之孙。清乾隆四十九年(1784)进士,官至信阳州知州。善画山水,对《易经》有研究。著有《易经杂说》《湘芗漫录》《小憩舫诗草》等。

---

① 查彬生年为清乾隆二十七年,故一般资料多认定其生年为公历 1762 年,但查彬《小憩舫诗草》卷五有《辛酉嘉平朔六日四十初度》诗,表明其生日为农历十二月初六,即 1763 年 1 月 19 日。

杨柳青道上

（清）查　彬

烟水迷离处，

驱车纵目遥。

日斜杨柳驿，

帆落直沾潮。

蟹舍纷前浦，

鱼帘匝断桥。

行行频唤渡，

相对尽渔樵。

〔出处〕《小息舫诗草》（卷二）

〔考证〕西青原有文献中记有此诗，笔者考之于民国时上海群益印刷编

译局承印的《小息舫诗草》(卷二)。在西青原有文献中,此诗中"烟水迷离处"误为"烟水迷离外","鱼帘匝断桥"误为"鱼帘迎断桥",相互因袭。收入本书时皆予改正。

〔**作者简介**〕前文《晚行杨柳青道中》有述,不赘。

津门小令

(清)樊　彬

一

津门好,

到处水为乡。

东淀花开莲采白,

北河水下麦翻黄,

潮不过三杨。

海潮南至杨柳青,北至杨村,西至杨芬港,故有"潮不过三杨"之谚。

二

津门好,

烟水渺无涯。

柳口芦飘三尺雪,

葛沽桃放一林霞,

孤棹老渔家。

杨柳青古名"柳口"。葛沽多桃林。

三

津门好,

轶事几搜罗。

西青古诗词集萃

XIQING GUSHICI JICUI

> 杨柳营开周总帅，
>
> 桃花血溅费宫娥，
>
> 姓字未销磨。

明周遇吉于我朝大兵入关，伏兵杨柳青大战。东门内费家巷，相传明费宫人故居，即"刺贼一只虎"者。

〔**出处**〕《津门小令》

〔**考证**〕在西青原有文献中，仅存前两首，亦无小注。笔者考之原文，补第三首与小注。

〔**作者简介**〕樊彬（1796—1881），字质夫，号文卿，天津人。清末文人。幼年丧父。苦读，年未二十成秀才，后屡试不第，一度在山西为幕僚，后辗转在湖北远安、建始任县官，后在北京，读书著述。

平素喜好民俗、掌故，《津门小令》为其二十多岁时的作品。其诗词文章晚年集结为《问清阁诗文集》。

320

舟行子牙河

(清)富察明义

遥天阔野望苍茫，

河势奔腾东去长。

便可乘槎犯牛斗，

不须鞭石看扶桑。

苇村晓作鱼虾市，

泽国春多凫雁行。

独笑北人少所见，

绿堤走马逐风樯。

〔出处〕《绿烟琐窗集》

春寒林欠一声莺半生犇走燕南道枉却江湖载
酒二阑句用
情云情

宿秋兰再题僧壁

弹指风光两世因前為過去此為今寒潭留蹟情
何切泥壁題詩字高新崖是無心憑造物都緣有
脚逐陽春男兒生具桑蓬志四海真看若此鄰

舟行子牙河

遥天闊野望蒼茫河势奔騰東去長便可乘槎犯
牛斗不須鞭石看扶桑葦村曉作魚蝦市澤國春
多凫雁行獨笑北人少所見緣隄走馬逐風樯

〔考证〕西青原有文献曾把作者误记为金玉冈，笔者查之于富察明义撰，上海古籍出版社 1984 年出版的《绿烟琐窗集 枣窗闲笔》，确定作者为富察明义。

〔作者简介〕富察明义（生卒年不详），姓富察氏，号我斋，满洲镶黄旗人，乾隆帝孝贤皇后之侄，做过乾隆的上驷院侍卫，喜欢饮酒赋诗，善于交朋结友，与曹雪芹交好。著有《绿烟琐窗集》。其中《题红楼梦》组诗二十首，是有关《红楼梦》的最早文献之一，备受红学界重视。

水高庄

(清)曲念徐

隔堤一望似汪洋，

红有芙蕖绿有秧。

门泊渔舟墙晒网，

村名不愧水高庄。

〔出处〕《水高庄名称的由来》

此诗最早文字见于中国人民政治协商会议天津市西郊区委员会文史资料工作委员会 1989 年编辑出版的《津西文史资料选编》第 3 辑中高照的文章《水高庄名称的由来》。该诗作者生平及诗作原始出处无由可考。

水乡剪影

失 题

(明)汪 来

直沽日月坐烟霏，
篱槿门蓬生事微。
万里江帆秋水阔，
一声渔笛夕阳归。
入云孤鹤上还下，
出浪双凫鸣且飞。
最是野人多逸兴，
西风吹破芰荷衣。

〔**出处**〕《畿辅明诗存》

〔**考证**〕西青原有文献记有此诗。笔者考之于《津门征献诗》，原文征于《畿辅明诗存》七律二首，另一首录于本书"古韵新彰"部分"乡贤遗音"中。

〔**作者简介**〕"古韵新彰"部分"乡贤遗音"汪来《失题》诗后已有介绍，不赘。

守遐邈，多邊睡，明月滿關山，花起戍。
遞邐多億萬里，蒼茫悲起夕波，林直瀚海，月坐朝歌。
蓬生遞上，億萬里蒼花，起戍夕波，林深直瀚海，暮草花盡，憶昔馬川寒烽。
孤鶴生事上，事還下淚，雙兒鳴且飛，最是野人多遲興西雲。
風吹荷破衣。
發風吹荷破衣，棟而文簡序以余所聞見，前明對山志武。
不帝充棟城新志，北漢縣志坡地，郭李泰野志，皆比美於五山泉者，故朝。
王充禎新城縣新志，北漢縣志之地郭，李泰野雅無如康郡邑志武。
功士禎復志，北漢縣志邦訓詞，余所聞見前明郡邑志武。
余嘗其猶有明黄圖縣志，決錄之遺焉泰野志，皆比美於五山泉者，故朝。
者以其謂前明若棟城新志，簡事郡訓詞，余所聞見前明郡邑志武。
董其明前有明黄圖縣志，決錄之遺，人其先越巷翁配安。
人張份明故墓銘圖，決錄汪之遺人，其先越巷翁配安。
明興氏合葬承德郎銘，圖決錄汪山西國主事，樂國公之配安。
生禮循能力本居業，以財雄而禮有六子，濟潞瀛淮。

泛莲花淀口占

(清)高恒懋

一

十年荷花面面秋，

渔人指点向莲洲。

芦花深处难回棹，

一叶随风溯水流。

二

满目苍苍路欲迷，

秋帆斜挂夕阳西。

草色映人浑不辨，

沙汀惟听苍鸦啼。

三

花光水色乱晴湖,

小艇轻移起浴凫。

遥望烟波无限景,

恍疑身入辋川图。

〔出处〕民国版《天津县志·文艺志》

〔考证〕西青原有文献将作者写作高倬,字广懋,康熙年进士。在"寻根大运河"活动中,笔者考之于同治版《静海县志》等文献,确定作者为高恒懋。

部分西青原有文献把"十年荷花面面秋"误为"十里荷花面面秋","一叶随风溯水流"句误为"一叶随风逐水流","沙汀惟听苍鸦啼"误为"沙汀惟听暮鸦啼","花光叶色乱晴湖"误为"花光叶色影晴湖","小艇轻移起浴凫"误为"水艇轻移起浴凫","恍疑身入辋川图"误为"恍疑身寄枫桥吴"。收入本书

时皆予纠正。

本书考证本诗最早出处到民国版《天津县志·文艺志》。

〔**作者简介**〕高恒懋(生卒年不详),字励昌,号乾甫。静海人。清弘文院大学士高尔俨之子。顺治十六年(1659)进士,奉天府教授,诰封通奉大夫、福建布政使。著有《山雨楼文稿》。

高恒懋十五岁入庠,有文名。后侍其父于北京官邸。顺治帝选高官子弟入侍以备选拔。因其堂弟高恒豫失怙,而其父高尔俨又对高恒豫视如己出加以抚养,便推荐高恒豫应选入侍,高恒懋自己刻苦攻读,走科举之路。顺治八年(1651),高恒懋中举人,其母姜夫人病中闻讯竟霍然而起。其弟高恒泰病,高恒懋照顾药食,同食同寝数月。故有孝悌之名。

天津口号

(清)于豹文

西来杨柳倩青青,

北去桃花覆野亭。

打桨有人频目送,

清歌何处不堪听。

〔**出处**〕《南冈诗钞》(卷十五)

其三十二

光重拍于关中衢凤写依稀出海隅灯火如山蜃城出浪家何事偏阑珊

其三十三

西来杨柳旧青青北去桃花覆野亭打桨有人频目送歌何处不堪听

其三十四

家住姚湾西役西门前杨柳绿欹甃即来若肖鞋播美休蒙襄阳有大堤

其三十五

女中邪醉近冬春狠籍旬狠棉未勾向晚纂砧空手至中

〔考证〕西青原有文献记有此诗。在"寻根大运河"活动中,笔者考之于《南冈诗钞》(卷十五)。《天津口号》共有五十首,其中第三十三首以杨柳青对应桃花口。西青原有文献中"北去桃花覆野亭"误为"北去桃花覆野寺","打桨有人频目送"误为"打浆有人频目送",收入本书时都予以纠正。

〔作者简介〕于豹文(1713—1762),字虹亭,号南冈,天津人。清乾隆十七年(1752)恩科进士,未仕病故。有《南冈诗钞》。

明永乐年间,于豹文先祖于国义迁居静海县辛口里(今属西青区辛口镇)。清初,有于氏后人于京迁居天津城南门里。雍正四年(1726),于京之子于开改籍天津。于豹文为于开孙。

《津门诗钞》称其"短身貌陋,口能自容其拳。天才警敏,目下十行,博通今古,无所不读。借人书,一览即归之,终身成诵"。收录其诗文达一百五十五首。

《志余随笔》称"虹亭取材富,出笔厚,优于学也"。

柳梢青_{过杨柳青作}

(明末清初) 高承埏

春事今年,山桃无恙,花朵依然。

细雨沾沙,归云逗日,浅碧罗天。

青青杨柳堤边,且系住乌篷小船。

荻笋新芽,河豚欲上,拼醉炉前。

〔出处〕《稽古堂集》

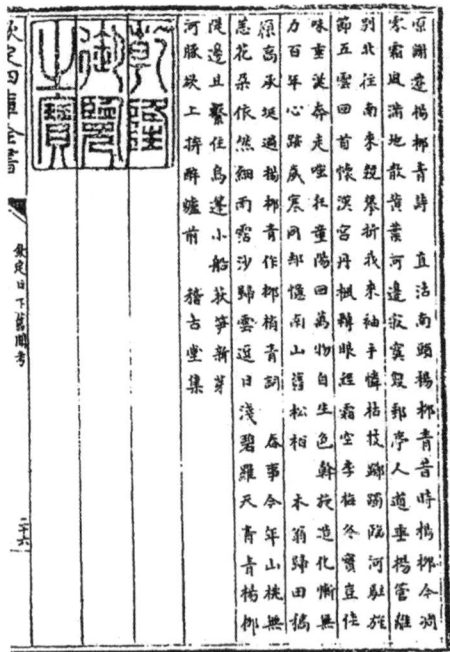

〔考证〕西青原有文献记有此诗。在"寻根大运河"活动中,笔者考证该诗,能查到的最早出处是乾隆四年(1739)刻版的《天津县志》卷之二十三《艺文》。《钦定日下旧闻考》第一百十二卷"臣等谨按柳口镇直沽寨俱属天津"条目关于杨柳青的小注中记有"高承埏过杨柳青作柳梢青词",并注《稽古堂

集》。西青原有文献除民国张江裁的《杨柳青小志》外,均把这首词名写作《杨柳青》。收入本书时从原题。

〔**作者简介**〕高承埏(1603—1648),字寓公,一字泽外、九遐,晚号弘一居士、鸿一居士。嘉兴人。明崇祯十二年(1639 年)中举,崇祯十三年(1640 年)进士,授迁安知县。崇祯十五年(1642)调宝坻知县。在宝坻数遭清兵围城,皆力守退敌。然为人所嫉,调甘肃泾县知县。旋迁工部虞衡司主事,上书其父冤情并乞归,隐居家乡竹林村。明亡后,清以国子监司业相聘,但拒不仕清,有病不治,谢医求死。藏书七万余册,著有《稽古堂集》等。

钱谦益称其"文学世其家,为文士;出令冲边,乘城扞敌,为才吏;沥血带索,为父讼冤,为孝子"。

金圣叹称其为"第一辈人物,第一辈文章"。

题《津门杂事诗》

(清)姚世铼

如意舟新荡碧漪,
春风泼面解催诗。
倒残一斗麻姑酒,
杨柳青边谱竹枝。

水西主人有如意舟

〔**出处**〕《津门杂事诗》

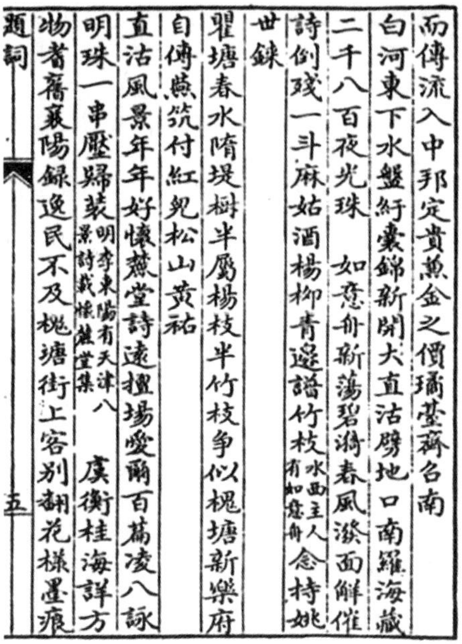
而傳流入中邦定貴兼金之價璃鏊齋名南
白河東下水盤紆囊錦新開大直沽劈地口南羅海藏
二千八百夜光珠 如意舟新蕩碧漪春風潑面解催
詩倒殘一斗麻姑酒楊柳青邊譜竹枝水西主人有如意舟念持姚
世鋉
瞿塘春水隋堤樹半屬楊枝半竹枝爭似槐塘新樂府
自傳燕筑付紅兒松山黄祐
直沽風景年年好懷燕堂詩遠擅場愛爾百篇凌八詠
明珠一串壓歸裝明李東陽有天津八景詩載懷麓堂集 虞衡桂海詳方
物者裔襄陽録逸民不及槐塘街上容别翻花樣墨痕
題詞 五

〔**考证**〕西青原有文献记有此诗。在"寻根大运河"活动中,笔者考之于汪沆的《津门杂事诗》。诗后原有小注,原有文献中未录,本书录入。原有文献中作者记为姚世徕,《津门杂事诗》中为姚世錸,本书予以采用。

〔**作者简介**〕姚世錸(1705—?),字念慈(《津门杂事诗》作念持),又字改之。浙江归安人。贡生。清乾隆元年(1736)由同乡兵部吴公以"博学鸿词"推荐到为《周礼》《仪礼》《礼记》纂修义疏的三礼馆任职,但因病未能参加考试,后又由鄂尔泰推荐任职三礼馆。

杨青驿马上口占

(清)查　礼

闲云叆叇野苍茫,

路入烟村客思狂。

万顷桃花千树柳，

一鞭收拾在诗囊。

〔**出处**〕《铜鼓书堂遗稿》(卷一)

怡喜南行伴我翁（時孝先隨往浙西來大）深情無限別離中富春
江上帆開日好看山桃萬樹紅
春暮散步城東渡河過香林院小憩田舍晚歸
撥醅新水滿塍坳潋灩晴光浸柳梢三月海螯初上市一
春江燕未歸巢懷登必常尚臥遠眺無妨出近郊寂歷
紺園人不到隔牆閒聽梵鐘敲
未夏先思簦笠徒耕樵相對日忘睛異書盡可縣牛角長
劍休敦佩鹿盧浦口炊煙雲際密渡頭漁艇暮還呼何時
得就山中宅自翁荒榛闢芋區
閒雲鑱鑱野苔茫茫路入煙村客思狂萬頃桃花千樹柳一
鞭收拾在詩囊
楊青驛馬上口占

銅皮博堂遺稾卷一　六

〔**考证**〕西青原有文献记有此诗。在"寻根大运河"活动中，笔者考之于《铜鼓书堂遗稿》(卷一)。西青原有文献中"万顷桃花千树柳"误为"万顷桃花千柳树"或"不顷桃花千柳树"，收入本书时予以改正。

〔**作者简介**〕查礼(1716—1783)，原名为礼，又名学礼，字恂叔，号俭堂，一号榕巢，又号铁桥，顺天宛平人，清朝大臣。少时勤学。乾隆元年(1736)，应博学鸿词科，没有被录取。通过捐官任户部主事。后参与小金川战事有功。官累进至湖南巡抚。

查氏原籍皖南。查礼家这一支先由皖南迁入江西。后又迁入北京。其父查日乾是大盐商，拥有北京食盐专卖权，获利甚丰，又善于结交权臣显宦，渐

成一方豪富。查礼是查日乾的第三子。

雍正元年(1723),查日乾父子在天津城西北三里、南运河南岸,占地近一百六十亩,凭水造景,建一庄园,名为水西庄。该庄园亭台楼阁巧夺天工,成为天津文人雅集之地。乾隆曾四次驻跸,并为其题名芥园。

查礼,喜收藏,善诗文,著有《铜鼓书堂遗稿》三十二卷。

春日郊行

(清)沈兆沄

带河门外直沽西,

野径春深布谷啼。

几处酒帘红杏雨,

谁家钓艇绿杨堤。

寻芳恰好逢嘉友,

得句何烦付小奚。

老屋城南归去晚,

钟声隐隐出招提。

〔**出处**〕《织帘书屋诗钞》(卷一)

織簾書屋詩鈔卷一 戊午至丙子

天津　沈兆澐　雲巢

芥園舊寓查氏
水西莊

菔菱晚蒼蒼閒遊古渡旁寒風疏落葉歸鳥下斜陽寺
隱孤雲名影樓餘艷雪名香詩僧聊可語為就水西莊

春日郊行

帶河門外直沽西野徑春深布穀嘰幾處酒帘紅杏雨
誰家釣艇絲楊隄尋芳恰好逢嘉友得句何煩付小奚
老屋城南歸去晚鐘聲隱隱出招提

《織簾書屋詩鈔卷一》

〔考证〕西青原有文献记有此诗。在"寻根大运河"活动中,笔者考之于《铜鼓书堂遗稿》(卷一)。西青原有文献记作者名为沈兆纭,笔者考之于各种文献,应为沈兆澐。虽然"澐"字古同"纭"。但《铜鼓书堂遗稿》中是"澐"字。故本书予以改正。

〔作者简介〕本书"古韵新彰"部分中《和沈云巢先生兆澐重宴鹿鸣诗原韵》诗后小注有介绍,不赘。

病后苦忆乡里作我所思

(清)徐大镛

我所思兮杨柳青,

近水为居如列屏。

河豚河鲤村家饭,

十里五里齐扬舲。

扑连便是桃花口，

一片夕阳红映柳。

〔出处〕《见真吾斋诗草》(卷四)

〔考证〕此诗西青原有文献有记载。最早的记载是中国人民政治协商会议天津市西郊区委员会文史资料工作委员会 1990 年编辑出版的《津西文史资料选编》第 4 辑中缪志明的文章《杨柳青题咏录》。笔者考之于各种文献，没有找到《见真吾斋诗草》的原本，只能以《杨柳青题咏录》所载考于旁证。《杨柳青题咏录》称此诗出自徐大镛诗集《见吾真斋诗钞》，实为《见吾真斋诗草》之误，其他西青书籍均因袭之。收入本书时将出处改正。

〔作者简介〕徐大镛(生卒年不详)，字序东，号兰生，天津人。清道光二年(1822)举人，民国总统徐世昌叔曾祖，官杞县知县。著有《见真吾斋集》。

《晚晴簃诗汇》称其"诗法香山，流丽清隽，自抒性灵，真挚中尤多见道语"。

竹枝词

(清)梅宝璐

桃花寺外桃花口，

杨柳村边杨柳青。

七十二沽沽水阔，

半飞晴絮半飘萍。

〔出处〕《津门杂记》(卷下)

津門雜記　卷下

下名流韻藻集於水西，所道光緒一年間，一時南北諸人子牆，間嘯君最盛立

瓓城三岔水潆洄，旌節花繁不斷開，離信貞魂茲

土屢經浩劫未成灰，

丁字沽邊柳萬條，青青一帶鎖絚橋，帆檣縱借東風

力消息全憑子午湖，

桃花寺外桃花口，楊柳村邊楊柳青，七十二沽水

澗半飛晴絮牛飄萍，

念年風鶴嘆頻驚，水旱交侵逼一城，億萬人家生路

瓜既開夷館更屯兵

〔考证〕此诗西青原有文献有记载，最早见于 1938 年出版的，由张江裁编著的《杨柳青小志》。该书中"杨柳村边杨柳青"作"杨柳青边杨柳青"，此后西青文献皆因袭之。在"寻根大运河"活动中，笔者考之于诸文献，猜测权威源头出处应该是清光绪十三年（1887）出版的梅宝璐《闻妙香馆诗存稿》，但未能找到原书文献。但见到清光绪十年（1884）刻印的由张焘编著的《津门杂记》中收录有该诗，该句为"杨柳村边杨柳青"。收入本书时，予以改正。

〔作者简介〕前文"金声玉应"部分，梅宝璐《〈碧琅玕馆诗钞〉题词》诗后有介绍，不赘。

附录：

经考证，以下两首诗与西青无关，为保持资料完整性，故本书收入此诗，附于"水乡剪影"章后。

柳　滩

(清)康尧衢

村落小河边，

人家阡陌连。

野桃开向水，

垂柳舞含烟。

地接津门近，

人从曲径穿。

来时迷渡口，

隔浦问渔船。

〔出处〕《蕉石山房诗草》

〔考证〕此诗存于《杨柳青古诗萃》"柳堤春色"章。在"寻根大运河"活动中，笔者考之于各种文献，但没能找到《蕉石山房诗草》。但根据作者生卒年推断此诗不是描写杨柳青镇大柳滩村的。因为大柳滩在清嘉庆时始有居民，此后逐渐成村。而据柯愈春著，北京古籍出版社 2001 年出版的《清人诗文集总目提要》称，《蕉石山房诗草》"录诗百五十五首，皆三十岁前所作"。康尧衢生于乾隆六年(1741)，也就是说此诗最晚的创作时间也在乾隆三十六年(1771)。那时大柳滩村尚无居民。而北辰区文献中，皆以此诗所指为北运河沿岸的天穆镇柳滩村。该村形成于清雍正年间，道光年间绘制的《津门保甲图》即有此村。为保持资料的完整性，故本书收入此诗，附于"水乡剪影"

章后。

〔作者简介〕康尧衢(1741—1802),字达夫,号道平,晚号海上樵人。天津人。性伉直,好面折人过。纨绔子弟多畏惧。遇戚友困乏,倾囊相助。著有《蕉石山房诗草》等。

沽河杂咏

(清)蒋　诗

皇船坞口是渔家,

杨柳青青拂岸斜。

绝似西湖船厂外,

二分烟水一分花。

〔出处〕《榆西仙馆初稿》(卷二十六《沽河杂咏》)

〔考证〕此诗存于《杨柳青古诗萃》。该书以"相传清乾隆帝沿南运河下江南,曾在杨柳青(旧称古柳村)停船靠岸",又因为此诗中有"杨柳青青拂岸斜"句,推断此诗写的是杨柳青。在"寻根大运河"活动中,笔者考之于华鼎元辑,张仲点校,天津古籍出版社 1986 年出版的《梓里联珠集》,该书中收有蒋诗的《沽河杂咏》诗一百首。后又考之于道光年间刻版的《榆西仙馆初稿》。诗后"摭拾旧文以注之"。纪昀称"其考核精到,足补地志之遗"。原诗下有小注《长芦盐法志》:皇船坞在天津闸口西湖皇船厂"。可见诗中所描述的是天津闸口西湖皇船厂,并不能因有"杨柳青"字样断定为杨柳青,亦与乾隆皇船停靠无关。西青原有文献中将原诗"绝似西湖船厂外"误为"绝似西湖好风景",收入本书时予以改正。为保持资料的完整性,故本书收入此诗,附于"水乡剪影"章后。

〔作者简介〕"古韵新彰"部分《沽河杂咏》中已有介绍,不赘。

柳堤春色

杨柳青谣

(元末明初) 瞿　佑

昔闻杨柳青，

今见杨柳黄。

三秋既迫暮，

午夜仍飞霜。

黄叶辞旧枝，

青眼存生意。

稍待春阳回，

又看柔荑翠。

荣枯互乘除，

气运长相参。

在物尚如此，

在人何以堪。

乔林蔽日昏，

古树停云密。

为作短歌行，

聊备乐府什。

〔出处〕《乐全稿》

〔考证〕此诗西青原有文献有记载。笔者考之于各种文献，明代嘉庆年间出版的《河间府志》卷三"柳口"条目下，以及万历年间出版的《北河纪余》卷四"杨柳青在静海县北五十里"条目下均有记载。后查得 20 世纪后期，有学者在日本内阁文库发现瞿佑《乐全稿》抄本，其中收有本诗，该书国内已佚失。《河间府志》《北河纪余》中所载应皆出于《乐全稿》。本诗名，西青原有文献皆记为《杨柳青》，《河间府志》《北河纪余》所载皆为《杨柳青谣》，《乐全稿》亦为《杨柳青谣》。西青原有文献中，本诗"三秋既迫暮"误作"三秋既近暮"，"黄叶辞旧枝"误作"黄时辞旧枝"，"青眼存生意"误作"青根存生意"，"稍待春阳回"误作"秋待春阳回"，"又看柔黄翠"误作"又见柔黄翠"，"气运长相参"误作"是运长相参"，"乔林蔽日昏"误作"乔木蔽日昏"，"古树停云密"误作"大树停云密"。收入本书时，以上问题皆予以改正。

〔作者简介〕瞿佑（1347—1433），"佑"一作"祐"，字宗吉，号存斋。钱塘

人,元末明初文学家。幼有诗名。洪武中,经人举荐历任仁和、临安等县训导,升周王府长史。永乐间,因诗获罪,谪戍保安十年。洪熙元年(1425),英国公张辅奏请赦还,先在英国公家主持家塾三年,后官复原职,内阁办事,后归居故里,以著述度过余年。著有《存斋诗集》《闻史管见》《香台集》《咏物诗》《存斋遗稿》《乐府遗音》《归田诗话》《剪灯新话》《乐全集》等二十余种。其传奇小说《剪灯新话》,承上启下,在中国小说史上有一定地位。

杨柳青

(明)谢　迁

直沽南头杨柳青,
昔时杨柳今凋零。
霜风满地散黄叶,
河边索寞①双邮亭。
人道垂杨管离别,
南来北往竞攀折。
我来袖手怜枯枝,
踟蹰临河驻旌节。
五云回首怀汉宫,
丹枫转眼经霜空。
李梅冬实岂佳味,
垂涎奔走嗤狂童。
阳回万物自生色,

---

① 索寞,寂寞萧索。

斡旋造化慚无力。

百年心迹岁寒同，

却忆南山旧松柏。

〔**出处**〕《归田稿》（卷八）

我見此圖三歎息

楊柳青

直沽南頭楊柳青昔時楊柳今凋零霜風滿地散黄葉

河邊索寞雙郵亭人道垂楊管離別南來北往競攀折

我來袖手憐枯枝躑躅臨河駐旌節五雲回首懷漢宮

丹楓轉眼經霜空李梅冬實豈佳味垂涎奔走唖狂童

陽回萬物自生色斡旋造化慚無力百年心跡歲寒同

卻憶南山舊松柏

〔**考证**〕此诗西青原有文献有记载。笔者考之于各种文献，清代乾隆年间出版的《钦定日下旧闻考》第一百十二卷"臣等谨按柳口镇直沽寨俱属天津"条目载有该诗。清乾隆四年（1739）版的《天津县志》及1938年出版的《杨柳青小志》等亦有收录。其原始出处应为谢迁的《归田稿》，诗为七言古诗。《杨柳青小志》以该诗题目为《杨柳青诗》，其他部分西青文献称为《过杨柳青诗》。查之《归田稿》，原题应为《杨柳青》。西青原有文献中，"河边索寞双邮亭"误为"河边寂寞双邮亭"甚至"河边寂寂双邮亭"，"南来北往竞攀折"误为

"北往南来竞攀折",收入本书时皆予以改正。

〔作者简介〕谢迁(1449—1531),字于乔,号木斋,浙江余姚人。出生时,家里正购得新居,故名"迁"。明成化十一年(1475)状元。授翰林院修撰,累迁左庶子。皇太子出阁,加太子少保、兵部尚书兼东阁大学士。武宗即位后,谢迁晋升为少傅兼太子太保。多次进谏遭拒绝后请辞,被皇帝慰留。直到请诛专权的宦官刘瑾不成时,与刘健一起辞官回乡。刘瑾怨恨谢迁,加以迫害。人们都为谢迁的安危担心,但谢迁自己下棋、赋诗,谈笑自若。刘瑾被诛后,朝廷复其官职,谢迁不受。世宗皇帝即位后,派官到谢迁家请其复职,对其厚待,天寒免入朝,赐诗、遣医赐药、赐酒。谢迁逝世后,明世宗特赠太傅衔,谥号文正。

谢迁自幼聪明。七岁,能属对。其祖父与夜坐,偶闻蛙声,随曰:"蛙鸣水泽,为公乎? 为私乎?"迁应声余曰:"马出河图,将治也? 将乱也?"其祖父遂奇之。一日,一客出对曰:"白犬当门,两眼睁睁惟顾主。"谢迁应声道:"黄蜂出洞,一心耿耿只随王。"于是,人们都知道他必是公辅之器。

《明史》称:"迁仪观俊伟,秉节直亮。与刘健、李东阳同辅政,而迁见事明敏,善持论。时人为之语曰:'李公谋,刘公断,谢公尤侃侃。'天下称贤相。"

《钦定四库全书·〈归田稿〉提要》称其"所作诗文大抵词旨和平,惟惓惓焉托江湖魏阙之思,以冀其君之一悟。老臣爱国之心实有流溢于不自觉者"。

杨青驿

(清)汪 沆

驿路垂杨色乍匀,

丝丝如织拂河湏。

曾来只欠蘼芜绿,

五字空吟潘舍人。

杨青驿旧属武清,旋归静海,今隶天津。《长安客话》:杨柳青地近丁字沽,四面多植杨柳,故名。潘舍人季纬诗:客路蘼芜绿,人家杨柳青。

〔出处〕《津门杂事诗》

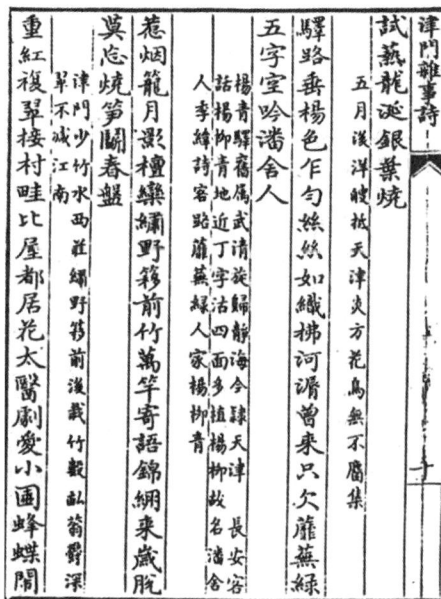

〔**考证**〕此诗西青原有文献有记载。笔者考之于乾隆四年(1739)版的汪沆著《津门杂事诗》。原诗无题,此题应是收入西青文献时所加,《杨柳青古诗萃》亦因袭。为保持《杨柳青古诗萃》篇目完整性,该题目保留。原诗后有小注,收入本书时亦收入。

〔**作者简介**〕本书"古韵新彰"部分《津门杂事诗》后有介绍,不赘。

杨青驿

(清)蒋 诗

曾在杨青驿里行,

树惜惜底望当城。

枯枝我亦无心折,

满目苍凉羁客情。

《天津卫志》:杨青驿,今隶天津。《方舆纪要》:杨青驿,嘉靖十九年改置于天津卫。当城在杨柳青北,即宋之当城砦。谢迁《杨柳青》诗:人道垂杨管离别,北往南来竞攀折。我来袖手怜枯枝,踯躅临河驻旌节。

〔出处〕《榆西仙馆初稿》(卷二十六《沽河杂咏》)

〔考证〕西青原有文献记有此诗。在"寻根大运河"活动中,笔者考之于华鼎元辑,张仲点校,天津古籍出版社1986年出版的《梓里联珠集》,该书中收有蒋诗的《沽河杂咏》诗一百首。后又考之于道光年间刻版的《榆西仙馆初

稿》。在《杨柳青古诗萃》中，本诗第二句作“愔愔树底望当城”，《榆西仙馆初稿》中为“树愔愔底望当城”，收入本书时予以改正。为保持《杨柳青古诗萃》篇目完整性，该题目保留。原诗后有小注，收入本书时亦收入。

〔**作者简介**〕“古韵新彰”部分《沽河杂咏》诗后已有介绍，不赘。

津沽竹枝词

（清）华长卿

杨柳青边多杨柳，
桃花寺里尽桃花。
柳条折去花飞去，
夫婿三年未到家。

〔**出处**〕《梅庄诗钞》（卷二）

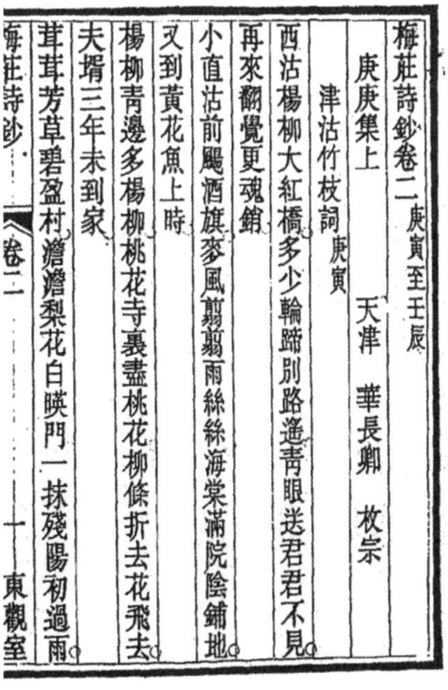
梅莊詩鈔卷二 庚寅至壬辰
庚庚集上　天津　華長卿　枚宗
津沽竹枝詞 庚寅
西沽楊柳大紅橋多少輪蹄別路遥青眼送君君不見。再來翻覺更魂銷
小直沽前颺酒旗麥風翦翦雨絲絲海棠滿院陰鋪地。又到黃花魚上時
楊柳青邊多楊柳桃花寺裏盡桃花柳條折去花飛去。夫壻三年未到家
茸茸芳草碧盈村澹澹梨花白暎門一抹殘陽初過雨。
梅莊詩鈔　卷二　一　東觀室

〔考证〕西青原有文献记有此诗。在"寻根大运河"活动中,笔者考之于《梅庄诗钞》。原诗有十二首,这是其中一首。西青原有文献中,第二句皆作"桃花寺里近桃花",《梅庄诗钞》中为"桃花寺里尽桃花";第三句西青部分文献作"柳条折尽花飞去",《梅庄诗钞》中为"柳条折去花飞去"。收入本书时,予以改正。

〔作者简介〕"古韵新彰"部分《津门杂感》诗后已有介绍,不赘。

津门杂咏

(清)吴锡麟

郎去芦台柳又秋,

妾居柳口望芦洲。

柳丝若绾郎心住,

愿守芦花共白头。

〔出处〕《有正味斋诗集》(卷八)

〔**考证**〕西青原有文献记有此诗。在"寻根大运河"活动中，笔者考之于《有正味斋诗集》，原诗有六首，题为《津门杂咏六首》。其中本诗涉及西青，故保存西青文献中的原题。西青原有文献中，第二句皆作"妾家柳口忆卢沟"，《有正味斋诗集》中为"妾居柳口望芦洲"；第四句皆作"共守芦花到白头"，《有正味斋诗集》中为"愿守芦花共白头"，收入本书时皆予以改正。

〔**作者简介**〕本书"古韵新彰"部分吴锡麟的《杨柳青》诗后有介绍，不赘。

天津竹枝词

（清）史梦兰

杨柳青边杨柳青，

郎来系马妾扬舲。

莫谩回腰学妾舞，

也须垂线牵郎情。

〔**出处**〕《尔尔书屋诗草》(卷六)

〔**考证**〕西青原有文献记有此诗。在"寻根大运河"活动中，笔者考之于《尔尔书屋诗草》，原诗有四首，这是其中一首。

〔**作者简介**〕"古韵新彰"部分《津门健令行有序》诗后有介绍，不赘。

杨柳青

(清)华鼎元

两岸春风古驿亭，

攀条送客酒微醒。

多情杨柳纷如织，

绾住离情眼独青杨柳青。

〔出处〕《津门征迹诗》

〔考证〕西青原有文献中记有此诗。笔者考之于华鼎元辑,张仲点校,天津古籍出版社 1986 年出版的《梓里联珠集》。书中每首诗均无题,诗后注有所描绘的胜迹地名。

〔作者简介〕"古韵新彰"部分《张抚军愚》诗后有介绍,不赘。

天津至保定途中杂咏

(清)周　馥

杨柳堤边万缕柔,
往来二十二春秋。
年年杨柳青如故,
堤上行人已白头。

杨柳青在津城西三十里。

〔出处〕《玉山诗集四卷》(卷二)

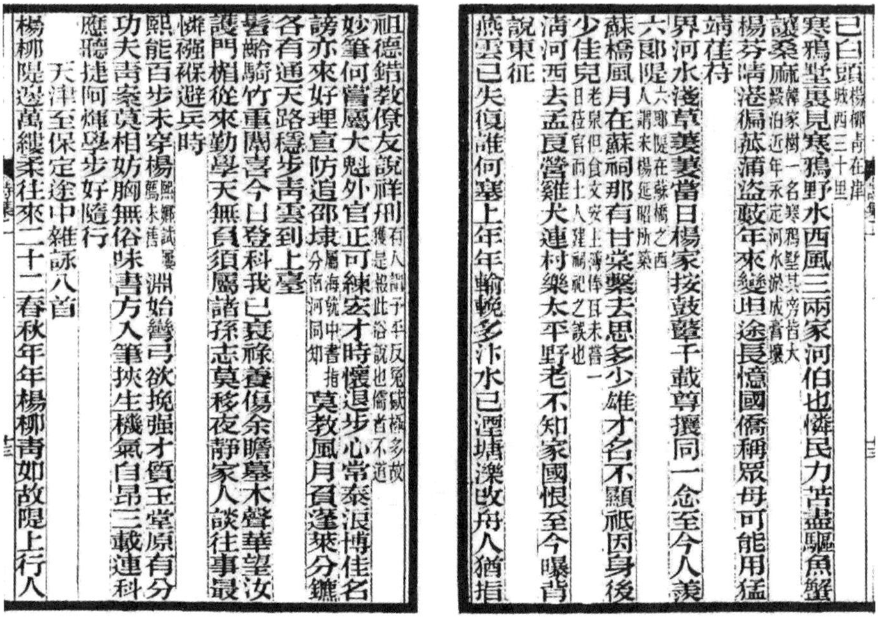

祖德錯教僚友說祥刑有人謂予平反冤獄極多故獲是報此俗說也儒者不道
妙筆何嘗屬大魁外官正可練宏才時懷退步心常泰浪博佳名
謗亦來好理宣防追邵棣屬海觀中書指分南河同知莫教風月負蓬萊分鑣
各有通天路穩步青雲到上臺
髫齡騎竹重闈喜今日登科我已衰祿養傷余瞻墓木聲華望汝
護門楣從來勤學天無負須屬諸孫志莫移夜靜家人談往事最
憐襁褓避兵時
熙能百步未穿楊熙鄉試薦未售淵始彎弓欲挽強才質玉堂原有分
功夫書案莫相妨胸無俗味書方入筆挾生機氣自昂三載連科
應聽捷阿輝學步好隨行
天津至保定途中雜詠八首
楊柳隄邊萬縷柔往來二十二春秋年年楊柳青如故隄上行人
已白頭楊柳青在津城西三十里
寒鴉墅裏見寒鴉野水西風三兩家河伯也憐民力苦盡驅魚蟹
讓桑麻韓家樹一名寒鴉墅其旁皆大澱泊近年永定河水淤成膏壤
楊芬晴港徧菰蒲盜藪年來變坦途長憶國僑稱衆母可能用猛
靖萑苻
界河水淺草萋萋當日楊家拔鼓鼙千載尊攘同一念至今人羨
六郎隄六郎隄在蘇橋之西人謂宋楊延昭所築
蘇橋風月在蘇祠那有甘棠繫去思多少雄才名不顯祗因身後
少佳兒老泉但食文安上簿俸耳未嘗一日蒞官而土人建祠祀之誤也
清河西去孟良營雞犬連村樂太平野老不知家國恨至今曝背
說東征
燕雲已失復誰何塞上年年輸幣多汴水已湮塘濼改舟人猶指

〔**考证**〕西青原有文献中记有此诗。笔者考之于1922年秋浦周氏校科版《玉山诗集四卷》。原诗题为《天津至保定途中杂咏八首》，这是其中一首。此诗下有小注，本书收入。

〔**作者简介**〕周馥（1837—1921），字玉山，号兰溪，谥悫慎。清末文人。安徽至德人。早年因多次应试未中，遂投笔从戎，在淮军中做了一名文书。后又升任县丞、知县、直隶知州留江苏补用、知府留江苏补用。此后历任永定河道、天津海关道、天津兵备道、直隶按察使。对北洋新政，周馥谋划为多。甲午战争爆发后，被任命为前敌营务处总理，负责调护诸将，收集散亡，粮以供给。马关议和后，自请免职。后经李鸿章举荐，任四川布政使。庚子事变后，李鸿章任议和大臣、直隶总督，调其任直隶布政使。后任山东巡抚，治理黄河、兴办教育，兴办商业，开济南、周村商埠迫使德国归还矿山。擢任两江总督、两广总督。光绪三十三年（1907）告老还乡。其晚年寄居天津，深研《易》

理。1921 年 10 月 21 日,病逝于天津,逊清谥之为"悫慎"。著有《玉山诗集四卷》等。

周馥早年潦倒,曾摆测字摊,兼代写。在马王坡摆摊时,李鸿章也住马王坡。他有老乡在李府伙房挑水,与伙房采买认识。采买识字不多,就近请周馥代记账目。李偶阅账簿,见字迹端正清秀,大加赞赏。遂请周馥为幕僚,办理文牍。

《晚晴簃诗汇》称"其所为诗,旨在微婉,而辞归胆识""寄兴所在,固不屑屑以风云月露论工拙也"。

附录:

和梅树君孝廉忆柳

(清)查 诚

记得春寒二月天,

懒丌露眼惯笆烟。

农桃犹自供脂粉,

痴想纤腰尚早眠。

〔出处〕《津门诗钞》(卷八)

〔考证〕西青文献中记有此诗,《西青区志》中有包括此诗的两首,《杨柳青古诗萃》中只此一首。在"寻根大运河"活动中,笔者考之于梅成栋编纂,卞僧慧,濮文起校点,天津古籍出版社 1993 年出版的《津门诗钞》(上)及清道光四年思成书屋版《津门诗钞》。《津门诗钞》中该诗题目为《和梅树君孝廉忆柳八首录六首》,说明原诗一共八首,《津门诗钞》只存六首。其中第三首明确写道"青青杨柳尚村名",《西青区志》有记载,但《杨柳青古诗萃》未收录。这一首与杨柳青无关,但为保存《杨柳青古诗萃》资料的完整,本章将其录入附

录,另一首收入"方志留馨"。诗题原为《和梅树君孝廉忆柳》,西青原有文献皆作《和梅君孝廉忆柳》。作者名应为查诚,《杨柳青古诗萃》作查城,本书予以改正。

〔作者简介〕查诚(生卒年不详),字卫中,号静岩,一号海沤,天津人。水西庄查氏,查善和之子,查为仁之孙。清乾隆四十二年(1777)举人。有祖父查为仁遗风。筑有小园,叠石种花,积书万卷,无不披览。然不事生产,使其家业中落。著有《天游阁诗钞》。

古镇船歌

杨柳青谣

(元)揭傒斯

杨柳青青河水黄，

河流两岸苇篱长。

河东女嫁河西郎，

河西烧烛河东光。

日日相迎苇檐下，

朝朝相送苇篱傍。

河边病叟长回首，

送儿北去还南走。

昨日临清卖苇回，

今日贩鱼桃花口。

连年水旱更无蚕，

丁力夫徭百不堪。

惟有河边守坟墓，

数株高树晓相参。

〔出处〕《揭文安公全集》(卷一)

楊柳青～河水黄河流兩岸菷籬長河東女嫁

楊柳青謠

親望天北行人初泊滳州城

辭家計日逢初度進日暄風在 帝京曉起念

滳州初度

桑陰～麦菢～終古不用城隍

如今為耕種塲但顧千萬年盡四海外為封疆

高郵城～何長城上種麦城下種桑昔日鐵不

高郵城

上千鐘禄

馱不得與消搖

藏省風飇玄工宰萬物恃至有榮涓嘗恐光景

為橋寒霜昨夜降時菊委嘉苗地勢西北雄終

日月麗中天列宿爛眈～河漢高且深鳥鵲以

雜詩四首寄彭通復

墓數株高樹曉相参

水旱更無丢丁力夫徭百不堪惟有河邊守墳

南走昨日臨賣菷回今日賣魚堯花口連年

朝相送菷蘒傍河邊病叟長廻首送兒北去還

河西郡河西烧蜀河东光～相迎菷撶下朝

〔考证〕西青原有文献中记有此诗。笔者考之于上海涵芬楼借乌程蒋氏密韵楼藏钞本。清崔旭《津门百咏》杨柳青诗后有小注"杨柳青。元揭傒斯有《杨柳青谣》"。可知,古人即认为此诗是描写杨柳青的。西青原有文献中,本诗第五句皆相互因袭,误为"日日相迎苇篱下"。查之《揭文安公全集》,应为"日日相迎苇檐下"。收入本书时,予以改正。

〔作者简介〕揭傒斯(1274—1344),元朝著名文学家、书法家、史学家。字曼硕,号贞文,龙兴富州江右人。延祐初年由布衣荐授翰林国史院编修官,迁应奉翰林文字,三入翰林,官奎章阁授经郎、翰林待制,集贤学士,翰林侍讲学士阶中奉大夫,封豫章郡公,修辽、金、宋三史,为总裁官。

至正三年(1343年),揭傒斯以七十岁高龄辞职回家。走到中途,皇帝派人追请揭傒斯回京写《明宗神御殿碑文》,文成,皇帝给予很多赏赐。再求离职,皇帝不许,并命丞相脱脱及执政大臣面谈阻行。揭傒斯说:"使揭傒斯有一得之献,诸公用其言而天下蒙其利,虽死于此,何恨! 不然,何益之有!"脱

脱问："方今政治何先？"揭傒斯说：储备人才最重要。当人才还没有名望、地位时，养在朝廷，使他全面了解政务，这样就不会出现因缺乏人才而误大事的后患。

此后，皇帝诏修辽、金、宋三史，揭傒斯为总裁官。四年时间，《辽史》完成。皇帝又督促早日完成金、宋二史。于是，揭傒斯住在史馆，朝夕不休。得寒疾，七日而死。这时，有外国使节来到京城，燕劳史局以揭公故，改日设宴接待。皇帝为他嗟悼，赐楮币万缗治丧事，并派官兵以驿舟送揭傒斯灵柩到故乡安葬。制赠护军，追封豫章郡公，谥曰文安。史家称，像揭傒斯这样的人有级别而无官位，是官方的失职。

《元史》称其"为文章，叙事严整，语简而当；诗尤清婉丽密；善楷书、行、草。朝廷大典册及元勋茂德当得铭辞者，必以命焉。殊方绝域，咸慕其名，得其文者，莫不以为荣云"。

卫河悼歌

(清)管干珍

杨柳青边紫蟹肥，

娘娘庙外白蝙飞。

酒酣更买青州面，

说饼篷窗醉解衣。

〔出处〕《松崖诗钞》（卷之十三）

松崖詩鈔　卷之十三　　十

三葉輕帆夕照痕欹沙如雪四無邨儂心却比經霜月
不怕漳河徹底渾

朔風吹冷木綿衣掛蓆孤行淶水闌目送虛舟齊下閘
無人紅葉滿溪飛

夜半銅盆海日昇齊開雙槳劃波綫計程小雪無多日
生怕滹沱十月冰

楊柳青邊紫蟹肥孃孃廟外白蝙飛酒酣更買青州麵
說餅筵慇醉解衣

直沽瀲灩兩堤冥淅淅終宵倚枕聽九十九支寒瀨水

〔考证〕西青原有文献中记有此诗。笔者考之于乾隆大观楼刻本《松崖诗钞》。原诗共有五首，此是其中一首。西青原有文献中，本诗第二句皆相互因袭，误为"娘娘庙前白蝠飞"。《松崖诗钞》中，此句为"娘娘庙外白蝙飞"。此诗收入本书时予以改正。

〔作者简介〕前文《析津晚泊忆旧》中已有介绍，不赘。

津门棹歌呈家小月明府 长春

(清)沈　峻

家家门户对蓬窗，

白鹭飞来照影双。

杨柳桃花三十里，

罟师①都惯唱南腔。

〔出处〕《欣遇斋诗卷》(卷十三)

《欣遇斋诗卷》卷十三　八

拍趄風
卸帆打槳是吳儂三泖風光此處逢荊得鱸魚爭貫柳官廚最好
佐朝饔
家家門戶對蓬窗白鷺飛來照影雙楊柳桃花三十里罟師都慣
唱南腔
澄江如練雨如絲婢乘潮欲上時不信散人能放達銀船銅斗
鎮相隨
石上蒼苔没釣磯月明繫舸是耶非如今蓬底聽疏雨懶向雲山
補衲衣
樵牧耕農儘讓渠且圖安穩學村漁太平時節無中隱休說磻溪

《欣遇斋诗卷》卷十三　八

過莎厢
津淀分流向海東衛齋遙望水雲中使君拋却垂竿手拄笏來看
津門權歌呈家小如明府長春
鳴珂里近歇郵亭卿味無勞寄曾劉退食携孫開笑口焚香調鶴
勒耕鋤
津沽綠水明于鏡十萬人家負郭居都説使君能活我花村煙雨
聽歌聲
當年上谷拜雙旌記伴襄陽作步兵老去匆安高臥穩也隨竹馬
贈吳淦匡司馬之勤
鳴十指應翹笑我拋何時捧研闋題評

〔考证〕西青原有文献中记有此诗。笔者考之于《欣遇斋诗卷》。原诗有十九首,这是其中一首。西青原有文献第一句为"家家户户对篷窗",《欣遇斋诗卷》中为"家家户户对蓬窗";第四句"船客都惯唱南腔",《欣遇斋诗卷》为"罟师都惯唱南腔"。西青部分文献将作者记作沈悛,其名应为沈峻。西青原有文献皆循《津门杂记》将题目记作《棹歌》,而原题为《津门棹歌呈家小如明府长春》。本书收入此诗时均予改正。

〔作者简介〕"古韵新彰"部分《卜葬先人于雷庄恭纪》诗后中有介绍,不赘。

---

① 罟师,指渔夫。

杨柳青柳枝词四首

(清)爱新觉罗·永瑆

一

家家绿柳在门前，

门外乌篷小小船。

黄鱼雪白随潮上，

切作银丝不值钱。

二

杨柳阴阴似画图，

春波满岸长春蒲。

蒲帘编好江南卖，

家在当城小直沽。

三

闻说沧州酒蜜甜，

垂杨深处有青帘。

行人不问青帘去，

只隔垂杨待卷帘。

四

柳条垂岸一千家，

丁字沽头飞白花。

花作浮萍青点点，

顺风流去水三叉。

〔出处〕《诒晋斋集》（卷四）

醉木脫洞庭秋 勃海之古跡莫荒塘姑故城 於鑑古

楊柳青柳枝詞四首

家家綠柳在門前，門外烏篷小小船。黃魚雪白鹽潮上，切作銀絲不值錢。

楊柳陰陰似畫圖，春波滿岸長春蒲。蒲簾編好江南賈，家在當城小直沽。

閒說滄州酒篘甜，垂楊深處有青帘。行人不問青帘去，只隔垂楊待捲簾。

柳絲垂岸一千家，丁字沽頭飛白花。花作浮萍青點點，順風流去水三义。

熱河寓舍感題

〔考证〕西青原有文献中记有此诗。笔者考之于《诒晋斋集》。在西青原有文献中，本诗第一首第一句皆作"家家绿柳植门前"，《诒晋斋集》中为"家家绿柳在门前"；第三首第三句皆作"行人不向青帘去"，《诒晋斋集》中为"行人不问青帘去"；第四首第二句皆作"丁字沽头开白花"，《诒晋斋集》中为"丁字沽头飞白花"；第四首第三句皆作"化作浮萍青点点"，《诒晋斋集》中为"花作浮萍青点点"。西青原有文献皆将题目记作《驻杨青驿四首》，《诒晋斋集》中原题为《杨柳青柳枝词四首》。收入本书时皆予以改正。

〔作者简介〕爱新觉罗·永瑆（1752—1823），号少厂，一号镜泉，别号诒晋斋主人。清朝著名书法家。乾隆第十一子，清仁宗爱新觉罗·颙琰异母兄。著有《听雨屋集》《诒晋斋集》等。

道光年间曾任翰林院掌院学士的麟魁称其诗"扬风挖雅，远接唐音"。

津门绝句

(清)杨暎昶

一

海国波涛接杳冥,

趁风番舶正扬舻。

东沽水合西沽水,

杨柳青边杨柳青。

二

临水人家傍岸居,

门前秋水映芙蕖。

临流结得千丝网,

网得双双比目鱼。

〔出处〕《续天津县志》(卷十九)

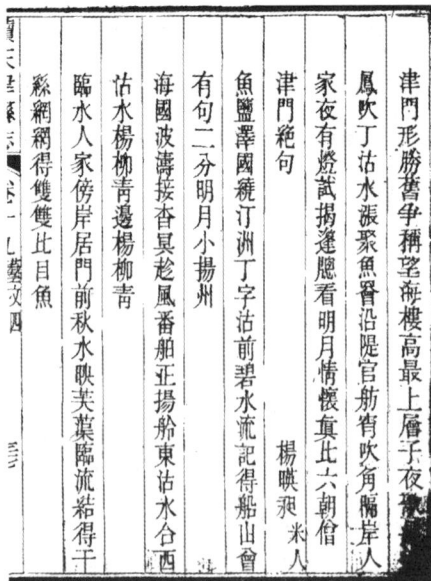

〔**考证**〕西青原有文献中记有该诗。笔者考之于清乾隆四年(1739)版《续天津县志》。该书中记有杨暎昶的《津门绝句》四首。这是其中两首。据推测,诗的源头出处应是杨暎昶的《燕南赵北诗钞》,但没能找到该文献,只好以《续天津县志》为依据。西青文献皆以光绪十年(1880)版的张焘《津门杂记》所记为来源,而该书对所录诗词缺乏严谨的考据,有张冠李戴的现象。西青原有文献因袭传抄,以致谬种流传。《杨柳青小志》《西青区志》中收有本诗,题为《津门杂咏》,同时题下还有"生计凭借旧钓车,鲁鱼网罢网羊鱼。更临苇岸烹回网,便唉西施乳不如","鸬鹚艓子小于萍,贩得鲜回尽入城。青鲫白虾充馔好,登盘须逊女儿蛏"。皆为汪沆《津门杂事诗》中作品,非杨暎昶诗,亦无证据表明与西青相关。收入本书时皆予以改正。《杨柳青小志》《西青区志》和《杨柳青古诗萃》中皆收录的"蘼芜杨柳绿依依,樯燕樯乌立又飞。赚得南人乡思缓,白鱼紫蟹四时肥"亦非杨暎昶诗,乾隆四年(1739)版《天津县志》记为无名氏,诗题为《直沽棹歌》。因《杨柳青古诗萃》存有该诗,故改正题目、作者后,收入"杨柳存萃"部分。

作者名杨暎昶,西青文献皆作杨映昶。暎字,古同映。但《续天津县志》及作者本人诗集《不易居诗钞》《衍波亭初稿》皆作暎,本书亦取暎字。《天津县续志》中诗题为《津门绝句》,《津门杂记》中诗题为《竹枝词》,本书取《津门绝句》。

〔**作者简介**〕杨暎昶(1753—1809),字米人,安徽桐城人。乡试不售,遂考职吏目。出任过武邑、永清、宝坻知县,擢北运河同知,迁天津运同。后权河间、大名知府。在宝坻时,当地人文寥落,乡试没有几个中举的。于是,他创建泉州书院,并亲自教课,五年有八人中举。当地人惊诧。后当地蝗灾,杨暎昶"以斗米易斗蝗",以市价给钱代之。在武邑遇大旱,杨暎昶持斋祈祷,竟然甘霖立应。任北运河同知时,河堤决口,他则提前有所预备,抢修及时。著有《不

易居诗钞》《衍波亭诗集》等。

　　杨暎昶幼有文名，八岁能诗。清著名诗人李符清称其"得唐贤三昧""与名士唱和，才名噪甚"。

直沽棹歌

(清)无名氏

蘼芜杨柳绿依依，

樯燕樯乌立又飞。

赚得南人乡思缓，

白鱼紫蟹四时肥。

〔出处〕《天津县志》（卷二十二）

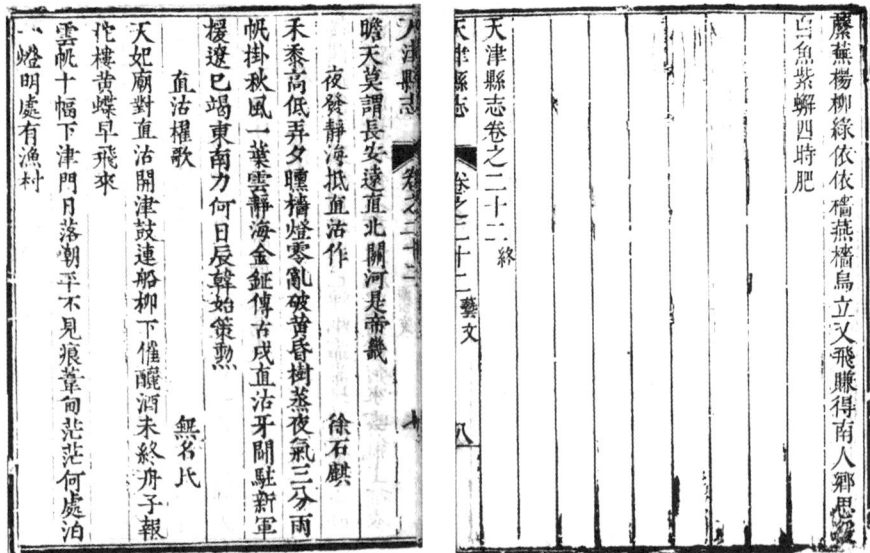

〔考证〕西青原有文献记有该诗，但都记在杨暎昶名下。在"寻根大运河"活动中，笔者在考证杨暎昶诗作时发现问题，予以改正。西青部分文献

中，第二句为"樯燕樯乌立又飞"；《天津县志》《津门杂记》中皆作"樯燕樯乌立又飞"。收入本书时予以改正。原诗共有三首，本书只收录这一首与杨柳青相关的。"蘼芜杨柳"语源自明潘纬诗（见前文潘纬《别汪子维舟次杨柳青有寄》）。

〔**作者**〕《天津县志》记为"无名氏"，《津门杂记》记"失名"。本书从《天津县志》，记为"无名氏"。

津门百咏——杨柳青

（清）崔　旭

满釜鱼羹气味腥，

小船偶傍树荫停。

侬炊香饭郎沽酒，

两岸春风杨柳青。

杨柳青。元揭傒斯有《杨柳青谣》。

〔**出处**〕《津门百咏》

〔**考证**〕西青原有文献记有该诗,笔者考之于华鼎元辑,张仲点校,天津古籍出版社 1986 年出版的《梓里联珠集》和 1938 年双肇楼版的《京津风土丛书》。这两本书中都收有崔旭的《津门百咏》诗一百首。西青原有文献收有其中两首。第二首诗下小注为"泊渡",未能明确写杨柳青事,故收入本章附录。西青原有文献中为这首诗加题《杨柳青》。收入本书时,题目改为《津门百咏——杨柳青》。

〔**作者简介**〕崔旭(1767—1846),字晓林,号念堂,直隶天津府庆云县人。清道光六年(1826),崔旭出任山西省蒲县知县,后兼理大宁县事,政声卓著,深受乡民爱戴。道光十三年(1833),因病引退归里,潜心著述,作品有《念堂诗话》等。

崔旭性颖悟,自少好学,尤喜诗歌。嘉庆五年(1800)八月,张船山充顺天乡试同考官,取中崔旭、梅成栋、姚元之等人,崔、梅、姚合称"张门三才子"。

清翰林、礼部侍郎陶梁称其诗"醇古淡泊,味之弥永,譬诸精金百炼,宝光内含"。

作者卒年其说不一,有说卒于 1845 年的,有说卒于 1847 年的。赵沛霖《天津清代诗人生卒年考索》称:"《念堂诗草》卷五《平山堂》诗题下注云'道光二十三年癸卯作,时年七十有七。'道光二十三午癸卯为 1843 年,故知其生年为乾隆三十二年(1767)。集中还有类似注文数处,推证结果均与此同。《大清畿辅书征》云:其'公余不废吟咏,告归,卒年八十。'据此可推知其卒年为道光丙午(1846)。"本书从其说。

沽上棹歌

(清)杨光仪

桃花水暖长鱼苗,

晓市浮梁宿雾消。

大沽打桨小沽卖，

叶叶蒲帆趁晚潮。

〔**出处**〕《碧琅玕馆诗钞》（卷四）

桃花水煖長魚苗曉市浮梁宿霧消大沽打槳小沽賣
葉葉蒲帆趁晚潮
蓮花泊裏駕輕舟蓮花卸瓣天欲秋挂帆估客勝芳去
笑指汀蘆初白頭業津人時往販之為
秋柳鳴蟬便面
綠楊深處咽琴絲獨抱秋心訴阿誰記得輞川圖畫裏

沽上櫂歌

碧琅玕館詩鈔卷四　津門　楊光儀　香吟

〔**考证**〕西青原有文献记有该诗，笔者考之于《碧琅玕馆诗钞》。原诗有两首，西青原有文献只记载了这一首，另一首为新发现，收入本书"古韵新彰"部分。本诗第一句，西青原有文献中皆作"桃花流水长鱼苗"，《碧琅玕馆诗钞》中原作"桃花水暖长鱼苗"；本诗第三句，西青原有文献中记作"大沽打浆小沽卖"，《碧琅玕馆诗钞》中原作"大沽打桨小沽卖"。西青原有文献皆循《津门杂记》将本诗题目记作《棹歌》，《碧琅玕馆诗钞》中本诗题目为《沽上棹歌》，收入本书时，皆予以改正。

〔**作者简介**〕"古韵新彰"部分《避兵木厂庄》诗后有介绍，不赘。

为杜东里题扇

(清)佚　名

古流村外断水流，

杨柳青丝系客舟。

茅店不关人迹少，

家家网罾挂墙头。

〔**出处**〕《津西诗录》

〔**考证**〕此诗见于中国人民政治协商会议天津市西郊区委员会文史资料工作委员会 1988 年 3 月出版的《津西文史资料选编》第 2 辑中王子羽、张志斌选注的《津西诗录》。诗后有小注"杜东里字式侨，清末秀才，家藏小扇上题七言句一首无款识，仅一小印亦模糊不辨，据有人云；在镇某旅店壁间亦有此诗"。

渔歌三首

(清)佚　名

一

柴门杨柳偎长河，

牵萝补屋费张罗。

九十春光无限好，

弄潮儿娶采莲娥。

二

生计全凭水上活，

弄潮儿娶采莲娥。

月上梢头归来晚，

轻风阵阵送渔歌。

三

弄春迎娶采莲娥，

布衣称体胜绮罗。

相迎笑问炊熟未？

黍饼银刀共一锅。

〔**出处**〕《芹洲笔记》[①]

〔**考证**〕此诗见于中国人民政治协商会议天津市西郊区委员会文史资料工作委员会 1988 年 3 月出版的《津西文史资料选编》第 2 辑中王子羽、张志斌选注的《津西诗录》。诗后有小注"作者佚名，原载芹洲笔记。当年镇西莲花淀，十里荷香，直达当城，黍饼银刀月即天津传统食法'贴饽饽熬鱼'一锅熟。今食品街'村姑餐厅'犹有此风味"。

天津竹枝词

(清末民初)冯文洵

雪花又似柳花飞，

重利商人尚未归。

"自自回回"不如鸟，

"拆拆洗洗"促寒衣。

津人赴甘肃、新疆及俄蒙一带经商者杨柳青人为最多。靛雀大似瓦雀，土人呼为自自回回，又名自自黑。拆拆洗洗，秋虫名。

---

① 《芹洲笔记》为杨柳青乡绅姚浚源(1871—1947，字芹洲，少年补监生)搜集整理的有关杨柳青地方风土人情、古寺、碑碣、传说等的方志资料性笔记，共四卷，后散失不存。其学生王洪逵曾对该书做过部分记录，我们可以从王洪逵先生的文章中略知一二。

〔出处〕《丙寅天津竹枝词》

〔考证〕西青原有文献中记有该诗,笔者考之于雷梦水、潘超等编,北京古籍出版社1997年出版的《中华竹枝词》。该书录有冯文洵《丙寅天津竹枝词》。诗后有小注"津人赴甘肃、新疆及俄蒙一带经商者杨柳青人为最多。靛雀大似瓦雀,土人呼为自自回回,又名自自黑。拆拆洗洗,秋虫名"。由诗后小注可知,此诗写的是杨柳青人去西北"赶大营",西青原有文献所加《杨柳青》之题不妥。收入本书时,加原诗小注,并把题目改为《天津竹枝词》。此诗系民国年间作品,为保持"杨柳存萃"部分按《杨柳青古诗萃》排序的完整性,予以保留。考证本诗时发现冯文洵《丙寅天津竹枝词》中涉及西青的多首诗作,皆不收入本书。

〔作者简介〕冯文洵(1880—1933),字问田,天津人。清末曾宦游巴蜀等地。1914年赴龙江。1917至1918年初任泰来县知事。1918至1921年任海伦县知事。1928年再次游龙江,曾任黑龙江省政府秘书。九一八事变后,归隐天津。工诗善画。著有《海伦杂咏》《天津竹枝词》《紫箫声馆诗存》等。

附录:

该诗下小注为"泊渡",未能明确写杨柳青事,故收入本章附录。

津门百咏

(清)崔　旭

织蒲女嫁弄船男,

裙子深红袄浅蓝。

小轿一乘船载过,

郎家河北妾河南。

泊渡。

〔**出处**〕《津门百咏》

〔**考证**〕西青原有文献记有该诗,笔者初考之于华鼎元辑,张仲点校,天津古籍出版社 1986 年出版的《梓里联珠集》和 1938 年双肇楼版的《京津风土丛书》。这两本书中都收有崔旭的《津门百咏》诗一百首。该诗下小注为"泊渡",未能明确写杨柳青事,故收入本章附录。西青原有文献中为这首诗加题《杨柳青》似不妥。收入本书时,题目改为《津门百咏》。

〔**作者简介**〕本章《津门百咏》诗后有介绍,不赘。

古渡晚泊

杨柳青

(明)吴承恩

村旗夸酒莲花白,

津鼓开帆杨柳青。

壮岁惊心频客路,

故乡回首几长亭。

春深水涨嘉鱼味,

海近风多健鹤翎。

谁向高楼横玉笛?

落梅愁绝醉中听。

〔出处〕《射阳先生文存》(卷一)

〔**考证**〕西青原有文献中记有该诗,笔者考之于《明诗综》和吴承恩著,刘修业辑校,刘怀玉笺校,上海古籍出版社 1991 年出版的《吴承恩诗文集笺校》所录《射阳先生文存》。西青原有文献中本诗第五句皆记作"春深水暖嘉鱼味",《射阳先生文存》及《明诗综》则为"春深水涨嘉鱼味"。西青原有文献中,本诗题目皆为《泊杨柳青》。《明诗综》与《射阳先生文存》中,本诗题目原为《杨柳青》。收入本书时予以改正。

〔**作者简介**〕吴承恩(1506—1583),字汝忠,号射阳山人。淮安府山阳县人。吴承恩科举中屡遭挫折,嘉靖中补贡生。嘉靖四十五年(1566)任浙江长兴县丞。由于宦途困顿,晚年绝意仕进,闭门著述。著作被编为《射阳先生文存》。

现存明刊百回本《西游记》均无作者署名,最先提出《西游记》作者是吴承恩的是清代学者吴玉搢,吴玉搢在《山阳志遗》中介绍《淮贤文目》,载《西游记》为先生著。但这一说法并无确实佐证,《淮贤文目》载《西游记》仅为目录,并不能确定就是小说《西游记》。因此,吴承恩是否为小说《西游记》作者受到学术界质疑。

明天启《淮安府志》称吴承恩"性敏而多慧,博极群书,为诗文下笔立成,清雅流丽,有秦少游之风。复善谐谑,所著杂记几种,名震一时"。清嘉庆《长兴县志》称其"性耽风雅,作为诗,缘情体物,习气悉除。其旨博而深,其辞微而显,张文潜后殆无其伦"。

杨柳青道中

(明)于慎行

鸣榔凌海月,
掫舵破江烟。

杨柳青垂驿,

蘼芜绿刺船。

笛声邀落日,

席影挂长天。

望望沧洲路,

从兹遂渺然。

〔**出处**〕《谷城山馆集》(卷六)

〔**考证**〕西青原有文献中记有该诗,笔者考之于《谷城山馆集》。西青原有文献中,本诗第五句皆记为"笛声邀落月",《谷城山馆集》中为"笛声邀落日"。西青原有文献中,本诗题目皆为《杨柳青道中诗》。《谷城山馆集》中,本诗题目原为《杨柳青道中》。收入本书时皆予以改正。

〔**作者简介**〕"古韵新彰"部分《夜发杨柳青望天津海口》中有介绍,不赘。

运河晚泊

(清)爱新觉罗·弘旿

烟柳绿婆娑，

扁舟泊漕河。

农歌知雨足，

麦气验时和。

沙岸留斜日，

篷窗漾绿波。

今朝双鲤到，

春色问如何。

〔**出处**〕《瑶华诗钞》(卷一)

醒一醉此欣賞
柳口晚次
憶昨津門柳送春去來橋口暫逡巡影憐落月留
殘夢魂斷樓烏少故人煙草不嫌當遠道參商相
堅度蕭晨悠悠無限東流水逝今仰每愴神
運河晚泊
煙柳綠婆娑扁舟泊漕河農歌知雨足麥氣驗時
和沙岸留斜日篷窗漾綠波今朝雙鯉到春色問
如何

〔**考证**〕西青原有文献中记有该诗，笔者考之于《瑶华诗钞》。《西青区

志》中紧挨着该诗记有半首《柳口晚次》(见"古韵新彰"部分),分明就是写夜泊柳口运河的景色。故知该诗也是写杨柳青的运河景色。作者正名为爱新觉罗·弘旴。一些著作传为弘旿,西青原有文献也皆作弘旿。收入本书时予以改正。

〔**作者简介**〕"古韵新彰"部分《柳口晚次》已有介绍,不赘。

宿杨柳青

(清)英　廉

孤村倚长河,

客枕临秋水。

知有南来船,

烟中闻吴语。

〔出处〕《梦堂诗稿》(卷八)

〔**考证**〕西青原有文献中记有该诗,笔者考之于《梦堂诗稿》。西青原有文献中该诗题目皆记为《秋宿杨青驿》,《梦堂诗稿》中原题为《宿杨柳青》。本诗第二句,西青原有文献皆记作"客枕依秋圃",《梦堂诗稿》中为"客枕临秋水";本诗第三句,西青原有文献皆记作"知有南船来",《梦堂诗稿》中为"知有南来船"。收入本书时,皆予以改正。

〔**作者简介**〕英廉(1707—1783),冯氏,字计六,号梦堂,别号竹井老人,谥文肃,福余(今地属于辽宁)人,内务府汉军镶黄旗籍。雍正十年(1732)举人。自笔帖式授内务府主事,历官江南河工学习、淮安府外河同知、永定河道、内务府正黄旗护军统领、江宁布政使兼织造、内务府大臣、户部侍郎、刑部尚书、正黄旗满洲都统、四库馆正总裁,官至东阁大学士,加太子太保。和珅之岳祖丈,亲自培养和珅步入仕途。著有《梦堂诗稿》,参与编纂《全毁抽毁书目》《钦定日下旧闻考》《钦定皇舆西域图志》《钦定兰州纪略》等。

杨柳青

(清)管干珍

秋寺曾敲白板扉,

寒潮无路没鱼矶。

重寻古渡舟横处,

新柳成围雪乱飞。

〔**出处**〕《松崖诗钞》(卷之二十)

〔考证〕西青原有文献中记有此诗。笔者考之于乾隆大观楼刻本《松崖诗钞》。

〔作者简介〕"古韵新彰"部分《析津晚泊忆旧》诗后已有介绍,不赘。

杨柳青晚泊

(清)管干珍

青青杨柳拂官河,

小泊轻航系树多。

红蓼一汀鱼结队,

白苹双桨鸭冲波。

坐穷暮雨当窗至,

目送风帆竟海过。

芳草王程心自凛，

敢将幽意问烟萝！

〔**出处**〕《松崖诗钞》(卷之三十一)

〔**考证**〕西青原有文献中记有此诗。笔者考之于乾隆大观楼刻本《松崖诗钞》。西青原有文献中，本诗第六句中"竟"字皆作"竞"。本诗第七句相互因袭，皆作"芳草王程心自懔"。《松崖诗钞》中此句为"芳草王程心自凛"。此诗收入本书时予以改正。

〔**作者简介**〕"古韵新彰"部分《析津晚泊忆旧》诗后已有介绍，不赘。

夜泊念家嘴

(清)金玉冈

犬吠沙村夜，

寒潮静自流。

月沉荒岸外，

人在小船头。

有客同茶灶，

无儿制钓钩。

虫声吟思苦，

凄切野田秋。

〔出处〕《黄竹山房诗钞》（卷四）

〔考证〕西青原有文献中记有此诗。笔者考之于《黄竹山房诗钞》。后一首为《过独流》。本诗第三句，西青文献皆记作"月沉荒岸下"，《黄竹山房诗钞》中原作"月沉荒岸外"；本诗第五句，西青文献皆记作"有客同茶社"，《黄竹山房诗钞》中原作"有客同茶灶"；本诗第七句，西青文献皆记作"虫声吟愈苦"，《黄

竹山房诗钞》中原作"虫声吟思苦"。本诗题目,西青原有文献皆记作《夜泊念坨嘴》,《黄竹山房诗钞》中原作《夜泊念家嘴》。收入本书时,皆予以改正。

〔**作者简介**〕"古韵新彰"部分《傅村夜归》后有介绍,不赘。

木厂庄夜归

(清)杨光仪

回首长堤落日圆,

一鞭归去暗前川。

惊狐仄岸冲人过,

栖鸟荒林抱叶眠。

大野星光垂到地,

远村灯火闪连天。

无端涌出沧溟月,

咫尺蓬壶思渺然。

〔**出处**〕《碧琅玕馆诗钞》(卷二)

碧琅玕馆诗钞 卷十一 二

誌不朽

木厰莊夜歸

回首長隄落日圓一鞭去暗前川驚狐尺岸衝人過

棲鳥荒林抱葉眠大野星光垂到地遠村鐙火閃連天

無端湧出滄溟月咫尺蓬壺思渺然

讀史絕句

哀到江南枉斷腸此身何日殉君王可憐朱雀橋邊路

盡虎反類狗狗醒後自捫心常境顏何厚少時多疏放今

悔尚非後杯酌豈絕之縱飲吾已否晋此告同儕賓筵

〔考证〕西青原有文献中记有此诗。笔者考之于《碧琅玕馆诗钞》。本诗题目，西青原有文献皆记作《木厂庄夜泊》，《碧琅玕馆诗钞》中原作《木厂庄夜归》；诗中"远村灯火闪连天"句，西青原有文献中皆作"远林灯火闪连天"。收入本书时，皆予以改正。

〔作者简介〕"古韵新彰"部分《避兵木厂庄》诗后有介绍，不赘。

画苑奇葩

画作坊

(清)崔　旭

画片如云雕板成，

红黄涂抹不知名。

亦同射利诗文稿，

粗具形骸便印行。

画作坊。杨柳青印画所行甚远。

〔出处〕《津门百咏》

津門百詠

五　雙肇樓叢書

西齋之見北
京逸華記

爲問蒙莊道在無　短垣尿溺各成區顛狂好倩丹青手畫作鍾馗野潑圖 （糞礦）

火窖花開種種奇　栽礎斗插軍持金迷紙醉躭清賞稼穡艱難恐未知 （花厰）

堆積如山傍海河　河束數里盡鹽陀民間珍視同珠玉不道此間如許多 （鹽陀）

寫隆復蔽窖深長　河水成冰應候藏銅蓋丁當敲賣日饒瓷花盌酥梅湯 （以前新整合 沐雪）

翠釜鳴薑海味稠　咄嗟可辦列珍羞烹調最説天津好邀客且登通慶樓 （酒樓）

清涼茶肆渝湯初　座上盲翁講法如一自梨園誇弟子三絃冷落説唐書 （茶館）

畫片如雲雕板成　紅黃塗抹不知名亦同射利詩文稿粗具形骸便印行 （畫作坊 楊柳青印畫所）

城門内外滿街泥　古董攤多不整齊宋硯漢章名字畫家家也賣玉東西 （古董攤）

百寶都従海舶來　玻璃大鏡比門排和蘭璜伏西番錦怪怪奇奇洋貨街 （洋貨街）

居奇無貨不蘇杭　三倍蝦價更昂莫怪門中開内局従來大買要深藏 （南貨局）

衣裳顛倒半卝新　挈領提襟唱夏歌冬裘隨意買不知初製是何人 （衣衫街）

〔考证〕西青原有文献记有该诗，笔者考之于华鼎元辑，张仲点校，天津

古籍出版社 1986 年版的《梓里联珠集》和 1938 年双肇楼版的《京津风土丛书》。这两本书中都收有崔旭的《津门百咏》诗一百首。这是其中一首。本诗第一句，西青文献中皆作"画片如云雕版成"，《津门百咏》原为"画片如云雕板成"；本诗第二句，西青文献中皆作"亦同射利时文稿"，《津门百咏》原为"亦同射利诗文稿"。收入本书时，皆予以改正。该诗后有小注，本书亦加。小注诗题为《画作坊》，西青文献中皆作《杨柳青年画》，本书改为原题。

〔**作者简介**〕本书"杨柳存萃"部分《津门百咏》诗后有作者简介，不赘。

年　画

(清)李光庭

扫舍之后，便贴年画，稚子之戏耳。然如《孝顺图》《庄稼忙》令小儿看之，为之解说，未尝非养正之一端也。

依旧胡卢①样，

春从画里归。

手无寒具碍，

心与卧游违。

赚得儿童喜，

能生蓬荜辉。

耕桑图最好，

仿佛一家肥。

〔**出处**〕《乡言解颐》(卷四)

---

① 胡卢，即葫芦。

華輝耕桑圖最好彷彿一家肥

饅頭

臘月望後便蒸饅頭分有餡無餡二種有細作者揀麥磨麪煞費工夫鄉人有磨麪先洗麪之謂麪者曰重籮家作至於四籮攪冰花糖以模印之其白如雪面有銀光謂之白包子近日京師山人家作者最精昔年家鄉亦有能作者今失傳矣。翠釜湯初沸筠

乡言解颐 《卷四饮食上》七

義。莫謂儒宮陋常將做帚儲廬爲吾所愛塵與蒇俱除香穗衣篝簇梅花紙帳芧紗籠重檢點珍護數行書

年畫

掃舍之後便貼年畫稚子之戲耳然如孝順圖莊稼忙令小兒看之爲之解說未嘗非養正之一端也。依舊胡盧樣春從畫裏歸手無柰其礙心與臥遊邊賺得見童喜能生蓬

〔考证〕西青原有文献记有该诗,笔者初考之于李光庭《乡言解颐》。西青原有文献中诗第一句皆记为"依旧葫芦样",《乡言解颐》中则为"依旧胡卢样"。西青原有文献误记作者为蒋光庭;诗题皆记作《题杨柳青年画》,《乡言解颐》中,原题为《年画》。收入本书时,皆予以改正。诗前有对乡俗的说明,收入本书时加上。

〔作者简介〕李光庭(1773—1831),字大年,号扑园。天津宝坻人。乾隆六十年(1795)得中举人,以内阁中书出任湖北黄州知府。助民修水利,有时誉。但他不得上级官员喜爱,乞归。久居北京,以诗自娱。著有《虚受斋诗钞》《乡言解颐》等。据专家考证,《乡言解颐》中的本诗是第一次把春节时贴的画称为年画,此前一般称为"画片""卫画"等。

《乡言解颐》刊行于乾隆三十年(1765),书并未署作者名。根据周作人考证,确定作者为李光庭。

《晚晴簃诗汇》称其诗"工于咏物"。

津门竹枝词

(清)周宝善

腊尽冬残百货乖，

年年在此是招牌。

张家窝里刊奇画，

不到中旬贴遍街。

〔出处〕《津门闻见录》(《津门竹枝词》)

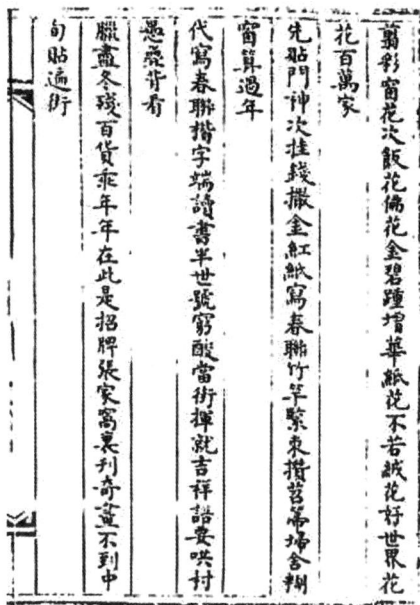

〔考证〕西青原有文献记有该诗,笔者初考之于郝福森辑录的《津门闻见录》。其中有署名天津周楚良的《津门竹枝词》三百首,本诗是其中一首。西青原有文献中,诗题皆记作《天津竹枝词》,《津门闻见录》中的原题为《津门竹枝词》,收入本书时予以改正。楚良为周宝善字,故本书仍将作者记为周宝善。

〔**作者简介**〕周宝善(1817—?),字楚良,号木叶。诸生。著有《石竹斋诗稿》等。

题白俊英绘扇图年画

(清)王金甫

巫山洛浦本无情,

总为神姝便得名。

扇曲虽系巴人语,

迟迩咸传杨柳青。

〔**出处**〕《津西诗录》

〔**考证**〕西青原有文献记有该诗,为年画题诗摘录。最早记录此诗的文献为中国人民政治协商会议天津市西郊区委员会文史资料工作委员会 1988 年编印的《津西文史资料选编》第 2 辑中王子羽、张志斌选注的《津西诗录》。

〔**作者简介**〕王金甫,杨柳青人,生于清同治年间。初在松竹斋南纸店做画工,能诗擅画,长于绘故事人物。后兑下该店自营,更名"爱竹斋"。曾经邀请上海画家钱惠安到杨柳青进行创作。

庚子之变时曾刻"杨柳青支应局"寿山石印章一枚。支应局用此印章印行四十多万两钱帖子,并用于与天津都统衙门的公文往来。

小园花事

城西花厂

(清)汪　沆

重红复翠接村畦，

比屋都居花太医。

剧爱小圃蜂蝶闹，

篮舆日日挂偏提。

小圃，村名，在城西；与大圃相邻，居人皆以艺花为业。

〔出处〕《津门杂事诗》

津门杂事诗　十一

重红复翠接村畦比屋都居花太医剧爱小圃蜂蝶闹

莫惜烧笋闹春盘

巷烟笼月影檀栾蒱野篠前竹万竿寄语锦绷来戏腕

五字室吟谱舍人

驿路垂杨色作勹丝丝如织拂河湄曾来只欠蔷薇绿

试燕龙涎银叶烧
五月送洋牌抵天津炎方花鸟无不届集

青帘斜飐小溪圃

麦田刈得车翻饼饵风吹香满村何处午凉堪卸驮

剪断银波四烈墫
秋涨粘天迥不分青蒲猎猎水云沄一坏知属阳侯护

远帆如鸟屋如蚪
河东佛寺颜多一屈楼在大悲院侧

河东屈曲水挑蓝五五三三燕子龙好是一层楼上望

篮舆日日挂偏提
小圃村名在城西与大圃相隣居人皆以艺花为

津门杂事诗　十二

〔考证〕西青原有文献记有该诗，在"寻根大运河"活动中笔者考之于《津

门杂事诗》。本诗第四句,西青原有文献皆记为"篮舆日日挂偏堤",《津门杂事诗》中原为"篮舆日日挂偏提",收入本书时予以改正。本诗原无题,西青文献中循《津门杂记》题为《城西花厂》,本书予以保留。

〔作者简介〕本书"古韵新彰"部分《津门杂事诗》中有介绍,不赘。

小园道中

(清)查为仁

村园门巷半沾泥,

蜡屐来游日未低。

一阵枣花香裂鼻,

和风吹过板桥西。

〔出处〕《蔗塘未定稿》(《山行集》)

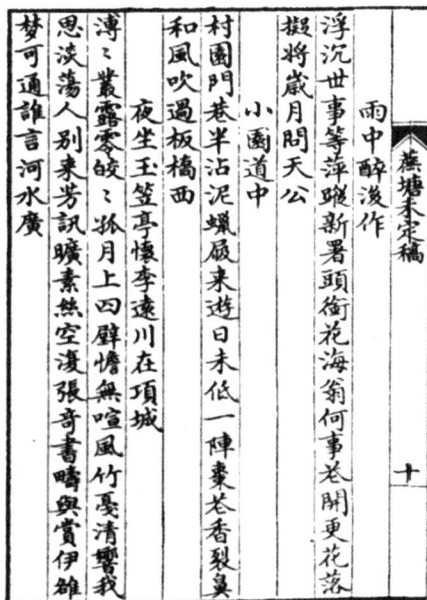

〔考证〕西青原有文献记有该诗,在"寻根大运河"活动中笔者考之于《蔗塘未定稿》。本诗第二句,西青原有文献皆记为"蜡屐来游月未低",《蔗塘未定稿》中该诗此句原为"蜡屐来游日未低";本诗第三句,西青原有文献皆记为"一阵枣香香裂鼻",《蔗塘未定稿》中该诗此句原为"一阵枣花香裂鼻"。收入本书时,皆予以改正。

〔作者简介〕查为仁(1695—1749),清代诗人,字心谷,号莲坡,又号莲坡居士。天津人。其父查日乾曾建查氏园林别墅水西庄。查为仁于此广置图书金石鼎彝,结纳当时文人学者,使这里成为天津文人聚集的中心。

康熙五十年(1711),左都御史赵申乔以顺天监临主考的身份主持顺天乡试,查为仁得第一名。这时,朝廷权贵欲打击赵申乔,便诬称查为仁雇佣枪手代考。刑部会议,判查为仁斩监后。其证据是卷面与册内籍贯不符。后遇赦改判八年徒刑,而主考官赵申乔毫发未损,查为仁纯粹是官场倾轧的牺牲品。此后,查为仁看透官场的黑暗,再也无意仕途,远离政治,醉心诗文。与厉鹗合笺《绝妙好词笺》被收入《四库全书》。著有《庶塘未定稿》九卷、《外集》八卷、《莲坡诗话》三卷等。

《津门诗钞》称其"天姿清粹,博学能文。受诗于高云禅师,旁通今古"。

清著名诗人厉鹗《查莲坡蔗塘未定稿序》称:"诗不可以无体,而不当有派。""查君莲坡以诗鸣寓内久矣。莲坡家海津,去日下数百里而近,舟车驰骛,惊扰于耳目;门墙授受,诱接其心思:宜其诗之囿于派。而莲坡掉头天际,纵心遥遇,所托意者,山水禅悦、友朋书卷之间。通脱雄骜,涤烦释滞,标举胜境,流连景光,辄秀警不可刊置。间为艳诗及乐府,非搴兰揽苣之旨,即花飞钏动之悟。此其陶冶深而采择富,殆无体不苞,以成为莲坡之诗体欤?"

晓雨初霁心谷伯兄招同荆帆西颢江皋
向叔循初文锡过水西庄遂至宜亭旧址
历小园种花诸处饮赵氏田舍

(清)查 礼

一

初晴天气淡无涯，

斜插青帘卖酒家。

遥望水西村路近，

出墙几树野棠花。

二

黄苇编篱白版扉，

家家门外野花围。

浇花才毕担花去，

三五成群露满衣。

三

晚麦青青早麦齐，

春风吹浪绉平畦。

地闲人静无嚣事，

隔岸村深叫午鸡。

〔出处〕《铜鼓书堂遗稿》（卷四）

五成翠露满衣
晚麦青青早麦齐春风吹浪缈平畦地闲人静无杂事隔
岸村深叫午鸡闲家见初兄信
京华消息太无端遽信枯桑入梦残禁省尚期联夜直琴
张从此绝朝弹百篇赋云烟散罢世驱驰泡影闲一事
更教悲彻骨笔裘表有时栖独鹤泉台无路寄双鱼欲寻
棹归山愿已虚华表有时栖独鹤
检点年来糊手迹卷还舒加餐辟谷言犹狂返
春草惹添泪过园内移花
初夏雨后园内移花
百卉抱幽姿深浅耀园园却喜无织尘绕洗五更雨含葩

故人心怅望青门为一哭
晓雨初霁心谷伯兄招同荆帆西颢江皋向叔循
初文锡过水西庄遂至宜亭旧址历小园种花诸
眷画未熟倚闾白发氄风阴烛那堪新妇怨新昏深浅长
尚有慈亲倚闾白发
叹焚芝与折玉惟君先后倍伤情造物戕才抑何酷君家
有时穷恨不生绡写千幅武功员外谢去冬马思山同共
怜梦境凄淋漓尝为写藤藤色未渝墨未病早知笔墨
墙几树野棠花
初晴天气淡无涯斜插青帘卖酒家遥望水西村路近出
黄韦编罹白版屏家家门外野花园浇花缊毕担花去三
处欲赵氏田舍

〔考证〕西青原有文献记有此诗。在"寻根大运河"活动中，笔者考之于《铜鼓书堂遗稿》（卷四）。本诗第二首第三句，西青原有文献皆记为"浇花才去担花去"，《铜鼓书堂遗稿》原文为"浇花才毕担花去"。收入本书时予以改正。本诗原题为《晓雨初霁心谷伯兄招同荆帆西颢江皋向叔循初文锡过水西庄遂至宜亭旧址历小园种花诸处饮赵氏田舍》，可能西青原有文献为简略故，题目记为《历小园种花诸处》。收入本书时，为保持文献原貌从原题。

〔作者简介〕本书"杨柳存萃"部分《杨青驿马上口占》诗后有介绍，不赘。

城西花事

（清）蒋 诗

小园村与大园邻，

艳紫嫣红花朵新。

五十二村春正丽，

相逢都是卖花人。

《天津县志》：大园、小园各村卖花。

〔**出处**〕《榆西仙馆初稿》（卷二十六《沽河杂咏》）

〔**考证**〕西青原有文献记有此诗。在"寻根大运河"活动中，笔者考之于华鼎元辑，张仲点校，天津古籍出版社 1986 年出版的《梓里联珠集》，该书中收有蒋诗的《沽河杂咏》诗一百首。后又考之于道光年间刻版的《榆西仙馆初稿》。西青原有文献中此诗第三句皆记为"七十二村春正丽"，《榆西仙馆初稿》原文为"五十二村春正丽"。本书予以改正。原诗为《沽河杂咏》百首之一，本无题，题目为西青文献编辑者所加，收入本书时该题目保留。原诗后有小注，收入本书时亦收入。

〔**作者简介**〕"古韵新彰"部分《沽河杂咏》已有介绍，不赘。

大觉庵看芍药

(清)崔　旭

大觉庵前艳彩霞，

千畦锦绣属僧家。

游人漫说丰台好，

佛地春开芍药花。

大觉庵在芥园河北，庵外种芍药甚多。

〔出处〕《津门百咏》

津门百咏

三　双肇楼丛书

大悲舊院幾重修朱記初碑可尚留呼渡窟窿尋故蹟蘆花野水四圍秋

大覺菴前艷彩霞千畦錦繡屬僧家遊人漫說豐臺好佛地春開芍藥花

玉山韻事昔猶存過往名流每到門結客風流消歇盡更無人關問津園

恤嫠普濟救生船乳哺艱難亦可憐天道好生存此意育嬰堂設已多年

商人賈客釀錢齊金碧輝煌匾額題閩粵且休誇壯麗如今會館數山西

墓前石碣一行分憑弔西城烈女墳雪虐風饕松柏樹敢將蔓草比羅裙

纍纍叢塚接西關十里幾無寸地開白骨多於墳下土傷心如過北邙山

〔考证〕西青原有文献记有该诗，笔者考之于华鼎元辑，张仲点校，天津古籍出版社1986年出版的《梓里联珠集》和1938年双肇楼版的《京津风土丛书》。这两本书中都收有崔旭的《津门百咏》诗一百首。这是其中一首，题目为收入西青原有文献时所加，收入本书时不改。本诗第一句，西青文献中皆

作"大觉庵前野径斜",《津门百咏》原为"大觉庵前艳彩霞";本诗第二句,西青文献中皆作"千畦锦绣灿朝霞",《津门百咏》原为"千畦锦绣属僧家";本诗第四句,西青文献中皆作"百亩先开芍药花",《津门百咏》原为"佛地春开芍药花"。收入本书时皆予以改正。《津门百咏》该诗下有小注,收入本书时亦加。原诗为《津门百咏》中的一首,本无题,题目为西青文献编辑者所加,收入本书时该题目保留。

〔作者简介〕本书"杨柳存萃"部分《津门百咏——杨柳青》诗后有作者简介,不赘。

大觉庵看牡丹

(清)梅成栋

花国遥临水,

东风扑面香。

千畦封暖翠,

一径艳斜阳。

蝶密红围寺,

莺啼绿过墙。

村僧解迎客,

半日足徜徉。

〔出处〕《欲起竹间楼存稿》(卷五)

〔考证〕西青原有文献记有该诗，笔者考之于广西大学谷冬梅硕士论文《〈欲起竹间楼存稿〉校注》、清同治九年（1870）的《续天津县志》、1923年天津志局汇刻本《欲起竹间楼存稿》以及张焘《津门杂记》。1923年天津志局汇刻本《欲起竹间楼存稿》中未收录此诗。《〈欲起竹间楼存稿〉校注》则汇集了《欲起竹间楼存稿》多个版本的诗文，包括此诗。《津门杂记》也收有此诗，但将本诗题目误为《大觉庵看芍药》，西青原有文献皆因袭之。本诗第二句，西青原有文献皆记作"花园遥归水"，而包括《津门杂记》在内的各种文献皆为"花国遥临水"。收入本书时，皆予以改正。

〔作者简介〕本书"古韵新彰"部分《寄僧大空》诗后有作者简介，不赘。

夏日同梅鹤庵从择三游——柳园、艳雪楼、水西庄,用眼前景、口头语触目动怀成诗

(清)陈 珍

犹忆嫣红映晚霞,

东风憔悴曼殊家。

此花怪底名婪尾,

不过春时不见花。

时芍药正开。

〔出处〕《鸹叶庵遗稿》

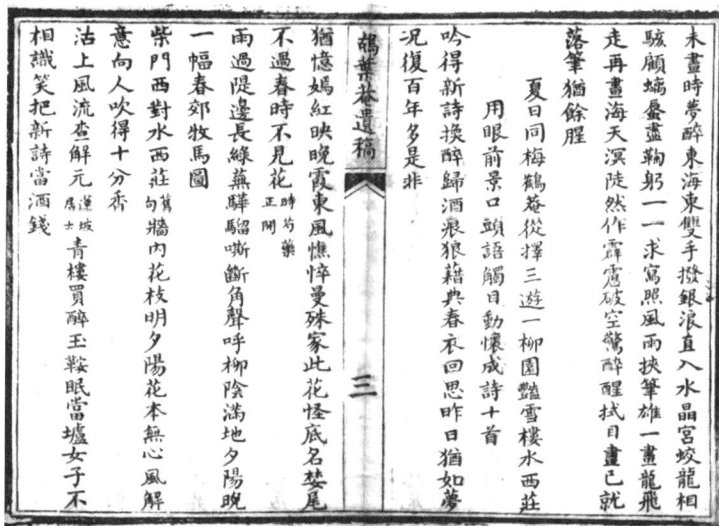

〔考证〕西青原有文献记有该诗,冯立初考之于张焘《津门杂记》,该书诗题为《大觉庵看芍药》。后查得《鸹叶庵遗稿》,原题为《夏日同梅鹤庵从择三游一柳园、艳雪楼、水西庄用眼前景、口头语触目动怀成诗十首》,今此诗收入本书,题目改为《夏日同梅鹤庵从择三游一柳园、艳雪楼、水西庄用眼前

景、口头语触目动怀成诗》。

《津门杂记》收录的陈珍《大觉庵看芍药》诗还有一首"柴门西对水西庄，墙内花枝明夕阳。花本无心风解意，向人吹得十分香"。此诗写的是艳雪楼，与大觉庵无关。

〔作者简介〕陈珍（1852—1876），字亚兰，号"沽上陈人"。因体弱多病，无意科名。博览群书、过目成诵，于山水、人物、花鸟、鱼虫画无所不精。"老母病瘵，潜割股肉和药饵母"，时称之为"陈孝子"，人以名重，后人建祠坊祀之。著有《鸱叶庵遗稿》。

梅宝璐称其"独倾心于诗画，临池染翰，兴到笔随，不囿于今，自合于古。见其诗与画，如见其人"。

杨光仪称其诗"古近体俱有逸致，挥洒自如，不落前人窠臼……其诗格雅近板桥，画亦无多让"。

方志留馨

本章为《杨柳青古诗萃》未收录,而《西青区志》所收录的一些有关西青的诗篇。古人的雅韵,前辈的辛劳,不应被淹没。集结于此,留馨后人。

思 归

(清)张 愚

投老惟耽物外情,

青山原有旧时盟。

才疏谋国无长策,

学薄持身耻近名。

贫剩蠹余书百卷,

家遥蝶梦月三更。

水云何日梅花外,

结个茅庵了一生。

〔出处〕《津门诗钞》(卷一)

西青古诗词集萃
XIQING GUSHICI JICUI

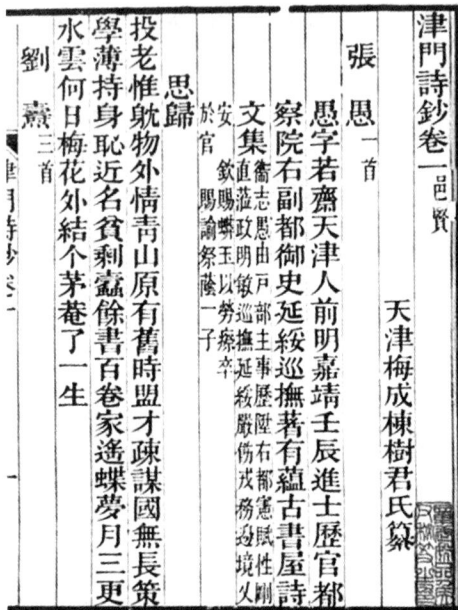

津門詩鈔卷一 邑賢

天津梅成棟樹君氏纂

張愚 一首

愚字若齋天津人前明嘉靖壬辰進士歷官都察院右副都御史延綏巡撫著有蘊古書屋詩文集

於官欽賜蟒玉以勞瘝卒一子

直隸志愚由戶部主事歷陞右都憲賦性剛賜諭祭蔭

思歸

投老惟躭物外情青山原有舊時盟才疎謀國無長策
學薄持身恥近名貧剩蠹餘書百卷家遙蝶夢月三更

劉藏三首

水雲何日梅花外結个茅菴了一生

〔考证〕天津市西青区地方志编修委员会编著,天津社会科学院出版社2003年出版的《西青区志》中第二十四编"艺文"第二章"著述经籍"第一节"明代"中记有该诗。在"寻根大运河"活动中,笔者考之于梅成栋编纂的《津门诗钞》(卷一)。

〔作者简介〕张愚,字若斋(1500—1552),明嘉靖壬辰科殿试二甲第四十六名进士,是明代戍边名将,生前曾任延绥镇(明代九个边防重镇之一)巡抚之职。庚戌之变中曾有北京救驾之功。因其在都察院做御史中丞,故而称其为张大中丞,著有《蕴古书屋诗文集》《浙西海防稿》。去世后,入祀天津(府、县)乡贤祠。

《卫志》记载:"愚由户部主事,历升右都宪。赋性刚直,莅政明敏。巡抚延绥,严饬戎务,边境乂安。钦赐蟒玉。以劳瘝卒于官。赐谕祭,荫一子。"其家在天津老城有懋功祠,后人定居杨柳青。其宅为杨柳青最早的大宅门之一,

398

据说其家出过会元，故被百姓误传为状元府。

张愚去世后葬于杨柳青镇东南。墓修建于明嘉靖三十一年（1552），崇祯四年（1631）重修。因墓地原有高大封土堆、牌坊、享堂、石五供、燎炉、石羊、石马、翁仲等，其后人被称为"石马张家"。

张愚墓前有徐光启撰写的《重修张大中丞公墓碑记》。据碑文载：张愚镇守延绥时，军中感愤乐战，有投石超距之气，皆愿得一当虏，而公特严防御，以伺叵测，不欲邀功。所修筑城堡、墩台四千六百所，特有备以无患，每遇虏入寇，出拒战，斩首辄百许级，所获器械、名马以数千计，时套贼入犯辄不利，乃相戒曰："张太师在，我何以自贻伊感。"于是，督府及部使者上功格，赐宝钞、飞鱼锦嘉劳之。未及满秩而卒。奇谋秘画，多不传于世。

饮邑西浣园闻蝉

(明)边维新

隔林蝉韵似催诗，
谢汝殷勤劝酒卮。
饮到夕阳还断续，
吟空明月共清奇。
传来秋意生庭树，
曳得残声过别枝。
几度飞觞人尽醉，
又闻虫语代凄其。

〔**出处**〕《津门诗钞》（卷二十一）

飲邑西浣園聞蟬

隔林蟬韻似催詩　謝汝殷勤酒巵　飲到夕陽還斷續

吟空明月其清奇　傳來秋意生庭樹　頗得殘聲過別枝

幾度飛鵁人盡醉　又聞蛩語代淒其

王正志一首

正志字逢源靜海人天啟甲子舉人戊辰進士

任延綏巡撫……

燕山雜咏

病起愁容減長貧不問錢看花紅滿袖削草綠生烟拭

劍杯前壯飜書倦後眠自慚成懶癖未許受人憐

〔**发现过程**〕天津市西青区地方志编修委员会编著,天津社会科学院出版社 2003 年出版的《西青区志》中第二十四编"艺文"第一章"诗歌集萃"第一节"元明时期"中记有该诗。在"寻根大运河"活动中,笔者考之于梅成栋编纂的《津门诗钞》卷二十一,又考之于清道光四年(1824)思成书屋版《津门诗钞》。

〔**作者简介**〕"古韵新彰"部分《抵巩县寄里门亲友》诗后有介绍,不赘。

雪夜遣怀

(清)牛天宿

善世奇方只闭门,

无边心事向谁论?

逢人竞厌须眉古,

到处虚推行辈尊。

送腊可无瓶内酒，

迎年自有栅中豚。

老夫卒岁惟需此，

别样经营任子孙。

〔**出处**〕《津门诗钞》（卷二十一）

未進士廣西柳州府融縣知縣吏部主事河南同知著有謙受堂詩草

雪夜遣懷

善世奇方祇閉門無邊心事向誰論逢人競賦衾眉古
到處虛推行輩尊送臘可無瓶內酒迎年自有柵中豚
老夫卒歲惟需此別樣經營任子孫
白髮高堂正兀旬猶能起拜不扶人一官蹭蹬憐兒老
百口經營歎別雲山悲往歲闐闐鬷豆愛良辰
懸金如斗尊常事萊庭前富貴眞
愛文智氣與年增闉坐諸孫共一燈辨字老如知路馬
開宗儀比放參僧詩緣抱病閒三日酒爲衝寒加半升
自笑書癡疑到底百無求處百無能

〔**考证**〕天津市西青区地方志编修委员会编著，天津社会科学院出版社2003年出版的《西青区志》中第二十四编"艺文"第二章"著述经集"第一节"清代"中记有该诗。在"寻根大运河"活动中，笔者考之于梅成栋编纂，卞僧慧，濮文起校点，天津古籍出版社1993年出版的《津门诗钞》（中），又考之于清道光四年(1824)思成书屋版《津门诗钞》，发现该诗后还有两首。后两首录于本书"古韵新彰"部分。

〔**作者简介**〕"古韵新彰"部分《雪夜遣怀》诗后有介绍，不赘。

昭通道中

(清)牛思凝

三年踏遍夜郎溪，

又向滇南听晓鸡。

秋水乍漂红叶冷，

寒山自绕白云低。

人逢旷野初开眼，

马到平沙欲放蹄。

万里飘蓬燕市客，

故乡风景动栖迷。

过威宁，已交云南界，平沙衰草，大类北省。

〔出处〕《津门诗钞》（卷二十一）

〔**考证**〕天津市西青区地方志编修委员会编著,天津社会科学院出版社 2003 年出版的《西青区志》中第二十四编"艺文"第二章"著述经集"第一节 "清代"中记有该诗。在"寻根大运河"活动中,笔者考之于梅成栋编纂,卞僧 慧,濮文起校点,天津古籍出版社 1993 年出版的《津门诗钞》(中),又考之于 清道光四年(1824)思成书屋版《津门诗钞》。西青原有文献诗后无小注,本书 一并收入。

〔**作者简介**〕"古韵新彰"部分《刻石经于辟雍颂》诗后有介绍,不赘。

宿营次岐口道中

(明)佚 名

频年铁甲将如云,
王命于斯靖寇氛。
溪流城外桥头堡,
野寺钟声彻夜闻。

〔**出处**〕《芹洲笔记》

〔**考证**〕此诗见于中国人民政治协商会议天津市西郊区委员会文史资料 工作委员会于 1991 年 12 月出版的《津西文史资料选编》第 5 辑中的王鸿逵 《张沃乡一块被毁的碑文考》一文。天津市西青区地方志编修委员会编著,天 津社会科学院出版社 2003 年出版的《西青区志》中第二十四编"艺文"第一 章"诗歌集萃"第二节"清代"中收录该诗。未能见到原碑文,故以王鸿逵文章 所记为准。

剥粮船

天津以南所见,几二十艘,皆弃船挈家遁去。

(清)汪　楫

一

剥粮船

船空人去厨无烟,

长帆八尺高桅悬。

铁锚齿齿斤逾千,

长篙巨缆无弗全。

云胡中道相弃捐,

指船问人人不语。

一老低致词:

漕船噬人猛于虎!

二

剥粮船

剥粮常傍漕船边,

漕船骂人汝亦然。

汝船宁不值一钱,

弃同敝屣意何决。

岂有棘①刺相牵缠,

甘心流离向中路。

被驱何异雀与鹬②,

---

① 棘,《字汇补》收有此字。林直切,音力(五音集韵)。木名。江南、山东名野枣酸者为棘子。
② 鹬,古书中说的一种猛禽,似鹞鹰,鹞类猛禽。

吁嗟去此谁汝怜？

〔出处〕《观海集》

（右页）
〈觀海集〉

剝糧舡舡空人去廚無烟長帆八尺高桅懸鐵鑼
齒齒勠逾千長篙巨纜無弟全云胡中道相棄捐
指舡問人人不語一老低致詞漕船噬人猛于虎
剝糧舡剝糧常傍漕舡邊漕舡罵人汝亦然
舡寧不值一錢棄敝屣意何決豈有棘刺相牽
纏甘心流離向中路被驅何異雀與鷃吁嗟去此
誰汝憐

滄州遲石來不至次直沽見懷原韻二首

四

（左页）
〈觀海集〉

當移疾旋豈意歌皇華遹過里門前題柱吾何有
奉觴寶釀便推恩具命服辦裝餘俸錢敢云足甘
盲或者誇市廛

泊頭九日登河濱高閣

碑元高閣河之湄憑軒面面長風吹檣前柳絲鞚
無數屋角菊花開一枝岸曲沙虛水活活天空日
澹雲遲遲他鄉此會有尊酒那能不作重陽詩

剝糧船 天津以南所見幾二十 腹皆薪舫勢家運去

三

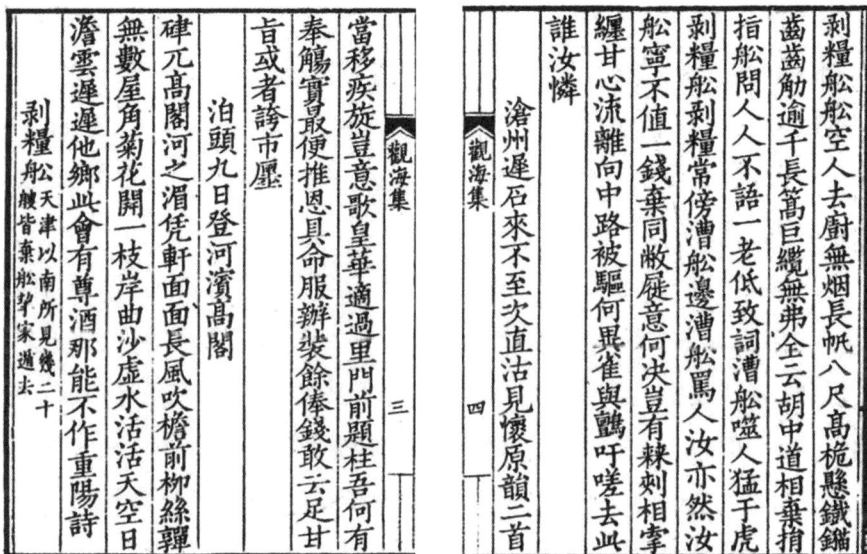

〔考证〕天津市西青区地方志编修委员会编著，天津社会科学院出版社2003年出版的《西青区志》中第二十四编"艺文"第一章"诗歌集萃"第二节"清代"中记有该诗。笔者考之于汪楫《观海集》。《西青区志》所记题目为"驳粮船"，诗中也作"驳粮船"，而《观海集》中原诗皆作"剥粮船"。该诗第一首第一句，《西青区志》作"船去人空厨无烟"，而《观海集》中原诗皆作"船空人去厨无烟"。该诗第二首第二句，《西青区志》作"漕船为人汝亦然"，而《观海集》中原诗皆作"漕船骂人汝亦然"。该诗第二首第二句，《西青区志》作"岂有棘刺相掌缠"，而《观海集》中原诗皆作"岂有棘刺相牵缠"，其中"棘"字见该诗小注，刺字同刺，为其古体，牵字原文为异体字。该诗第二首第七句，《西青区志》作"被驱河异雀与鹑"，而《观海集》中原诗皆作"被驱何异雀与鷃"。该诗第二首第八句，《西青区志》作"吁嗟此去谁汝怜"，而《观海集》中原诗皆作

"吁嗟去此谁汝怜"。收入本书时皆予以改正。原诗题下有小注,收入本书时亦收入。

〔**作者简介**〕汪楫(1626—1689),字次舟(一作舟次),号悔斋,安徽休宁人,寄籍江苏江都。生性亢直,力学不倦。清康熙十八年(1679)荐应"博学鸿儒",试列一等。授翰林院检讨,纂修明史。康熙二十一年(1682),任琉球正使。临行时,不按惯例接受送行者的馈赠,国人建却金亭作为纪念。汪楫回国后曾出任河南知府,后擢升福建按察使,迁布政使。

汪楫出使琉球后撰写《使琉球杂录》,因谕祭琉球故王,而在其宗庙得见《琉球世缵图》,参之明代事实,诠次为《中山沿革志》。汪楫在《使琉球杂录》中详细记载了途经钓鱼岛的史实:"……无何,遂至赤屿,未见黄尾屿也。薄暮过郊(或作沟)……问'郊'之义何取,曰:中外之界也。"汪楫的明确记载,证明钓鱼岛是中国的领土。他还著有《崇祯长编》《悔庵集》《观海集》等。

清史稿称:"楫少工诗,与三原孙枝蔚、泰州吴嘉纪齐名。"

郊 游

(清)查 曦

缓步城南郭,

回看卫北天。

故园春草外,

归雁暮云边。

海月空相忆,

烟花好自怜。

独游迷去处,

惆怅晚风前。

〔出处〕《珠风阁诗草》

〔考证〕天津市西青区地方志编修委员会编著,天津社会科学院出版社2003年出版的《西青区志》中第二十四编"艺文"第一章"诗歌集萃"第二节"清代"中记有该诗。在"寻根大运河"活动中,笔者考之于《津门诗钞》。

〔作者简介〕本书"杨柳有萃"部分《杨柳青舟中》诗后有作者介绍,不赘。

城南冰泛歌

(清)查 礼

陆行利用车,

水行利用舟。

各适其用利其利,

帆樯牛马不相谋。

朔风一夜关南至，
河水吹高等平地。
处处牵船岸上居，
家家尽法张融智。
漂榆城南寒月明，
石田万顷何晶莹。
浮光倒射天影白，
七十二沽无水声。
舟师渔师并颖悟，
伐木丁丁作床渡。
非艒非舲浅不浮，
以冰为陆轻纍步。
历坦既绝风波虑，
乘坚且似推殷辂。
独行可学倚脚眠，
并坐何妨交臂遇。

绿蚁时巳笆，
招我同心俦。
缓步出城关，
共作南郊游。
冰床鹿鹿舣湖侧，
凌风卧看玻璃色。
疾发群惊铁箭飞，
往来更似金梭织。

须臾忽近招提境，

楼阁岧峣妙思骋。

怪我初从鲛室来，

满身犹带珠光冷。

　　舣筹杂逐催，

　　谈笑声喧阗。

　　不知银汉浅，

　　惟见玉山颓。

八蜡祠前击社鼓，

耸身直入清虚府。

翻喜今年腊日长，

不须早唤春风舞。

暮讶轻雷鸣涧壑，

霜星摇动银花落。

侍晨执盖影参差，

仙佐冯夷奏嘉乐。

无辞秉烛极欢娱，

醉却寒威抵万夫。

归时更踏坚冰去，

记取城南旧酒垆。

〔**出处**〕《铜鼓书堂诗集》

相谋朔风一夜关南至河水吹高等平地处处牵船岸上
居家家尽法张融智漂城南寒月明石田万顷何晶莹
浮光倒射天影白七十二沽无水声渔师竝颖悟伐
木丁丁作淋渡非艑非舫浅以冰为陆轻昇步何
既绝风波虑乘坚时巳笏招我同心俦缓行可学敲脚眠竝坐何
妨交臂遇绿蚁时鹿鹿囊湖凌风卧看玻璃色疾出城关须
郊游冰麻鹿鹿囊湖凌风卧看玻璃色疾出城关须
入淸虚府翻喜今年腊日长不须早唤春风暮讠朝轻雷
怪我初从篆室来满身犹带珠光冷舫筹邅催笑讠思声
喧窋不知银汉浅惟见玉山颓八蜡祠前击社鼓讠身直
飞往来初似金梭织夹忽近招提境楼阁巉巉发呈惊
鸣淜塞霜星摇动银花落侍晨执叆影参差仙佐冯夷奏

明篆烟袅香烛疏风透禅关冷然得佳趣凤昔爱淸净楼
心在贞素结宇青莲池于兹证妙悟
为韵分赋得伴梅小雪天
旭日抱扶桑寒光煜煜旦深林衔霭微远浦浮烟散玉积
山巳頽琼户飘雪昨夜孤灯迥谁伴朝来数引征
城相思渺河汉断知轘辄途劳行人不果来诗酒分杯叆
鸿连复遥集巳久镴索兽炭行前看殷殷兄弟情岂特笔翰
声漫墨翟贤集已镴索兽炭行前看殷殷兄弟情岂特笔翰
吟龙尚徘徊独向
陆行利用车水行利用舟各适其用利其帆樯牛马不

嘉乐无辞秉烛欢娱醉卻寒威抵万夫归时更踏坚冰
去记取城南旧酒垆
梅共瘦思与雪俱淸茶罷耽吟久鑪烟一缕生
幽情远物情不与利名争笺轴诗书乱匦横风日晴身将
香雨庠独坐

戊午正月四日与中林司马李仁山上舍江西颜微君
万矞初孳廉集香雨庠物华小库过微雨幽香动寒葩日高
弄疏影潋滟墨上纱如点白雪红或碎丹霞羡此劲秀
谷风来习习迎春扇物华小库过微雨幽香动寒葩日高
质真成玉树花羣重淡交不争几艳奢花既无织丽人
亦无织瑕翻嫌诗伴远交傲山人家孤峰例鸟喙怪石歷

〔考证〕天津市西青区地方志编修委员会编著，天津社会科学院出版社2003年出版的《西青区志》中第二十四编"艺文"第一章"诗歌集萃"第二节

"清代"中记有该诗节选。笔者考之于汪楫《观海集》。西青原有文献所记为节选,而且是根据《津门诗钞》版本。本书收入时,以《铜鼓书堂诗集》所记版本为准,且收入该诗全文。

〔**作者简介**〕本书"杨柳有萃"《杨青驿马上口占》诗后有作者部分介绍,不赘。

凌家庄村居

(清)查昌业

三间茅屋不遮篱,

十亩荒田隔水西。

秋雨足时官道废,

高春落处野禽啼。

河边驱鸭见归艇,

柳下鸣榔谁灌畦。

便与老翁借锄铦,

争教稚子色凄迷。

〔**出处**〕《林於馆诗草》(卷四)

便與老翁借鋤爭教稚子色凄迷

答劉大雪柯見訪不值

叔火何曾焚鹿魚一編結習未全除欲尋北海談經地

時上西川問宇車鶴去門停高士屐秋深苔閉野人廬

先生底事勞相訊未寓多交敢著書

小至前四日儉堂叔招同周元木萬備初高孚冶

李放亭兄堯卿集借紡用少陵韻

卷四

秋日攜酒西堤 時有東行

泯泯河流去不回長堤束望鬱樓臺白雲時向林端出

黃葉還從天際來望闕心情杯底見懷人詩句醉中裁

爭知此水通江許欲障迴瀾瀉綠醅

凌家莊村居

高春落處野禽啼河邊驅鴨見歸艇柳下鳴榔誰灌畦

三間茅屋不遮籬十畝荒田隔水西秋雨足時官道廢

林於館詩草　五

〔考证〕天津市西青区地方志编修委员会编著，天津社会科学院出版社2003 年出版的《西青区志》中第二十四编"艺文"第一章"诗歌集萃"第二节"清代"中记有该诗。在"寻根大运河"活动中，笔者考之于《林於馆诗草》。本诗第四句，《西青区志》记作"高春落处野禽蹄"，《林於馆诗草》原文为"高春落处野禽啼"；本诗第五句，《西青区志》记作"陇头驱鸦见归艇"，《林於馆诗草》原文为"河边驱鸭见归艇"；本诗第八句，《西青区志》记作"忍教妻子色凄迷"，《林於馆诗草》原文为"争教稚子色凄迷"。收入本书时皆予以改正。

〔作者简介〕本书"古韵新彰"部分《初到凌庄村》诗后已有作者介绍，不赘。

和梅树君孝廉忆柳

(清)查　诚

青青杨柳尚名村，

隔岸音尘春梦痕。

偶拾道旁枝半折，

青溪姑去一簪存。

〔出处〕《津门诗钞》（卷八）

〔考证〕天津市西青区地方志编修委员会编著，天津社会科学院出版社
2003 年出版的《西青区志》中第二十四编"艺文"第一章"诗歌集萃"第二节
"清代"中记有该诗。《杨柳青古诗萃》中没有收入。在"寻根大运河"活动中，
笔者考之于梅成栋编纂，卞僧慧、濮文起校点，天津古籍出版社 1993 年出版
的《津门诗钞》（上），又考之于道光四年（1824）思成书屋版《津门诗钞》。原诗
共八首，《津门诗钞》录六首，《西青区志》摘录了其中两首，另一首收录于"柳

堤春色"章。该诗第三句《西青区志》记为"偷拾道旁枝半折",《津门诗钞》中为"偶拾道旁枝半折"。原诗题为《和梅树君孝廉忆柳》,西青原有文献皆作《和梅君孝廉忆柳》。收入本书时予以改正。

〔**作者简介**〕前文"柳堤春色"章《和树梅君孝廉忆柳》诗后有介绍,不赘。

蜂 窝

(清)张 焘

还愿峰山去进香,

人疑季子为萱堂。

神前祷告低声语,

却是娇妻病在床。

〔**出处**〕《津门杂记》

〔**考证**〕天津市西青区地方志编修委员会编著，天津社会科学院出版社
2003 年版的《西青区志》中第二十四编"艺文"第一章"诗歌集萃"第二节"清
代"中记有该诗。《杨柳青古诗萃》中没有收入。在"寻根大运河"活动中，笔者
考之于张焘《津门杂记》。《津门杂记》中第一句为"还愿峰山去进香"，《西青
区志》记作"还原峰山夫进香"。收入本书时予以改正。原诗为"蜂窝"条目后
所附，题目为《西青区志》编者所加。收入本书时从其题。

〔**作者简介**〕张焘(生卒年不详)，字赤山，自号燕市闲人。原籍浙江钱塘，
生于北京，侨寓天津。生平事迹不详。著有《津门杂记》。

西郊秋雨

(清)沈起麟

晓村秋雨细如丝，

几点吹来落酒卮。

渐冷似传红叶信，

轻寒止许碧梧知。

夜分把卷还支枕，

漏下挑灯自课诗。

最是寂寥眠未稳，

潇潇客思动凄其。

〔**出处**〕《诵芬堂诗》

天碧望無際，秋高樹色蒼。古槐喧燕雀，荒塚臥牛羊。汲女抛寒綆，歸農話夕陽。年豐多黍稷，婦子足倉箱。

西郊秋雨

曉村秋雨細如絲，幾點吹來落酒巵。漸冷似傳紅葉信，輕寒止許碧梧知。夜分把卷還支枕，漏下挑燈白課詩。最是寂寥未穩，瀟瀟客思動淒其。

賀袁儀文皐雙子

錦繃深喜二難俱，對浴金盆信足娛。豺質已甚偶合璧，童年應解棄雙緯。試啼我卑知英物，取印人爭識異雛。湯餅會須連日舉，不妨重醉步兵廚。

〔**考证**〕天津市西青区地方志编修委员会编著，天津社会科学院出版社2003 年版的《西青区志》中第二十四编"艺文"第一章"诗歌集萃"第二节"清代"中记有该诗。没有找到《诵芬堂诗》，只能以《津门诗钞》为准。

〔**作者简介**〕沈起麟（生卒年不详），号苑游，天津诗人。生活于清雍乾年间，屡试不中，以布衣终老。

《津门诗钞》称"苑游山人家小有，喜施与，恬退和平，有靖节"。

沽河杂咏

（清）蒋 诗

一

荒郊无复吕彭城，

兵气销沉剩有名。

若不抗怀千载上，

谁知古戍有金钲。

《畿辅通志》：吕彭城在县西北二十五里，相传吕布、彭越屯兵于此，故名。徐石麟《可经堂集》诗：静海金钲传古戍，直沽牙闻驻新军。

二

城南二十五里近，

自汉传来孝子门。

董永葬亲人共识，

谁知地是富家村。

《天津卫志》：富家村在城南二十五里，俗传汉孝子董永卖身葬亲处。

〔出处〕《榆西仙馆初稿》（卷二十六《沽河杂咏》）

〔**发现过程**〕这两首诗在《西青区志》等中有记载,但无诗后小注。笔者初考之于华鼎元辑,张仲点校,天津古籍出版社 1986 年版的《梓里联珠集》,该书中收有蒋诗的《沽河杂咏》诗一百首。后考之于道光年刻本《榆西仙馆初稿》。收入本书时补小注。

〔**作者简介**〕本书"古韵新彰"部分《沽河杂咏》中有介绍,不赘。